Philipp Probst

PFERDEFREUNDIN
Die Reporterin in den Freibergen

Philipp Probst

PFERDEFREUNDIN

Die Reporterin in den Freibergen

orte Verlag

© 2024 by orte Verlag, CH-9103 Schwellbrunn

Alle Rechte der Verbreitung, auch durch Film, Radio und Fernsehen, fotomechanische Wiedergabe, Tonträger, elektronische Datenträger und auszugsweisen Nachdruck, sind vorbehalten.

Umschlaggestaltung: Brigitte Knöpfel
Gesetzt in Arno Pro Regular
Herstellung: Verlagshaus Schwellbrunn

ISBN 978-3-85830-334-9

www.orteverlag.ch

Prolog

«Bist du Philippa?»

«Haben Sie alles dabei?»

«Natürlich. Wie vereinbart.»

«Smartphone?»

«Nein. Wie vereinbart.»

«Gut.»

«Steig ein. Du scheinst zu frieren. Mütze, Schal – und das in einer lauen Frühlingsnacht. Oder ist das eine Vorsichtsmassnahme?»

Philippa antwortete nicht. Langsam ging sie um die mächtige Motorhaube des Wagens herum, warf einen Blick auf das beleuchtete Nummernschild und stellte fest, dass das Auto in Frankreich registriert war. Vermutlich eine Tarnung. Denn der Fahrer war garantiert kein Franzose. Dazu redete er zu geschliffen Hochdeutsch.

Der Wagen war kein gewöhnliches Auto, sondern ein Pick-up mit einer kleinen Ladefläche. Obwohl der Treffpunkt in einer dunklen Seitenstrasse in Biel Bözingen lag, konnte Philippa mehrere Holzkisten, eine Schaufel, einen Pickel und eine Leiter erkennen. Alles war säuberlich festgezurrt. Philippa öffnete die hintere Tür der Fahrerkabine und zwängte sich auf die Rückbank.

«Warum quetschst du dich da hinten hinein?», fragte der junge Mann. «Das sind nur Notsitze.»

«Das spielt keine Rolle», sagte Philippa und gurtete sich an. «Und ich würde es bevorzugen, wenn wir uns siezen.»

«Okay, Madame. Warum so förmlich?»

«Wir erledigen bloss einen Job.»

«Einen Job für eine gute Sache, Madame.»

«Lassen Sie das Madame. Fahren Sie endlich los.»

«Wollen Sie nicht den Mantel ausziehen? Die Heizung funktioniert, hier drinnen ist es schön warm.»

«Fahren Sie endlich!»
Der junge Mann gab Gas. Der Pick-up setzte sich rasant in Bewegung.
«Auf die Autobahn Richtung Delémont», befahl Philippa und schob den Schal, mit dem sie Mund und Nase verdeckt hatte, unters Kinn. «Bei Tavannes verlassen wir die Autobahn und fahren via Tramelan nach Les Breuleux. Ab da lotse ich Sie.»
«Natürlich, wie Sie wünschen. Ich heisse übrigens ...»
«Ihren Namen können Sie für sich behalten», unterbrach Philippa.
«Madame, ich bitte Sie. Wir arbeiten für die gleiche Organisation.»
«Es ist eine Sicherheitsmassnahme. Ich kenne nur Ihre Handynummer. Und Sie kennen meine. Es ist besser, wenn das so bleibt.»
«Oh, dann ist Philippa also gar nicht Ihr richtiger Name? Vermummen Sie sich deshalb?» Der junge Mann richtete den Innenspiegel so, dass er sie sehen konnte.
«Fahren Sie einfach», sagte Philippa und zog den Schal wieder vor den Mund.
Der junge Mann hatte einen sportlichen Fahrstil. Das gefiel ihr. Seine Haare weniger. Er hatte halblange, zerzauste Locken. Und auf seinem rechten Oberarm prangte ein Tattoo. Philippa konnte aber nicht erkennen, was für eines. Erst als der junge Mann auf der A16, der Transjurane, ein anderes Auto überholte und dessen Abblendlicht das Innere des Pick-ups beleuchtete, erkannte Philippa das Motiv: Das Tattoo zeigte einen Wolf, der einen Fluss durchwatet.
«Sie mögen Wölfe?», fragte Philippa.
«Wir wollen doch möglichst wenig voneinander wissen, nicht wahr? Deshalb sitzen Sie auch hinten, oder? Damit ich Sie nicht sehen kann.»
Philippa schwieg.

«Ich liebe alle Tiere», antwortete der junge Mann schliesslich. «Sonst würde ich kaum für diese Organisation arbeiten. Wölfe mag ich ganz besonders. Nennen Sie mich doch Isegrim. Wie der Wolf aus der Fabel.»

«Isegrim», sinnierte Philippa. Der Mann, der nun doch einen Namen hatte, war ihr sympathisch. Vom Alter her hätte er gut ihr Sohn sein können. Sie wäre stolz darauf, einen solchen Sohn zu haben. Ihr eigener Sohn Philip Junior war eher nach dem Vater geraten. Gutaussehend, charmant. Aber ein Blender, ein Filou, ein Playboy. Er gab das Geld mit beiden Händen aus. Vertraute auf das Vermögen der Familie Miller-de-Polline, auf die zahlreichen Immobilien und das Gestüt in den Freibergen im Schweizer Jura. Er war eben mehr ein Miller als ein De Polline. Und sie hatte ihm schon mehrmals gesagt, dass es nicht sein Vermögen und auch nicht dasjenige seines Vaters sei, sondern ihres. Und dass er sich mässigen solle. Denn Philippa Miller-de-Polline hatte andere Pläne, als das Vermögen irgendwann ihrem Sohn zu vererben.

Alles für die Tiere. Alles für den Tierschutz, die Organisation.

Philip Junior sah das nicht so. Aber immerhin hatte er ihr den Kontakt zu Isegrim vermittelt. Ein Mann für spezielle Aufgaben, hatte Philip Junior versprochen. Das würde sich nun zeigen.

Als sie Les Breuleux erreichten, dirigierte Philippa Isegrim über kleine Strassen Richtung Mont Soleil – ein Berg im Schweizer Jura mit vielen Windkraftanlagen. Isegrim fuhr jetzt langsam, obwohl die Scheinwerfer die schmale Strasse gut ausleuchteten.

Plötzlich stoppte er. Isegrim drehte sich zu Philippa um: «Ich gehe davon aus, dass der ganze Komplex überwacht wird.»

Philippa starrte in Isegrims Gesicht. Es war ein hübsches Gesicht mit einer leicht gekrümmten Nase und einem spitzen Kinn. «Ja, es gibt überall Kameras.»

Isegrim stieg aus dem Wagen, montierte die Nummernschilder ab und legte die Kennzeichen in den Fussraum des Beifahrersitzes.

Weiter ging es über eine Schotterstrasse.

«Da!», rief Philippa. «Halten Sie vor dem Mast auf der rechten Seite.»

«Das ist das Windrad? Sind Sie sicher?»

«Sie wissen, was Sie zu tun haben?»

«Natürlich.»

Isegrim fuhr gut zwanzig Meter rückwärts an den mächtigen Mast aus Stahl und Beton heran. Dann machte er den Motor und das Licht aus, zog eine dünne Sturmhaube über den Kopf und montierte eine Stirnlampe. Er stieg aus, schlüpfte in eine Windjacke mit vielen Taschen. Von der Ladefläche holte er ein kleines Paket. Damit spurtete er die Gitterrosttreppe hinauf zur Tür, die ins Innere des Mastes führte. Am Schloss der Tür befestigte er das Paket. Dann eilte er zum Pick-up zurück, stieg ein, nahm aus der Seitentasche seiner Handwerkerhose eine kleine Fernbedienung und drückte auf den Knopf.

Ein Knall. Nicht sonderlich laut.

Isegrim wartete einige Sekunden, dann fuhr er nahe zur Gitterrosttreppe, sprang aus dem Wagen und betrachtete sein Werk. «Hat geklappt, Philippa», rief er. «Los geht's. Es ist praktisch windstill. Ein Wunder, dass die Rotoren überhaupt laufen.»

Philippa stieg ebenfalls aus dem Wagen, drückte ihre Mütze tief ins Gesicht und schob die graumelierten Haarsträhnen darunter. Es war kalt. Und es roch nach Gras. Sie atmete tief ein.

Doch dann zuckte sie zusammen. Da war dieses unheimliche Geräusch. Wumm – Schsch – Wumm – Schsch – Wumm – Schsch.

Das Geräusch des Windrads, das die Luft zerschnitt. Für Philippa war es das Geräusch des Todes, die Guillotine für Millionen von Vögeln.

Wumm – Schsch – Wumm – Schsch – Wumm – Schsch.
Geköpft, zerstückelt, abgeschlachtet.

Sie suchte mit den Augen den Boden ab. Dort, einige Meter entfernt, lagen tatsächlich zwei tote Vögel. Philippa spürte einen Stich im Herzen. Sie konnte nicht näher herantreten.

Isegrim griff sich den Pickel von der Ladefläche, stieg die Treppe hinauf, hebelte die durch die Explosion beschädigte Tür aus den Angeln und warf sie nach unten. Sie schepperte. Dann eilte er zurück zum Pick-up, löste die Gurten um die Holzkisten und packte zusammen mit Philippa die erste Kiste. Sie war verdammt schwer. Die beiden hievten sie ins Innere des Mastes. Hier war das Geräusch der Rotoren noch lauter. «Unheimlich», sagte Philippa und schaute nach oben in den Turm: Eine Leiter, ein Lift, Kabelstränge – alles verschwand irgendwo in der Höhe, in der Dunkelheit.

«Weiter, Madame, weiter!», mahnte Isegrim.

Zusammen schleppten sie auch die zweite Kiste in den Mast. Der junge Mann nahm aus den beiden Kisten kleine, graue Rohre, die zu Batterien zusammengebunden waren. Mehrere davon waren wiederum an Seilen befestigt. Isegrim schulterte vier solcher Konstruktionen, schnappte sich einen Bund dicker Kabelbinder und kletterte die Leiter hinauf. Er schaute zurück. «Geben Sie mir einige Minuten. Falls jemand auftaucht, steigen Sie in den Wagen, hupen und lassen den Motor laufen. Okay?»

«Beeilen Sie sich.»

Philippa stieg die Gittertreppe hinunter, ging um den Mast herum und schaute sich um. Es waren nirgends Scheinwerfer eines Autos zu erkennen.

Der Wind blies etwas kräftiger. Das monotone Geräusch der Rotorblätter wurde jetzt ab und zu durch ein Zischen unterbrochen. Philippa erschauderte.

Wumm – Schsch – Wumm – Schsch – Wumm – Schsch.
Geköpft, zerstückelt, abgeschlachtet.

Nach einigen Minuten kam Isegrim zurück. «Die Sprengstoffbatterien sind an der Leiter festgemacht. Ich denke, das gibt einen ordentlichen Schaden. Sind Sie bereit?»

Philippa sog nochmals kalte Luft in ihre Lungen. Langsam atmete sie aus. «Ich bin bereit.» Sie warf einen Blick auf die beiden toten Vögel und wiederholte: «Ich bin bereit!»

Isegrim angelte wieder die kleine Fernbedienung aus der Hosentasche und reichte sie Philippa. «Das ist nun Ihre Aufgabe. Aber warten Sie noch, Madame. Lassen Sie uns abhauen.»

Beide stiegen in den Pick-up. Isegrim fuhr über die Schotterpiste auf die schmale Strasse zurück, stoppte und sagte: «Jetzt!»

Philippa drückte ohne zu zögern auf den Knopf.

Mehrere Explosionen.

Einige Sekunden lang passierte nichts.

Dann neigte sich der Mast wie in Zeitlupe nach links. Das Windrad drehte sich weiter, näherte sich dem Boden.

«Oh, verdammt», flüsterte Isegrim. «Das gibt es doch nicht! Der Turm bricht tatsächlich zusammen.»

Philippa fotografierte.

Da berührte eines der riesigen Rotorblätter die Erde. Es verbog sich laut quietschend und ächzend, brach auseinander und wurde weit weg in die Landschaft katapultiert. Der nächste Propeller fräste sich tief in den Boden ein. Steine und Dreck flogen herum. Die Erde bebte.

«Unglaublich», staunte Isegrim. «Einfach unglaublich.»

Philippa hörte auf zu fotografieren, starrte gebannt auf den Mast.

Kurz darauf stürzte der gesamte Turm ein. Lautes Tosen und Zischen, eine mächtige Staubwolke breitete sich aus.

«Fahren Sie!», schrie Philippa. «Jetzt fahren Sie endlich!»

1

«Ich lasse euch mit eurer Mutter allein.» Arvid Bengt stand auf und ergriff Charlottes Hand, drückte sie sanft. «Ich komme morgen wieder.»

«Das ist lieb, Dominic-Michel. Ich werde auf dich warten.»

Selma und Elin schauten sich irritiert an. Dominic-Michel? Hatte Charlotte gerade Dominic-Michel anstatt Arvid Bengt gesagt?

Arvid Bengt blieb gelassen, küsste Charlotte auf die Wange und wollte das Spitalzimmer verlassen.

Selma hielt ihn am Arm fest. «Papa, Charlotte ist noch ganz durcheinander. Sie ...»

«Sie hat eine Amnesie, Selma, ich weiss. Irgendwann wird sie sich an mich erinnern.» Er hielt einen Moment inne. «Vielleicht.» Er verliess das Zimmer.

«Maman, das war doch nicht mein Papa», sagte nun Elin zu Charlotte. «Das war Arvid Bengt, Selmas Vater, der dich nach vielen Jahren wiedergefunden hat und mit dir zusammenlebt.»

«Ach ja?» Charlotte schaute zu Elin. «Und wo wohnt Dominic-Michel?»

«Maman, Dominic-Michel lebt nicht mehr.»

Charlotte starrte an die Decke. Nach einer Weile schloss sie die Augen.

Selma seufzte.

«Komm, lass uns gehen», flüsterte ihre Schwester. «Wir wollen sie nicht überfordern.»

Die beiden Frauen verabschiedeten sich von ihrer Mutter und küssten sie auf die Stirn. Ganz behutsam. Denn Charlottes Kopf war mit einem dicken Verband umwickelt.

Als sie draussen im Gang standen, begann Selma zu weinen.

Elin nahm sie in die Arme. «Ach, grosse Schwester, Maman

packt das schon. Es braucht einfach Zeit. Die Ärztin ist zuversichtlich. Maman wird sich früher oder später wieder an alles erinnern können. Oder an fast alles.»

Selma löste sich aus der Umarmung, lehnte sich mit dem Rücken gegen die Wand und sackte langsam zusammen, bis sie auf dem Boden sass. «Warum nur?»

Elin setzte sich zu Selma. «Das war einfach Pech. Zur falschen Zeit am falschen Ort. Der Täter wollte ihr die Handtasche klauen, unsere Mutter hat sich gewehrt und wurde niedergeschlagen. Das passiert jeden Tag. Auch bei uns in Basel. Gerade bei uns in Basel. Wir wohnen leider in der kriminellsten Stadt der Schweiz.»

«Wir wissen nicht, ob sich Mama gewehrt hat.»

«Du kennst sie doch.»

«Was ist, wenn sie nicht wegen ihrer Handtasche niedergeschlagen worden ist?»

«Warum denn sonst? Maman hatte sicher über fünfhundert Franken im Portemonnaie. Wie oft habe ich ihr gesagt, dass sie nicht ...»

«Das konnte der Täter ja nicht wissen.»

«Ältere Damen haben doch immer Bargeld dabei. Sie sind leichte Beute.»

«Ein Überfall direkt vor der Haustüre? Das ist absurd.»

«Wir haben das doch schon so oft diskutiert, Selma. Schon hundertmal durchgespielt. Es passierte im kleinen Park am Totentanz, ja, quasi vor deiner und Charlottes Haustür. Es war Samstag. Es war dunkel. Selma, es war einfach ein schrecklicher Überfall. Unsere Mutter war ein Zufallsopfer.»

Selma wischte sich die Tränen ab, zog aus ihrem kleinen Rucksack ein Taschentuch und schnäuzte sich. Dann drehte sie an ihren Silberringen und an ihrem Verlobungsring. Sie stand auf. «Mama wollte unbedingt mit mir reden. Sogar unmittelbar nach diesem schrecklichen Verbrechen. Was wollte sie denn so dringend mit mir besprechen? Weisst du es?»

Elin streckte ihren Arm aus und liess sich von Selma hochziehen. «Du kennst doch Charlotte, bei ihr ist immer alles dringend.»

«Ich habe so ein schlechtes Gewissen, Elin. Ich war so beschäftigt mit mir selbst. Wie so oft. Wie eigentlich immer. Ich hatte kein Ohr für Mama. Ich mache mir solche Vorwürfe. Das werde ich mir nie verzeihen.»

«Ach, Liebes, hör auf! Soweit ich das mitbekommen habe, ging es nur um ein Gemälde. Doktor François Werner liess von Maman eine Expertise erstellen. Nichts Aussergewöhnliches. Schliesslich ist François nicht nur unser Hausarzt, sondern auch ein langjähriger Freund der Familie. Und Maman ist Kunsthistorikerin. Also, was soll da schon sein?»

«Ich weiss es nicht, Elin», sagte Selma leise. «Ich weiss es nicht. Ich habe das Gefühl, dass da irgendetwas war, was Mama sehr beschäftigt hat.»

Die Schwestern schwiegen einen Moment.

«Nein!», rief Selma plötzlich empört und stampfte auf den Boden. «Es ist kein Gefühl, Elin. Ich weiss es! Ich weiss, dass etwas nicht stimmt.»

«Maman wird sich bald daran erinnern. Und sonst fragst du einfach François. Er war übrigens hier.»

«Wann?»

«Etwa eine Stunde, bevor du gekommen bist. Er war etwas seltsam zu mir. Kurzangebunden, sehr distanziert. Das lag wohl daran, dass er unbedingt mit der behandelnden Ärztin sprechen wollte.»

«Und warum?»

«Das weiss ich nicht. Er kennt Charlottes Gesundheitszustand wie kein zweiter. Also zumindest bis zu diesem brutalen Überfall.»

«Aber warum war er dann seltsam zu ...?»

«Keine Ahnung», unterbrach Elin. «Er kam auch nicht mehr zurück. Dafür eilten zwei Pflegerinnen in Charlottes Zimmer. Sie hätten eine Infusion gewechselt, sagten sie mir danach.»

«Alles sehr seltsam, oder nicht?»

«Ich weiss nicht.»

«Du bist die Apothekerin, Elin, du musst das verstehen.»

«Na ja, vielleicht verträgt Maman gewisse Medikamente nicht und deshalb ...»

Plötzlich kamen eine Ärztin mit Stethoskop und mehrere Pflegerinnen und Pfleger angerannt und rauschten in Charlottes Zimmer. Von dort drangen kurze, nervöse Piepstöne auf den Flur.

Selma und Elin hielten sich an den Händen, drückten sie fest.

Kurz darauf wurde Charlotte in ihrem Bett zum Lift gerollt.

«Was ist los?», wollte Selma wissen, liess Elins Hand los und ging zur Ärztin. «Was ist los?»

Die Lifttür öffnete sich, Charlotte wurde hineingeschoben.

«Was ist passiert?», fragte Selma verzweifelt.

«Wir müssen in den OP», antwortete die Ärztin.

«Warum?»

«Wir werden Sie später informieren.»

«Wo ist Doktor Werner?»

Elin packte Selma am Arm und zog sie zu sich.

Die Lifttür schloss sich.

2

Arvid Bengt, der grosse hagere Schwede, sass auf dem abgewetzten Biedermeiersofa im Haus «Zem Syydebändel» am Basler Totentanz und starrte ins Leere.

Selma hatte sich beruhigt. Zusammen mit ihrer Schwester hatte sie noch lange im Spital auf Informationen gewartet.

Irgendwann war ihnen mitgeteilt worden, dass es sich um eine Notoperation handle. Der Blutdruck sei in die Höhe geschnellt, was zu einer Hirnblutung geführt habe.

Selma ging mit belegten Broten zu Arvid Bengt. «Papa, willst du nicht etwas essen? Schau, diese Canapés sind von Seeberger, unserer Lieblings-Confiserie.»

Arvid Bengt schaute sie nicht einmal an.

Selma stellte das Tablett ab und ging vor ihrem Vater in die Hocke. «Charlotte wird es schaffen. Du kennst sie doch. Sie ist zäh. Die Operation ist ein Routineeingriff. Auch wenn es eine Notoperation ist. Das klingt dramatischer, als es ist.»

Jetzt schaute Arvid Bengt Selma an. Seine blauen Augen wirkten leer. «So redeten deine Mutter und ich immer, wenn es dir nicht gut ging», sagte er leise. «Oder wenn du bei deinen Einsätzen in den Bergen sogar in Lebensgefahr warst.»

«Siehst du, ihr habt recht behalten. Ich habe alles überlebt. Und ich werde auch recht haben. Bald werden wir erfahren, wie es Mama geht.»

«Wir sollten zurück ins Spital.»

«Wir wohnen eine Minute vom Spital entfernt, Papa. Es ist doch gleich da drüben. Und es hilft Mama nicht, wenn wir dort herumstehen.»

«Ja, ja», machte Arvid Bengt und starrte wieder ins Leere. «Ja, ja.»

In der Wohnung von Charlotte und Arvid Bengt warteten auch Selmas Partner Marcel und ihre Schwester Elin auf den erlösenden Anruf aus dem Universitätsspital.

Aber er kam nicht.

Dafür bellte Tom, Selmas und Marcels grosser, schwarzer Hund. Sie hatten ihn oben in ihrer Wohnung im dritten Stock gelassen. Marcel verliess Charlottes und Arvid Bengts Wohnung und ging die knarrende Treppe hinauf. Da hörte er, dass jemand klingelte. Er ging ins Parterre und öffnete die Haustür.

«Jonas, was …»

«Märssu, altes Haus», brummte Jonas Haberer, umarmte ihn und klopfte ihm mit seinen Pranken auf den Rücken. «Du lebst und siehst für deine bescheidenen Verhältnisse auch ganz gut aus.»

«Vielen Dank. Wie immer sehr charmant.»

«Na ja, damals auf diesem gottverdammten Berg im Tessin, als du schon fast im Jenseits warst, hast du wesentlich schlechter ausgesehen. Hätte ich dich nicht gerettet …»

«Vielen Dank, Jonas. Aber genau genommen hast du mich nicht allein gerettet, sondern viele andere …»

«Papperlapapp, du warst verschwunden, und ich hatte die Idee, wo und wie wir dich finden. Wir wollen jetzt keine alten Geschichten aufwärmen, oder? Ich wollte Charlotte besuchen. Aber die haben mich im Spital nicht zu ihr gelassen. Und Selmeli nimmt ihr Telefon nicht ab. Jesusmariasanktjosef, warum nimmt Selmeli das verdammte Telefon nicht ab? Was ist los?»

«Komm herein. Charlotte wird gerade notoperiert.»

«Verdammt!»

Jonas Haberer, Selmas Auftraggeber, Manager und Freund der Familie, stapfte in seinen roten Cowboystiefeln in den ersten Stock, umarmte Selma und Elin und legte seine Hand auf Arvid Bengts Schulter.

Tom bellte immer noch.

«Holt doch Tom hierher», sagte Arvid Bengt, ohne aufzuschauen.

Marcel ging nach oben. Sekunden später trabte Tom in die Wohnung, wedelte mit dem Schwanz und wusste gar nicht, wen er zuerst begrüssen sollte. Allerdings fand er kaum Beachtung.

Ausser von Jonas Haberer, der ihm den Kopf tätschelte. «Na, du alter Haudegen? Wir zwei könnten ein Bier oder einen Schnaps vertragen. Oder eine richtig fettige Wurst.»

«Jonas!», rief Selma empört. «Wie kannst du nur!»

«Bitte?»

«Wie kannst du nur über Bier und Wurst reden?!»

«Stimmt. Über Bier und Wurst sollte man nicht reden, das Zeug sollte man sich einverleiben.»

Arvid Bengt lächelte.

Selma machte ein zerknirschtes Gesicht.

«Was ist los?», fragte Jonas Haberer nach einer Weile. «Hier herrscht vielleicht eine Stimmung! Ihr glaubt doch nicht im Ernst, dass die alte Lotti die Harfe fasst? So ein Quatsch. Tom und ich spüren das im Urin.»

«Jonas!», mischte sich nun Elin ein. «Es reicht.»

Arvid Bengt lachte.

Alle schauten ihn fassungslos an.

«Jonas hat doch recht», sagte Arvid Bengt. Er blickte Haberer an. «Charlotte hält viel von dir. Sehr viel sogar. Gut, bist du da. Danke, Jonas.»

«Sehr gern, Arvid Bengt», meinte Haberer. «Also, was ist denn los? Warum eine Not-OP? Ihre Birne funktioniert doch wieder ganz ordentlich. Jedenfalls hat sie sich bei meinem letzten Besuch an mich erinnert. Und auch an ihren Lieblingsschnaps.»

«Du hast mit Mama Aquavit getrunken?», fragte Selma bissig.

«Du, Selmeli, das war keine Absicht, aber ich hatte zufälligerweise ...»

In diesem Moment klingelte Elins Smartphone.

«Das Spital», sagte Elin und nahm den Anruf entgegen.

Das Gespräch dauerte nicht lange. Elin hielt den Daumen nach oben und bedankte sich für den Anruf. Dann verkündete sie: «Maman hat die Operation überstanden. Es geht ihr gut. Also den Umständen entsprechend.»

«Was heisst das? Was ist passiert?», wollte Selma wissen.

«Es gab offenbar einen Bluterguss im Hirn, möglicherweise

als Spätfolge des Schlags. Aber es ist so weit alles gut. François ist auf dem Weg zu uns.»

Marcel ging gleich nach unten und kam kurz darauf mit Doktor François Werner zurück.

Dieser schaute gebannt zu Jonas Haberer. «Herr Haberer», sagte er leise. «Was machen Sie denn hier?»

«Ihr kennt euch?», fragte Selma.

«Nicht wirklich», murrte Jonas Haberer und ging auf François Werner zu. «Klein, hässlich, runde Brille, aber ein Gott in Weiss. Lotti hat viel von Ihnen erzählt.»

«Gross, rüpelhaft, Cowboyboots», konterte der Doktor. «Passt!»

Selma war verwirrt.

«Es ist alles gut gegangen», sagte Doktor François Werner sachlich und verstieg sich in eine komplexe medizinische Erklärung: «Durch den Unfall entstand offenbar ein Subduralhämatom, eine sehr langsame Blutung zwischen zwei Hirnhäuten. Dieses Hämatom konnte die Ärztin entfernen. Nun müssen...»

«Lieber grosser kleiner Gott in Weiss», unterbrach ihn Jonas Haberer.

«Ich bin kein Gott in Weiss.»

«Du redest aber gerade so. Charlotte wird also wieder ganz gesund, wird mit uns feiern können und den Scheisskerl, der sie niedergeschlagen hat, wiedererkennen?»

«Ich bin kein Neurologe. Aber ich glaube kaum, dass sie sich an den Überfall erinnern wird.»

«Wir werden dieses Arschloch auch so zur Strecke bringen. Mein lieber Freund, der Goppeloni-Kommissär Olivier Kaltbrunner, wird ihn finden. Und er wird ihn mir und Tom zum Frass vorwerfen.» Jonas Haberer hustete. Dann sagte er: «Gibt es nun endlich ein Bier?»

«Komm mit.» Marcel führte Haberer in die Küche.

Jonas Haberer schaute zum Fenster auf den Rhein hinaus.

«Ich weiss. Selmeli ist ein bisschen derangiert. Erst die Sache mit deinem Verschwinden im Tessin, dann die Schwangerschaft, jetzt der brutale Überfall auf ihre Mutter. Aber ich denke, sie sollte wieder arbeiten.»

«Wird sie auch.»

«Aha, davon weiss ich gar nichts. Warum nicht?»

«Weil es dich gar nichts ...» Selma stand in der Tür und hielt nun die Hand vor den Mund. «Mist, das habe ich ganz vergessen! Morgen ist dieser Termin.» Sie ging auf Haberer zu. «Kannst du für mich einspringen? Bitte, es ist wichtig.»

«Oh, das ist ganz ungünstig», meinte Jonas Haberer geschwollen und zog die Augenbrauen hoch.

«Jonas, ich habe diesen Termin schon mehrmals verschoben. Er ist mir aber wichtig, ich möchte diesen Auftrag unbedingt haben.»

Haberer fuhr sich mit der Zunge über die Lippen. «Ich bin etwas unterhopft. Was ist denn nun mit dem Bier?»

Marcel nahm zwei Flaschen aus dem Kühlschrank, öffnete sie, reichte Jonas Haberer eine und prostete ihm zu.

Haberer trank sie gleich leer und rülpste. «Die Flaschen werden auch immer kleiner.»

«Jonas!», sagte Selma resolut.

«Also, wo muss ich einspringen? Wen oder was muss ich retten?»

«Tiere. Du musst Tiere retten.»

«Bitte?»

Selma hielt Jonas am Arm fest. «Nicht direkt. Ich habe einen Termin auf der Ranch von Philippa Miller-de-Polline im Jura.»

«Müller was?»

«Nicht Müller. Miller. Miller-de-Polline. Alter englischer Adel. Also Miller natürlich nicht. Aber De Polline.»

«Bloody hell. Kann ich noch ein Bier haben?»

Marcel reichte ihm eines.

«Ich kann jetzt unmöglich hier weg», erklärte Selma. «Ich will bei Mama bleiben. Jonas, kannst du für mich hinfahren, alles anschauen und mir Bescheid geben, wie viel Zeit ich ungefähr aufwenden muss, um eine gute Kampagne zu lancieren, die möglichst viel Geld einbringt?»

«Oh, Geld, das klingt toll. Da bin ich dabei. Ich werde für uns einen Höchstpreis herausholen.»

«Nein.»

«Was, nein?»

«Nicht für uns, für die Ranch natürlich.»

Haberer trank auch das zweite Bier in einem Zug leer und wandte sich Marcel zu. «Gibt es ein drittes?»

Marcel gab ihm eine weitere Flasche.

Jonas Haberer leerte auch diese. «Was springt für mich dabei heraus?»

«Dankbarkeit.»

«Oh, Dankbarkeit. Ich dachte eher an so schnöde Dinge wie Dukaten, Goldtaler oder Geld.»

«Jonas, es geht um Tierschutz. Ich habe den Auftrag über das Basler Tierheim bekommen, für das ich kürzlich gearbeitet habe. Ich wurde weiterempfohlen.»

«Ich erinnere mich schwach. Die Kampagne war erfolgreich. Als Honorar hast du Tom mit nach Hause gebracht. Super, dann erhalte ich also auch einen Hund?»

Selma schaute Haberer mit ihren grossen, dunklen Augen an und lächelte. «Eher ein Pferd.»

3

«Wie wäre es mit einem Ausritt, Mister Haberer?»

«Sie belieben zu scherzen, Lady Miller-de-Polline.» Er versuchte den Namen mit Britischem Akzent auszusprechen und musterte dabei die mittelgrosse, schlanke Frau von oben bis unten. Sie trug einen schmutzigen Blaumann, Gummistiefel und eine Mütze. Sie war leicht geschminkt und hatte perlenbesetzte Sticker an den Ohrläppchen, was irgendwie nicht zu ihrem Erscheinungsbild passte. «Ich bin gerade erst angekommen, Mylady. Mein Allerwertester tut jetzt noch weh von meinem wilden Ritt mit diesem alten Panzer.» Jonas Haberer klopfte auf die verbeulte Motorhaube seines Geländewagens.

«Na, kommen Sie schon! Wichtige Dinge lassen sich auf einem Pferderücken leichter besprechen.»

«Mylady», sagte Jonas Haberer kleinlaut und zog seinen Cowboyhut tiefer ins Gesicht. «Ihr philosophischer Ansatz in Ehren, aber leider bin ich der Reitkunst nicht mächtig. Ich bin untröstlich.»

«Lassen Sie das geschwollene Geschwätz, Mister Haberer. Es passt nicht zu Ihnen. Sie tragen einen Cowboyhut, rote Boots, einen langen Mantel und wollen kein Cowboy sein?»

«Ich bin ein Grossstadtcowboy.»

«Dann wird es höchste Zeit, dass Sie auch das Land erobern.»

Philippa Miller-de-Polline ergriff ihr Smartphone und rief jemanden an. Auf Französisch sagte sie: «Mach bitte mein Pferd bereit. Und für meinen Gast Herakles den Vierten.»

«Herakles», sagte Haberer. «Herakles, der griechische Halbgott, Sohn des Zeus.»

«Oh, ein gebildeter Grossstadtcowboy. Ich bin entzückt. Und ich darf Ihnen mitteilen, dass der griechische Halbgott Herakles bestens zu Ihnen passt, Mister Haberer.»

«Da haben Sie natürlich absolut recht, Lady Miller-de-Polline.» Er lüftete galant seinen Hut.

Philippa Miller-de-Polline starrte auf die Narben auf seiner Glatze. «Oha, sind das Verletzungen vom Grossstadtkrieg mit Gangstern?»

«So in etwa.»

«Und wie lautet die Wahrheit?»

«Verbrennungen!»

«Was ist passiert?»

«Die Alphütte einer gottverdammten Hexe ist explodiert. Im Appenzellerland.» Haberer setzte den Hut wieder auf. «Lange Geschichte. Ich will Sie damit nicht langweilen, Mylady.»

«Nennen Sie mich Philippa.»

«Philippa, ist der Name echt?»

«Warum sollte er es nicht sein?»

«Das ist ein griechischer Name, Philippos, der Pferdefreund. In Ihrem Fall natürlich Pferdefreundin. Passt zu Ihnen wie die Faust aufs Auge.»

«Ich bin beeindruckt von Ihrem Wissen. Der Name Philip oder Philippa ist Familientradition. Wie die Liebe zu den Pferden. In unserer Familie ist so vieles Tradition. Aber das wissen Sie sicher alles. Ich nehme an, dass Sie sich über mich erkundigt haben, so wie ich mich über Sie.»

«Natürlich, Mylady», sagte Jonas Haberer. «Ist schliesslich mein Job. Und deshalb wundert es mich auch nicht, dass Sie mit mir nicht Französisch sprechen, wie hier im Jura üblich. Sondern Basler Dialekt. Der bekannte Arzt Philip de Polline ist demnach...» Haberer machte eine Kunstpause.

Philippa Miller-de-Polline verdrehte die Augen, lachte. «Tun Sie nicht so dramatisch. Er war mein Vater. Nun gut, Schluss mit der Historie.» Sie funkelte Jonas Haberer mit ihren grün-blauen Augen an. «Wie darf ich Sie denn nennen, Cowboy?» Philippa lächelte, nahm ihre Mütze ab und schüttelte ihre graue Mähne.

«Es ist mir... eine... Ehre», stotterte Haberer und starrte auf Philippas Haarpracht. «Nennen Sie mich einfach Jonas.»

«Ich ziehe mich nur schnell um und lasse Ihnen einige Reitersachen bringen, Jonas.» Sie griff ihm freundschaftlich an den Arm. «Schauen Sie sich in der Zwischenzeit ein bisschen auf der

Ranch um. Hier ist das Gestüt», sie zeigte hinter sich nach links. «Daneben die grosse Reithalle. Und hier rechts der Tiergnadenhof. Um ihn soll es in der Kampagne vor allem gehen.»

«Okey-dokey.»

Als Philippa Miller-de-Polline davonmarschierte, murrte Haberer: «Tiergnadenhof, Gutmenschkampagne, Ausreiten. In was für eine Scheisse bin ich da wieder hineingeraten?»

Philippa drehte sich um und rief: «Ich habe Sie gehört, Cowboy! Achten Sie auf die Windrichtung, wenn Sie schimpfen. Das lernt man von den Tieren!» Sie lachte und ging mit schnellen Schritten zum Herrschaftshaus.

Jonas Haberer wäre am liebsten im Boden versunken.

Das Gestüt war gross. In den gepflegten, sauberen Boxen standen wunderschöne, meist braune oder fuchsrote Pferde mit einem weissen Fleck auf dem Kopf oder der Stirn. Auch der angrenzende Tiergnadenhof war beeindruckend. Alte Pferde grasten auf einer Weide, es gab mehrere Esel, Rinder, Schweine, jede Menge Hunde und Katzen.

«Monsieur Jonas!» Ein bärtiger Angestellter kam auf Haberer zu und überreichte ihm Reithose, Stiefel und Helm.

Unter lautem Stöhnen zwängte sich Jonas Haberer in der Garderobe der Reithalle in die Klamotten.

«Soll ich Ihnen helfen, Jonas?», fragte Philippa Miller-de-Polline, die plötzlich hinter ihm stand.

«Müssen Reitkleider so verdammt eng sein?», knurrte Haberer, schloss den Gürtel der Hose, drehte sich um und schaute mit offenem Mund zu Philippa, die in voller Reitmontur vor ihm stand. Haberer grinste. «Ja, ich denke, Reitklamotten müssen so eng sein.»

«Die Sachen stehen Ihnen, Cowboy. Kommen Sie mit.»

Sie hakte sich bei Jonas unter und verliess mit ihm die Garderobe. Die beiden betraten die riesige Reithalle des Gestüts. Dort waren an einem Balken zwei gesattelte Pferde angebunden. Philippa führte Jonas zum etwas grösseren Tier. «Darf ich vorstellen, Herakles der Vierte.»

Jonas Haberer schnappte kurz nach Luft. «Ein ziemlich mächtiger Gaul.»

Philippa lachte schallend. Es war ein herzerfrischendes Lachen. Jonas Haberer konnte nicht anders, er musste mitlachen.

«Sind Sie bereit?», fragte Philippa.

«Ich weiss nicht ...»

«Was wissen Sie nicht?»

«Ob ich wirklich bereit bin.»

«Angst?»

«Oh, nein, ich habe keineswegs Angst. Ich frage mich nur, wie man überhaupt auf ein solch grosses Pferd gelangt.»

Philippa lachte. Dann brachte sie ihm einen Holzbock mit zwei Tritten.

Haberer kraxelte auf Herakles: «Jetzt bin ich bereit.»

«Los geht's, Cowboy! Wir machen eine Runde in der Halle, dann gehen wir nach draussen.»

Herakles der Vierte erwies sich als äusserst gutmütiger Hengst. Er trottete neben Valentina de Polline der Siebten, Philippas fuchsroter Stute. Philippa hielt nicht nur die Zügel ihres Pferdes, sondern auch jene von Herakles.

«Wie fühlen Sie sich, Jonas?»

«Etwas unsicher», sagte Haberer. «Und diese Reitklamotten, in die Sie mich gesteckt haben, zwicken überall.» Er hatte die ganze Zeit geradeaus geschaut, riskierte nun aber doch einen Blick zu Philippa. Ihre silbergrauen Haare schaukelten im Schritt des Pferdes hin und her. Sie wurden nur durch den weissen Helm zusammengehalten.

Jonas Haberer war fasziniert, konnte den Blick gar nicht mehr abwenden.

«Was ist?», fragte Philippa.

«Sie sind so schön», antwortete Jonas Haberer leise.

«Bitte?»

«Es ist so schön, wollte ich sagen. Ich bin ganz durcheinander. Der alte Grossstadtcowboy auf einem Pferd. Ein bisschen wacklig die ganze Sache. Aber ich denke, Herakles der Vierte und ich könnten gute Freunde werden.»

«Sie sind ein Naturtalent, Jonas. Ein richtiger Cowboy eben. Sie werden ein Teufelsreiter. Mit ein paar Reitstunden.»

«Ist das jetzt ein Kompliment, oder wollen Sie mich einfach zu exorbitant teuren Reitstunden verführen?»

«Keine Sorge, ich will Sie zu nichts überreden. Geniessen Sie diesen Moment auf dem Pferderücken, erfreuen Sie sich an der Landschaft. Ist sie nicht wunderschön?»

Haberer schaute sich vorsichtig um. «Na ja. Viele Tannen, viel grün, viel toll!»

Philippa lachte laut. Ihr Pferd verdrehte dabei die Ohren und wurde unruhig. Philippa beruhigte es sofort und strich ihm über den Hals. «Sie gefallen mir, Cowboy.»

«Oh, schon wieder ein Kompliment. Und dies auf meine alten Tage.»

Philippa lachte schon wieder.

«Gibt es hier in den Freibergen eigentlich auch Gasthäuser? Oder einen Saloon? Reiten macht durstig.»

«Ich werde Ihnen zu Hause einen Tee zubereiten.» Philippa brachte die Pferde zum Stillstand, schaute Jonas Haberer an und sagte resolut: «Genug geflirtet, Jonas. Reden wir über den Auftrag. Darf ich auf Ihre Unterstützung und auf jene von Selma Legrand-Hedlund zählen? Wir müssen wirklich dringend eine Spendenaktion lancieren.»

«Nun ja, Lady Miller-de-Polline...» Haberer räusperte sich laut. «Ich will Ihnen ja nicht zu nahe treten, aber im Gegensatz zu Ihnen und Madame Selma Legrand-Hedlund bin ich nicht von adliger Geburt und deshalb auf ein kleines, bescheidenes Hon...»

«Nein», unterbrach Philippa. «Ich kann Sie nicht bezahlen. Madame Legrand-Hedlund hat mir am Telefon versichert, Sie seien der Beste zur Rettung der Welt. Und Sie würden ganz wundervolle, emotionale Texte schreiben.»

«Texte? Sie wollen also nicht nur Fotos für Ihre Kampagne, sondern auch noch Texte? Sie möchten gerne unseren Full Service?»

«Ja. Ich habe Frau Legrand-Hedlund so verstanden, dass sie die Fotos und Videos machen wird und Sie die Texte.»

«Aha, das hat Selmeli gesagt...» Haberer räusperte sich erneut. «Und Sie sagten, Sie könnten nicht bezahlen?»

«So ist es.»

«Bei allem Verständnis, Lady Philippa, wenn ich...»

«Für Misses Legrand-Hedlund war das kein Problem.»

«Aha. Nun gut. Das verstehe ich. Gute Sache. Genau mein Ding. Tiere retten. Welt retten. Solche Dinge, nicht wahr?»

«Genau!»

«Vielleicht erteilen Sie mir ja doch einige Ihrer exorbitant teuren Reitstunden?» Jonas Haberer wunderte sich gerade über sich selbst. Er, alles andere als ein Naturbursche, verhandelte statt über Geld über Reitstunden?

«Darüber könnte ich nachdenken.» Philippa lächelte Jonas an.

«Hat Selmeli wirklich gesagt, ich könne wunderbar gefühlvolle Texte schreiben?»

«Ja. Passt doch zu Ihnen. Harte Schale, weicher Kern. Aber Sie werden bei Ihrem Aufenthalt auf der Ranch noch genügend Action erleben, keine Sorge.»

«Sie sind zu gütig, Mylady. Gefahr ist mein Leben. Ich bin schliesslich ein Reporter alter Schule.»

«Dann halten Sie sich fest, Cowboy!» Philippa gab ihrem Pferd die Sporen. Herakles der Vierte reagierte fast synchron mit Valentina de Polline der Siebten und nahm ebenfalls Tempo auf.

Philippa lachte laut, ihre silbergrauen Locken tanzten. Jonas Haberer krallte sich am Sattel fest.

4

«Erwarte keine Wunder», sagte Doktor François Werner in seiner Praxis nach einem etwas länglichen Vortrag über Kopfverletzungen. «Deine Mutter hatte Glück im Unglück. Sie ist nicht mehr die Jüngste. Da kann ein solcher Schlag, wie ihn deine hochverehrte Frau Mama erleiden musste, zum Tod führen, liebe Selma. Seien wir dankbar und voller Hoffnung. Sie lebt und wird möglicherweise wieder ganz gesund. Vielleicht mit ein paar Einschränkungen. Die Erinnerungen werden zurückkommen, wenn auch nicht alle. Aber sie wird ein gutes Leben führen können. Natürlich auch dank euch, dank Arvid Bengt, dank der ganzen Familie.»

Selma seufzte, betrachtete die Stuckaturen an der Decke, die Gemälde an den Wänden und blieb an einem Bild hängen, das einen nackten Jungen und ein Pferd darstellte. Wie immer, wenn sie hier war.

François Werner lächelte. «Dieses Bild hast du schon als Kind gern betrachtet. Und als Teenager. Erinnerst du dich? Es ist ein frühes Werk von Pablo Picasso. Als ich dieses Bild während meines Studiums in New York im Museum of Modern Art sah, faszinierte es mich gleich. Der Junge führt das Pferd ohne Zaumzeug. Oder führt das Pferd den Jungen? Die perfekte Harmonie. Deshalb habe ich mir damals diesen Kunstdruck geleistet.» François Werner strich sich über seine wirren grauen Locken und sprach weiter: «Item, meine liebe Selma, wir wollen nicht über Kunst philosophieren. Du hast viel erdulden müssen in letzter Zeit. Zuerst Marcels Krankheit, jetzt Charlotte, das ist nicht einfach.»

«Ja, Marcel hat den Krebs besiegt. Dann verschwindet er plötzlich und kämpft in der Wildnis des Bavonatals im Tessin ums Überleben. Happy End. Ich werde schwanger. Und dann wird Mama so brutal überfallen.»

Doktor Werner rutschte auf seinem Stuhl nach vorn und stützte die Arme auf dem riesigen Schreibtisch ab. «Weiss man eigentlich etwas über die Täterschaft?»

«Nein.»

«Kennst du nicht einen Basler Kommissär?»

«Du meinst Olivier Kaltbrunner? Er hat mit dem Fall eigentlich nichts zu tun. Aber er macht uns keine Hoffnung. Klassischer Raubüberfall. Es wurde nur das Geld gestohlen, wie viel wissen wir nicht. Ich nehme an, etwas über fünfhundert Franken. So viel hatte Charlotte immer bei sich. Das Portemonnaie mit allen Ausweisen hat man beim St. Johanns-Tor etwa sechshundert Meter vom Tatort entfernt gefunden.»

Doktor François Werner lehnte sich zurück, der alte Stuhl quietschte leise. «Verrückte Zeiten. Kein Wunder, kehren die Leute dieser Stadt den Rücken.»

«Ach, so schlimm ist es nun auch wieder nicht. Willst du Basel etwa verlassen? Die Praxis schliessen? Das Haus verkaufen?»

«Die Praxis möchte ich schon lange aufgeben. Aber ich finde keine Nachfolger. Das Haus gehört mir nicht, liebe Selma. Ich könnte mir gut vorstellen, aufs Land zu ziehen. Oder mir einen Zweitwohnsitz einzurichten.»

«Oh, darf ich fragen wo?»

«Nicht weit. Vielleicht im Jura. Die Freiberge sind wunderschön. Du weisst doch, dass ich gerne reite.»

«Nein, das wusste ich nicht. Ich werde in nächster Zeit wohl auch nähere Bekanntschaft mit Pferden machen.»

«Du willst doch nicht etwa Reitstunden nehmen? Während der Schwangerschaft?»

«Nein, nein. Ich habe einen neuen Auftrag. Jonas Haberer

hat alles eingefädelt. Ich soll für die De-Polline-Ranch eine grosse Kampagne lancieren. Sie liegt im Jura. Kennst du sie?»

«Ich habe schon davon gehört. Philip de Polline war ein sehr renommierter Arzt in Basel. Und ein grosser Gönner des Tierheims.»

«War?»

«Ja, er ist schon vor langer Zeit verstorben.»

Selma schwieg und betrachtete erneut das Bild mit dem Jungen und dem Pferd. «Du liebst also Pferde», sinnierte sie und drehte an ihren Fingerringen. Sie stand auf und ging zu Picassos Gemälde. Die Absätze ihrer Pumps klackten auf dem Parkett. Selma schaute das Bild nun von Nah an, wandte sich dann wieder François zu. «Meine Mutter wollte mit mir vor dem Überfall etwas Wichtiges besprechen. Ich war damals im Tessin, habe verzweifelt nach Marcel gesucht. Sogar unmittelbar nach dem Schlag auf den Kopf wollte sie unbedingt mit mir reden. Aber dann fiel sie ins Koma. Warum wollte sie mit mir sprechen? Hast du eine Ahnung? Hat sie sich dir gegenüber offenbart? War Mama schon vor dem Überfall krank?»

«Das Arztgeheimnis gilt leider auch innerhalb der Familie.»

«François, bitte.»

«Ich kann dir wirklich nichts sagen.»

«Elin und mein Vater haben erzählt, dass es eine Sache gibt, die sie beschäftigte.»

«Ach ja?»

«Eine Sache, die mit dir zusammenhängt.»

«Oh.» Doktor François Werner fuhr mit der linken Hand durch seine Haare. Offenbar war er nervös. Selma war sich sicher, denn auch sie hatte die Angewohnheit, an den Haaren herumzufummeln, wenn sie nervös oder unsicher war.

«Es soll um Kunst gehen», sagte Selma weiter. «Um eine Expertise zu einem Bild. Mamas Sachgebiet. Aber warum wollte sie mit mir darüber reden? Ich verstehe nichts von Kunst.»

«Natürlich verstehst du etwas von Kunst. Sehr viel sogar. Du bist selbst Künstlerin. Fotografin und Malerin.»

«Hobbymalerin. Wie auch immer. Aber was war denn das für ein Bild?»

«Ja. Eben. Das war das Problem. Der Besitzer, ein Bekannter von mir, also ein Patient, war sich nicht sicher. Deshalb habe ich Charlotte gefragt. Sie wollte sich das Bild anschauen. Ich habe den Kontakt hergestellt. Ob Charlotte schliesslich das Bild gesehen hat oder nicht, weiss ich nicht.»

«Und das soll Mama so sehr beschäftigt haben?»

«Na ja ...» Wieder fuhr sich Doktor François Werner mit der Hand durch die Haare. «Ich denke, sie war sehr gespannt, was das für ein geheimnisvolles Bild sein könnte. Sie war schliesslich ihr Leben lang eine engagierte Kunsthistorikerin.»

«Schon. Aber was wollte sie mit mir besprechen?»

«Also ... das ... ich denke ... Du bist Reporterin, du hättest vielleicht einige Recherchen anstellen können.»

«Ja, das wäre möglich gewesen. Das könnte ich auch jetzt tun. Wenn ich mehr darüber wüsste.»

«Selma, das ist nicht mehr nötig. Die Sache hat sich erledigt. Mein Bekannter, also mein Patient, will das Bild nun doch behalten. Es ist ihm auch egal, wer es gemalt hat. Er glaubt, es sei ein Chagall.»

«Ein Chagall? Oha, wow! Ein unbekannter Chagall? Das wäre eine Sensation!»

«Lassen wir ihn in seinem Glauben. Hauptsache, es gefällt ihm. Vergessen wir das Ganze. Item, Selma, ich sollte ...»

«Wenn es tatsächlich ein echter Chagall ist», unterbrach Selma, «dann geht es dabei um viel Geld. Um sehr viel Geld.»

«Das kann schon sein. Ist jetzt aber egal. Ich muss mich nun wirklich um meine Patientinnen und Patienten kümmern.»

«Danke, François, dass du dir die Zeit genommen hast.» Selma ging zur Tür, drehte sich aber nochmals um. «Wir vergessen das Ganze am besten, nicht wahr? So wie Mama.»

Doktor François Werner lächelte gequält.

5

Kommissär Olivier Kaltbrunner nahm die goldumrahmte Brille von der Nase und schaute lange zu Selma, dann zu deren Schwester Elin, zu Arvid Bengt und schliesslich zu seiner Freundin Lea. Diese verzog leicht ihre Mundwinkel.

Da Lea Selmas beste Freundin war, sich mit ihrem Coiffeurgeschäft im Parterre des Hauses «Zem Syydebändel» eingemietet hatte und in der Wohnung im zweiten Stock lebte, kannte Selma sie durch und durch. Und wusste, dass Lea mit dem Zucken der Mundwinkel Olivier etwas andeutete. Sie verlangte von ihm eine Aussage. Keine ausführliche, aber zumindest irgendeine Information zu den Ermittlungen. Selma war sich sicher, dass Olivier etwas wusste. Etwas, das er nicht offiziell mitteilen konnte. Oder wollte.

Olivier schaute erneut zu Selma, dann zu Tom, der es sich auf dem abgewetzten Biedermeiersofa bequem gemacht hatte. Tom streckte seine langen, drahtigen Beine aus, liess sich von Arvid Bengt den Bauch kraulen.

Wenn das Charlotte wüsste! Ein Hund auf dem Biedermeiersofa! Auch wenn es Tom war und das Sofa abgewetzt – nein, das ging nicht. Das ging gar nicht. Charlotte durfte das nie erfahren. Selma liess es nur deshalb zu, weil sie dachte, Tom könnte Arvid Bengt aufmuntern. Was Tom durchaus gelang. Arvid Bengts Gesichtsausdruck war nicht mehr ganz so trist wie zuvor. Allerdings müsste Selma Tom diese Unsitte gleich wieder austreiben. Sobald Charlotte nach Hause käme. Was alle hofften.

«Ihr Lieben», sagte Olivier und setzte seine Brille wieder auf die Nase. «Ich kann euch wirklich nichts sagen. Und zwar aus einem ganz einfachen Grund: Ich weiss nichts.»

«Du kannst also nicht einmal meine einfache Frage beantworten, ob die Staatsanwaltschaft von einem Raubüberfall auf ein zufälliges Opfer ausgeht oder nicht?» Selma strich mit den Händen durch ihre dunklen Locken. «Ach, das verstehen wir doch», fügte sie süffisant hinzu.

«So, so, hm, hm», machte Olivier.

«Genau.»

«Lass gut sein, Selma», sagte Arvid Bengt. «Olivier arbeitet als Kommissär, ist in diesem Fall befangen und hat deshalb mit den Ermittlungen nichts zu tun.»

«Toll!», rief Selma laut und schnellte von ihrem Stuhl hoch.

Tom schreckte auf. Selma ging zu ihm und streichelte ihn. Er legte den Kopf wieder hin. Dann sagte Selma: «Fall erledigt. Pech für Mama. Ein armes Zufallsopfer von einem ebenso armen Zufallstäter, der halt dringend etwas Kohle brauchte. Kommt in dieser Scheissstadt jeden Tag vor.»

«Leider ja», sagte Olivier.

«Warum will ich das nicht so richtig glauben, lieber Oli?», fragte Selma angriffig. Sie klemmte sich eine Locke hinters rechte Ohr. «Mama will dringend mit mir sprechen wegen einer Sache mit Doktor François Werner, dann wird sie zusammengeschlagen und wiederholt noch am Tatort, dass sie wirklich mit mir sprechen muss. Sie fällt ins Koma, erleidet eine Amnesie. Und heute erfahre ich von unserem lieben Doktor, dass Mama eine Expertise für ein Bild eines Patienten erstellen sollte. Der wollte das Bild verkaufen. Ein Bild von Chagall. Oder auch nicht. Doch mittlerweile soll sich die Sache laut Doktor Werner erledigt haben. Seltsam, was? Mama bekommt einen Schlag auf den Kopf, kann sich an diese Geschichte nicht mehr erinnern. Nach der Notoperation von gestern wohl definitiv nicht mehr.

Und jetzt soll die Sache mit dem Bild und der Expertise plötzlich keine Bedeutung mehr haben!» Selma drehte an ihren Silberringen, auch an ihrem Verlobungsring. «Was, wenn Charlotte etwas herausgefunden hat? Oder herausfinden wollte? Wenn sie mich als Rechercheurin einsetzen wollte? Wollte sie mich darum bitten, herauszufinden, ob dieses Bild ein echter Chagall ist? Eher nicht, denn das hat Mama auf den ersten Blick erkannt. Sie ist schliesslich eine Koryphäe auf ihrem Gebiet. Aber vielleicht wollte sie herausfinden, wem dieses Bild wirklich gehört? Geht es etwa um Raubkunst? Oh, das ist für die geschätzte Basler Staatsanwaltschaft eine Nummer zu gross. Also tut man die ganze Angelegenheit als Überfall ab. Ich bin sicher, dass Mama...» Selma stockte einen Moment. «Ich bin mir fast sicher, dass es ein Mordanschlag war.»

«Selma», sagte Arvid Bengt, «beruhige dich, denk an dein ungeborenes Kind.»

«Alles gut, Papa», sagte Selma und atmete tief durch.

In diesem Moment flog die Tür auf. Tom sprang auf. Elins Söhne Sven und Sören stürmten herein und rannten zu Tom. Darauf traten auch Elins Ehemann Eric und Selmas Partner Marcel ein.

«Wie war euer Männerabend?», fragte Elin.

«Super», sagte Sven. «Wir haben Papa und Marcel beim Bowling fertiggemacht.»

«Danach haben wir Burger gegessen», erzählte Sören.

«Ich habe natürlich einen Vegiburger bestellt.» Marcel umarmte Selma.

«Schön, wir sind schliesslich Vegetarier.»

«Wie geht es Grossmama?», wollte Sven wissen.

«Gut», antwortete Elin. «Sie wird wieder gesund.»

«Cool. Sie hat uns versprochen, mit uns auf die verrückteste Achterbahn der Welt zu gehen.»

«Das wird sie», sagte Elin. «Das wird sie. Aber zuerst muss

sie ganz gesund werden. Und wir müssen jetzt nach Hause. Es ist schon spät.»

Bei der Verabschiedung meinte Elin zu Selma: «Wenn ich irgendetwas für dich tun kann, lass es mich wissen.»

«Du kannst etwas tun», erwiderte Selma. «Als studierte Apothekerin sagt dir doch sicher der Name Philip de Polline etwas.»

«Nicht wirklich.»

«Finde alles über ihn heraus, bitte.»

«Du bist die Rechercheurin von uns beiden.»

«In Familienangelegenheiten bist du aber besser, liebe Schwester. Immerhin hast du damals herausgefunden, dass dein Papa nicht mein Papa ist.»

«Okay, ich bemühe mich.»

«Und wenn du schon dabei bist: Nimm mal unseren Doktor François Werner unter die Lupe.»

«Warum denn das?»

«Einfach so.»

Die Schwestern umarmten sich innig.

Auch Lea und Olivier verabschiedeten sich. Olivier nahm Selma in die Arme und flüsterte: «Ich konnte meine Vorgesetzten übrigens davon überzeugen, die Ermittlungen zu intensivieren. Aber das muss nicht die ganze Familie wissen. Ich habe den Verdacht, dass das Portemonnaie deiner Mutter nicht zufällig gefunden worden ist, es lag laut Aussage der Finderin am Rand des Trottoirs. Möglich, dass die Täterschaft einen Raubüberfall vortäuschen wollte.»

«Danke, Oli.» Selma räusperte sich. «Entschuldige meinen Ausraster.»

«Verstehe ich doch. Wir bleiben an diesem Fall dran, Selma, versprochen.»

6

«Philippa?», fragte die junge Frau, die einen schwarzen Kapuzenpulli trug und mit den Fingern nervös auf das Lenkrad trommelte.

«Sie sind zwölf Minuten zu spät», sagte Philippa. «Wir hatten uns um Mitternacht verabredet. Haben Sie wenigstens alles dabei?»

«Ich denke schon.»

«Sie sind sich nicht sicher?»

«Doch. Alles dabei. Keine Sorge.»

«Smartphone?»

«Nein. Wie Sie es mir gesagt haben.»

«Gut.»

Philippa stieg in den Kleinwagen mit Basler Nummernschild. «Immer Richtung Saignelégier.»

«Ich bin übrigens...»

«Das will ich nicht wissen», unterbrach Philippa.

«Vorsichtsmassnahme?»

«Genau. Wir arbeiten professionell.»

Die junge Frau tippte Saignelégier in ihr Navigationsgerät.

«Lassen Sie das», befahl Philippa. «Ich lotse Sie.»

«Auch eine Vorsichtsmassnahme?», fragte die junge Frau und schaute kurz zu Philippa.

Diese antwortete nicht sofort.

Obwohl es dunkel war, konnte Philippa die feinen Gesichtszüge der jungen Frau erkennen. Philippa betrachtete die Hände. Sie waren sehr feingliedrig. Philippa schätzte die Frau auf höchstens zwanzig. «Vorsichtsmassnahme», bestätigte sie schliesslich.

Als sie auf der Autobahn Richtung Porrentruy fuhren, fiel Philippa auf, dass die junge Frau erneut mit den Fingern auf das Lenkrad trommelte. «Sind Sie nervös?»

«Ein bisschen.»
«Ihr erster Einsatz?»
«Ja.»
«Es wird alles glattgehen.»
«Puh, dann ist ja gut. Warum arbeiten wir eigentlich anonym? Schliesslich setzen wir uns doch für eine gute Sache ein.»
«Damit das so bleibt, arbeiten wir anonym. Ich gehe davon aus, dass Sie die Accounts auf Social Media entsprechend eingerichtet haben.»
«Natürlich. Alles verschlüsselt. Alles anonym. Zumindest soweit dies möglich ist.»
Die beiden schweigen eine Weile. Dann fragte die junge Frau: «Sind Sie schon lange dabei?»
«Sie fragen zu viel. Wir nehmen die nächste Ausfahrt.»
Die Frau zog ihre Kapuze tiefer ins Gesicht, verliess die Autobahn bei Glovelier und fuhr weiter Richtung Saignelégier. Als sie das Dorf Montfaucon erreichten, sagte Philippa: «Die nächste Strasse links.»
Die junge Frau bog ab.
Nach etwa fünfhundert Metern wies Philippa ihre Mitstreiterin an, in einen Feldweg einzubiegen. Sie erreichten eine Kreuzung. «Wenden Sie.»
Die Frau wendete.
«Anhalten. Licht aus. Motor aus.»
«Es geht los, was?»
«Bald. Sehen Sie diesen Hof?», fragte Philippa und zeigte nach links. «Neben dem Wohnhaus gibt es einen Zwinger mit einem Schäferhund. Der Hund wird vermutlich bellen, aber ich denke, das Gehege ist verschlossen. Links davon ist der Kuhstall. Dort werde ich hineingehen. Sie nehmen den Stall daneben. In diesem sind die Pferde untergebracht. Was auch immer Sie sehen werden, Sie machen nur Fotos. Nur Fotos, verstanden?»

«Ja.»

«Nur Fotos. Auch wenn Sie schlimme Dinge sehen, machen Sie nur Fotos.»

«Okay.»

«Sie machen nur Fotos. Selbst wenn es Ihnen das Herz zerreisst und Sie den Tieren helfen wollen.»

«So schlimm?»

«Ich befürchte es. Nur Fotos, verstanden?»

«Verstanden.»

«Gut. Sie haben höchstens fünf Minuten Zeit. Dann rennen Sie zurück zum Auto.»

«Okay. Ich bin bereit.»

«Nein, wir sind noch nicht bereit. Wir warten und beobachten.»

Nichts passierte. Alles war ruhig. Und sehr dunkel. Der Himmel war wolkenverhangen. Kein Mond, keine Sterne. Tiefste Nacht.

Nach einer halben Stunde zog Philippa ihre Sturmhaube über den Kopf. Die junge Frau kippte die Kapuze nach hinten. Rote Haare kamen zum Vorschein. Nur kurz, denn die Frau stülpte sich ebenfalls eine Sturmhaube über den Kopf. Dann zog sie den Autoschlüssel ab.

«Stecken Sie den Schlüssel wieder ein.»

«Warum?»

«Falls etwas schiefgeht. Diejenige von uns, die zuerst das Auto erreicht, flüchtet. Ohne auf die andere zu warten. Verstanden?»

Die junge Frau zögerte. «Verstanden», sagte sie schliesslich wenig überzeugend.

«Das ist wichtig», sagte Philippa scharf. «Verstanden?»

«Ja, verstanden.»

Beide Frauen nahmen ihre Kameras hervor. Philippa zeigte mit dem Daumen nach oben, die junge Frau ebenso.

Sie stiegen aus. Rannten geduckt über die Weide. Philippa ging schnurstracks zum Kuhstall. Der Hund bellte. Sie drang in den Stall ein, zückte die Kamera und begann sofort zu fotografieren. Einige Kühe standen auf und muhten. Sie waren ausgemergelt. Voller Dreck. Es stank fürchterlich. Sie entdeckte ein Kälbchen, das halbtot in einer Box lag. Philippa watete durch den Mist und fotografierte.

Der Hund bellte ununterbrochen.

Philippa sah eine Kuh, deren Euter stark entzündet war. Ein Kälbchen, das völlig apathisch dalag.

Es lief ihr kalt den Rücken hinunter.

Philippa fotografierte. Dann verliess sie den Stall und eilte über eine Weide zurück Richtung Auto.

Der Hund bellte und bellte.

Ein Scheinwerfer ging an und beleuchtete den Platz vor dem Wohnhaus.

«Warten Sie!», hörte Philippa die junge Frau schreien.

«Verdammt», fluchte Philippa leise und legte sich ins nasse Gras.

Der Hund bellte immer aufgeregter. Ein Mann erschien auf dem Vorplatz des Wohnhauses.

Die junge Frau erreichte Philippa. «Die Pferde, die Pferde», keuchte sie.

«Was ist mit den Pferden?»

«Sie sind verletzt. Sie haben Wunden.»

«Haben Sie fotografiert?»

«Nein, ich konnte nicht.» Die junge Frau begann zu weinen.

«Alles gut», sagte Philippa ganz ruhig. «Sie spurten jetzt zum Auto. Falls der Hund aus dem Zwinger befreit wird und auf Sie zurennt, fahren Sie los.»

«Und Sie?»

«Ich gehe in den Pferdestall und werde fotografieren. Machen Sie sich keine Sorgen.»

«Okay», sagte die junge Frau völlig verängstigt. «Und wie kommen Sie hier weg?»

«Alles organisiert. Notfallplan. Nun gehen Sie schon.»

Die junge Frau zögerte.

«Los!», befahl Philippa.

Die junge Frau rannte davon.

Philippa schlich zum Pferdestall, ging hinein und sah sofort, dass die Stuten Verletzungen an den Genitalien aufwiesen. Teilweise hatten sie tiefe Schnittwunden. Sie fotografierte, streichelte die Pferde kurz und verliess den Stall.

Trotz der Dunkelheit konnte sie sehen, wie der Hund zum Auto rannte.

Das Auto fuhr davon. Der Hund bellte ihm hinterher.

Aber wo war der Mann?

Sie legte sich auf den Boden.

Dann sah sie ihn. Er kam direkt auf sie zu. Und er hatte ein Gewehr in der Hand.

Notfallplan? Gab es nicht.

Sie schnellte hoch und rannte davon. Doch eine kleine Mauer versperrte ihr den Weg. Sie musste darüber klettern.

Ein Schuss knallte. Noch einer. Und noch einer.

Sie hatte es geschafft. Sie rannte.

Wieder ein Schuss.

Schmerz.

Philippa rannte weiter.

7

Selma spazierte mit Tom noch vor Sonnenaufgang dem Rheinufer entlang und freute sich auf den Tag. Endlich würde sie wieder arbeiten.

Seit der Notoperation waren einige Wochen vergangen. Charlotte ging es wesentlich besser. Sie war nun in der Rehaklinik. An den Überfall konnte sie sich nach wie vor nicht erinnern. Auch nicht an die Sache mit Doktor François Werner. Von der Staatsanwaltschaft gab es keine Neuigkeiten. Die Ermittlungen seien noch im Gang, hiess es immer. Auch Olivier wusste nichts Neues. Das glaubte ihm Selma sogar.

Elins Recherchen hatten zwar keine Sensationen zutage gebracht, aber einige interessante Hintergründe. Philip de Polline war Arzt gewesen und hatte viele Jahre in der Forschungsabteilung der Faba AG gearbeitet. Er war massgeblich an der Transformation vom Chemie- zum Pharmakonzern beteiligt gewesen, da er mehrere Medikamente auf den Markt gebracht hatte, die sich als Blockbuster erwiesen. Philip de Pollines Werdegang glich mancher Einwanderungsgeschichte, so auch jener von Selmas und Elins schwedischem Grossvater Hjalmar Hedlund. Mit dem Unterschied, dass Philip de Polline aus einer englischen Adelsfamilie stammte. Dank seinen Erfolgen und vor allem dank seiner Karriere bei der Faba AG konnte er das Familienvermögen enorm vergrössern. Und dies, obwohl er zwei teure Hobbys pflegte: Kunst und Pferde. Pferde vor allem, die Gemäldesammlung war eher die Leidenschaft seiner Frau. Er kaufte in den Freibergen im Jura einen heruntergekommenen Bauernhof und machte daraus ein renommiertes Gestüt für die Freibergerrasse. Er nannte es De-Polline-Stud, die englische Bezeichnung für Gestüt. Seine Tochter änderte den Namen dann in De-Polline-Ranch.

Elins Nachforschungen über Doktor François Werner fielen nicht besonders ergiebig aus. Doktor Werner war in jungen Jahren Assistent bei Philip de Polline gewesen, hatte dann seine eigene Praxis in einem Haus, das Philip de Polline gehörte, eröffnet. Er praktizierte und lebte noch immer dort. Das Haus gehörte heute Philippa Miller-de-Polline, Philips einziger Tochter.

Es waren Geschichten, wie sie in der Historie etlicher Basler Familien vorkamen, wie sie sich in jeder Stadt, in jedem Ort zutrugen.

Tom starrte auf die Enten, die am Rheinufer ihr Gefieder putzten.

«Vergiss es, Tom», sagte Selma. «Wir jagen keine Enten.» Tom blickte zu Selma und stupste sie mit der Schnauze an.

Selma setzte sich auf einen Stein am Rheinbord. Sie hielt Toms Leine mit der linken Hand, die rechte legte sie auf ihren Bauch. Sie spürte das Kind, das in ihr wuchs. Wahrscheinlich glaubte sie auch nur, es zu spüren. Egal. Das Kind war das Wichtigste in ihrem Leben. Daran gab es keine Zweifel. Selma staunte über sich selbst. Bei den Schwangerschaften ihrer Schwester hatte sie manchmal Mühe gehabt, Elin so fokussiert auf ihren Bauch zu erleben. Aber jetzt verstand sie es.

Dass sie heute in den Jura fahren würde, um endlich diesen Auftrag für eine Spendensammlung anzupacken, war vor allem das Verdienst von Jonas Haberer. Dieser drängte schon lange, dass sie endlich wieder arbeiten sollte. Jonas Haberer drängelte eigentlich immer. Aber seit er auf der De-Polline-Ranch gewesen war, noch mehr. Und Selma freute sich wirklich auf den Job. Schliesslich liebte sie ihren Beruf, er war einfach gerade nicht so wichtig.

Marcel fuhr sie mit dem Auto in den Jura. Tom war natürlich dabei. Und da die De-Polline-Ranch nicht allzu weit vom Wohnort von Marcels Mutter lag, besuchten sie sie.

Selma hatte den Eindruck, Maria freue sich, wie bei den letzten Besuchen, vor allem über Tom. Und sie konnte nicht aufhören zu betonen, dass Tom es war, der ihren verschollenen Sohn im verlassenen Bavonatal gefunden hatte. Nicht Selma. Dann sprachen sie noch über Charlotte. Bis Maria aufstand und sich verabschiedete. Wie immer sagte sie: «Ich muss zu den Pferden.»

«Kennst du eigentlich die De-Polline-Ranch in Les Breuleux?», fragte Selma scheinbar beiläufig.

Maria starrte Selma an und verschränkte ihre knochigen Finger ineinander. «Warum fragst du?»

«Mein Auftrag. Wir lancieren eine Spendenaktion für den Tiergnadenhof.»

«Aha.» Maria löste die Finger kurz, verschränkte sie dann erneut.

Selma schaute zu Marcel.

Marcel sah Selma an, dann seine Mutter. «Du weisst ja, wie sehr Selma Tiere liebt. Sie erledigt diesen Auftrag ehrenamtlich.»

«Das ist sehr lieb von dir.» Maria strich mit ihrer Hand über Selmas Wange.

Die Hand war sehr rau. Wohl von der Arbeit im Stall und mit den Pferden, dachte Selma. «Vielleicht kann ich auch mal für dich und deine Pferde ...»

«Ich komme ganz gut zurecht», unterbrach Maria. «Im Gegensatz zu anderen Leuten. Tschüss, ihr beiden.» Maria küsste Tom auf die Stirn und sagte: «Pass gut auf sie auf, Tom.»

«Sollen wir dir nicht helfen, Maria?», fragte Selma.

Aber Maria ging davon, ohne zurückzublicken.

«Wie immer: seltsam», kommentierte Selma im Auto den Besuch bei Marcels Mama.

«Was hast du erwartet?»

«Na ja, nach allem, was passiert ist. Nach deiner Krankheit, nach deinem Verschwinden. Unsere Schwangerschaft? Sie wird Grossmutter!»

«Selma. Maria ist Maria.»

«Sie ist deine Mama.»

«Sie ist Maria. Und meine Mutter.»

Marcel fuhr von Les Enfers zurück auf die Kantonsstrasse bei Montfaucon und dann weiter Richtung Saignelégier.

«Was hat meine Mutter mit dem Satz wohl gemeint, dass sie im Gegensatz zu anderen Leuten zurechtkomme? Die De-Polline-Ranch ist sicher nicht in Nöten. Die alte englische Adelsfamilie De Polline wird über genügend Geld verfügen. Bei deinem Auftrag geht es doch um den Tiergnadenhof, oder?»

«Ja. Also auch. Es geht um die gesamte Ranch. Aber vor allem um den Gnadenhof.»

«Philippa tut Gutes, der Tiergnadenhof ist ein soziales Projekt. Ich finde, da darf sie ruhig eine Spendenaktion lancieren. Reiche Leute müssen schliesslich nicht alles selbst bezahlen. Wir müssen als Gesellschaft froh sein, dass es finanzstarke Menschen gibt, die mit ihrem Geld ein gutes Projekt anschieben. Ich werde jedenfalls etwas spenden.»

«Das ist sehr lieb, mein Schatz. Und deine philosophischen Gedanken dazu finde ich auch gut.»

«Man könnte sogar sagen, dass es wertiger ist, wenn man Spenderinnen und Spender für ein gutes Projekt miteinbezieht. Selbst dann, wenn man es als Initiant gar nicht nötig hätte. Das Projekt ist damit breiter abgestützt. Zudem macht spenden glücklich.»

«Übertreibe es nicht mit deiner Philosophie.» Selma kniff Marcel in den Arm.

Sie fuhren durch Saignelégier und sprachen dabei über das alljährliche Pferdefest. Selma wollte schon lange einmal hingehen, die Pferde bewundern, die Reitdarbietungen geniessen.

Kurz darauf kamen sie an Les Roselet vorbei, der Stiftung für das Pferd. Kurz darauf hatten sie einen wunderschönen Ausblick auf Les Breuleux und den Mont Soleil mit seinem Windpark.

Die Windräder drehten nur langsam.

«Ist das nicht der Windpark, bei dem kürzlich ein Windrad gesprengt worden ist?», fragte Selma.

«Genau», antwortete Marcel. «Vor einigen Wochen. Das war ein Anschlag. Aber wer ihn verübt hat, weiss man bis heute nicht.»

«Oh, du bist im Bild», stellte Selma fest. «Ich sollte mich wieder besser informieren. Schliesslich bin ich die Reporterin, nicht du.»

Marcel lachte. «Windenergie ist doch etwas Gutes. Grüne Energie. Wer kann etwas dagegen haben? Mir kommen nur militante Landschafts- und Vogelschützer in den Sinn. Wobei diese Windräder auf dem Mont Soleil für Vögel gar keine so grosse Gefahr darstellen sollen. Habe ich zumindest gelesen.»

«Was du wieder alles weisst, mein liebster Klugscheisser.»

«Ich weiss sogar, dass in den vergangenen Wochen an verschiedenen Orten Schaufenster von Metzgereien eingeschlagen worden sind.» Marcel schaute immer wieder auf das Navigationsgerät und fuhr zielstrebig durch Les Breuleux.

Ein etwas heruntergekommener Ort, fand Selma.

Sie erreichten eine lange Gerade. Dann setzte Marcel den Blinker und bog links in eine kleine, unebene Strasse ein. Tom wurde unruhig, stand auf und schaute nach vorn zum Fenster hinaus.

«De-Polline-Ranch» stand auf dem Schild eines Torbogens, unter dem sie durchfuhren. Nach einer Rechtskurve erblickten sie das riesige Anwesen.

«Wow!», sagte Selma.

«Wow!», wiederholte Marcel.

Tom leckte Selmas Gesicht.

Auf dem Parkplatz standen einige Autos.

Eines davon fiel Selma sofort auf: Es war ein grosser, grauer Geländewagen mit etlichen Beulen und Einschusslöchern. Haberers Panzer.

«Was zum Teufel macht Jonas hier?», flüsterte Selma.

8

«Jesusmariasanktjosef, ich habe nicht mehr daran geglaubt, dass du hier auftauchst!», rief Jonas Haberer, als er zu Selma und Marcel stapfte.

«Du weisst doch, Jonas, gerade viel los, dies und das und Mama und ...»

«Papperlapapp. Schön, bist du da, Selmeli. Märssu, altes Haus!»

«Was machst du hier, Jonas?», fragte Selma. «Und warum siehst du so seltsam aus?»

Jonas Haberer trug zwar Stiefel wie immer, auch der Cowboyhut gehörte seit der Brandverletzung zu seiner Grundausstattung. Aber der Anzug fehlte. Stattdessen hatte er ein Jeanshemd an, Jeanshosen und darüber Lederchaps. Haberer rückte den Hut tief ins Gesicht, schob den Unterkiefer nach vorn, spuckte auf den Boden und sagte trocken: «Die Lady da drüben findet», er deutete mit dem Kopf nach rechts, «dass ein echter Cowboy reiten können muss.»

«Die Lady?» Selma schaute zur Ranch und entdeckte ziemlich weit hinten eine Frau mit üppiger Mähne und einem wallenden Rock. «Diese Lady?»

«Ja», sagte Haberer und spuckte nochmals auf den Boden. «Und eine Lady hat schliesslich immer recht. Das haben wir doch gelernt. Spätestens im Film ‹Spiel mir das Lied vom Tod›.»

«Hier spielt hoffentlich niemand das Lied vom Tod.»

«Das hoffe ich auch. Aber, Selmeli, bei unserem Beruf ...»

In diesem Moment liess Marcel Tom aus dem Auto herausspringen. Tom trabte zu Jonas Haberer, wedelte nicht nur mit dem Schwanz, sondern mit dem ganzen Hinterteil, rannte dreimal um Haberer herum und stieg dann an ihm hoch.

Jonas Haberer vergass seine coole Cowboyrolle, begrüsste Tom und tollte mit ihm auf dem Boden herum.

«Dass Sie so vernarrt in Tiere sind, hätte ich nicht gedacht», sagte die Lady, reichte Haberer die rechte Hand und zog ihn mit einem beherzten Ruck auf die Beine.

«Sie sollten sich schonen.» Haberer zeigte auf ihren linken Arm, der in einer Schlinge lag.

Die Lady ging nicht darauf ein. Sie wandte sich Selma zu.

«Sie müssen Selma sein. Ich bin Philippa Miller-de-Polline. Willkommen auf der Ranch. Es freut mich, Sie endlich persönlich kennenzulernen.» Philippa drückte Selma an sich und herzte sie. «Ich habe viel von Ihnen gehört. Jonas ist ihr glühendster Verehrer.»

«Ich hoffe, ehrlich gesagt, dass dies immer noch Marcel ist. Er ist mein Verlobter.» Selma umarmte ihn.

«Man reiche mir eine Violine», säuselte Jonas Haberer, «oder eine Fiddle, wie man im Wilden Westen sagt. Ich möchte diese romantische Szene mit himmlischer Musik untermalen.»

Alle lachten.

«Kommt herein. Wir trinken einen Tee.»

«Whiskey, Mylady», sagte Haberer, «Cowboys trinken Whiskey.»

Als sie das Haus erreichten, kam gerade ein äusserst gutaussehender Mann mit rabenschwarzem, gewelltem Haar zur Tür heraus. Er trug einen taillierten dunklen Anzug, ein weisses Hemd und schwarze Halbschuhe. Alles massgefertigt. Das sah Selma sofort.

Der Mann lächelte und verbeugte sich leicht. «Mutter, meine Dame, meine Herren, wie unfreundlich von mir, aber ich muss mich leider schon verabschieden. Ich hoffe, ich werde Sie demnächst kennenlernen dürfen, und wir trinken Tee oder Gin zusammen.» Er verbeugte sich nochmals und eilte davon. Als Selma als letzte das Haus betrat, rauschte der junge Mann in einem englischen Sportwagen mit Basler Kennzeichen davon.

«Mein Sohn Philip Junior», sagte Philippa später beim Tee. «Er hat wohl gehofft, dass ich wegen meiner Verletzung das Zeitliche segnen werde.» Sie streckte ihren einbandagierten Arm aus. «Nur deshalb hat er mich besucht.»

«Mylady», sagte Jonas Haberer. «Ich liebe Ihren englischen Humor. Ganz meine Wellenlänge.»

«Was ist denn mit Ihrem Arm passiert?», fragte Marcel.

Der Arm sei zwischen ihr Pferd Valentina de Polline der Siebten und die Stalltür geraten, erzählte Philippa. Er sei leicht gequetscht und müsse geschont werden. Philippa verdrehte die Augen und seufzte: «Kann passieren. Reden wir über den Auftrag, Selma.»

Philippa Miller-de-Polline war Selma sofort sympathisch, denn sie hatte klare Vorstellungen davon, was sie wollte: aussagekräftige Bilder und Videos über den Tiergnadenhof, Einzelschicksale einiger Tiere, herzzerreissende Geschichten, jede Menge Fakten. Sie wünschte sich eine grossangelegte Spendenkampagne in den Medien, aber auch eine grosse Story in ihrem De-Polline-Ranch-Magazin, einen Flyer, möglichst viele Posts auf den Web- und Social-Media-Kanälen der Ranch und des Tiergnadenhofs. Auch das Gestüt der Freiberger Pferde sollte in der Kampagne vorkommen. Als Zeichen der Verbundenheit mit dem Jura und der einzigen Schweizer Pferderasse.

«Ganz schön viel», bemerkte Selma und nahm einen Schluck Tee, der ihr überhaupt nicht schmeckte. Sie war eine Kaffeetrinkerin und staunte über Haberer, der munter eine Tasse nach der anderen leerte.

«Lassen Sie sich Zeit, Selma», sagte Philippa. «Sie können hier wohnen, so lange Sie wollen. Und Ihr Partner natürlich auch.»

«Ich muss leider bald wieder los», sagte Marcel. «Aber ich werde Selma in den nächsten Tagen sicher besuchen.»

«Nehmen Sie noch eine Tasse Tee?», fragte Philippa und ergriff die mit blauen Ornamenten verzierte Kanne. «Oh, leer. Ich setze neuen auf. Entschuldigen Sie mich bitte eine Minute.»

Philippa verschwand in der Küche, Marcel eilte hinterher, um ihr zu helfen. Selma lehnte sich in ihrem Sessel zurück und schaute sich im Salon um. Zu ihren Füssen lag Tom auf einem Perserteppich. Selma flüsterte Haberer zu: «Die Tässchen passen zur Teekanne. Die schweren Möbel, die düsteren Porträts irgendwelcher Ahnen, der Kronleuchter. Dieser Gentleman hier», Selma zeigte auf ein etwas helleres und moderneres Gemälde, das einen attraktiven Mann mit Pferd zeigte, «ist wohl Philip de Polline, Philippas Vater. Schon seltsam: Wir sind zwar mitten im Jura, aber irgendwie doch in einer englischen Grafschaft, auf einem englischen Landgut. Und so riecht es auch. Ein bisschen muffig.»

«Papperlapapp», sagte Jonas Haberer. «Du bist eine Banausin. Wir sind in einem typischen Freiberger Bauernhaus mit langgezogenen, riesigen Dächern. Damit wird Wasser gesammelt.»

«Jonas», Selma schaute ihn mit Sorgenfalten an, «was ist mit dir? Der Klugscheisser ist normalerweise mein lieber Marcel, und du bist der Banause. Bist du krank?»

«Nein, nein, Selmeli, ich schätze, ich bin nur auf Entzug.»

«Entzug?»

«Alkohol.» Haberer stand auf und ging zu einer grossen Kommode, die mehrere Schubladen und Kästchen aufwies. Er öffnete ein Kästchen nach dem anderen. «Wo ist bloss der verdammte Whiskey?»

«Wohnst du hier?», fragte Marcel, als er von der Küche zurückkam. «Oder hast du deine Manieren verloren?»

«Manieren?», fragte Selma und schaute Marcel an. «Hatte Jonas je Manieren?»

Marcel lachte. Dann sagte er: «Meine Hilfe wird übrigens

nicht benötigt. Mylady hat mich dezidiert ins sogenannte Empfangszimmer zurückgeschickt. Ich glaube, die Lady steht auf dich, Cowboy!»

«Macht euch nur lustig. Wegen der Reiterei werde ich zu einem anderen Menschen. Aber jetzt brauche ich wirklich etwas zu ...» Haberer hielt inne.

«Was ist?»

«Ein Fotoapparat.» Er nahm die Kamera und schaute sich die Aufnahmen an.

«Jonas!», zischte Selma.

«Selmeli, bist du Reporterin oder nicht?»

«Das macht man nicht. Auch nicht als Reporter.»

«Papperla ...» Haberer schluckte, starrte auf den kleinen Bildschirm.

«Was ist?»

Haberer schwieg.

«Hast du einen Mord entdeckt? Den Gärtner, wie er jemanden umbringt?»

Jonas Haberer stellte die Kamera ins Regal zurück und schloss das Kästchen.

In diesem Moment rauschte Philippa mit der Teekanne an. «Jonas, kann ich Ihnen helfen?»

«Ja, Mylady, Sie können mir helfen. Ich brauche Whiskey.»

«Ist Ihnen unwohl? Sie sind so blass.»

«Whiskey, Mylady, Whiskey.»

9

Chen, der Barkeeper in der Pingpong-Bar im Berner Matte Quartier, stellte Jonas Haberer das sechste grosse Bier hin. «Du solltest nach Hause, Jonas.»

Haberer trank das Bier gleich zur Hälfte aus. Er rülpste. «Pass mal auf, mein Freund: Ich wohne hier. Also lass mich in Ruhe. Ich muss nachdenken.»

«Oh, bist du wieder an einer grossen Sache dran?»

«Ich bin immer an einer grossen Sache dran.»

«Irgendwann wirst du bei einer solch grossen Sache draufgehen, Jonas.»

«So ist es.»

Jonas Haberer trank aus, rief Chen zu, dass er den Betrag anschreiben solle, und stapfte in seine Wohnung. Am Stiefelknecht befreite er sich von seinen Boots, zog den Mantel und die Chaps aus, warf beides in eine Ecke und holte sich in der Küche ein Dosenbier. Damit ging er in die Stube, musste dabei über Bücher und Zeitungsstapel steigen und setzte sich an den mit Papierkram überstellten Schreibtisch. Er schaltete den Laptop ein, öffnete die Dose, nahm einen Schluck und recherchierte im Internet nach dem Anschlag auf den Mont Soleil. Er fand unzählige Artikel und Bilder dazu. Es gab keinen Zweifel: Die Fotos auf Philippas Kamera zeigten das zerstörte Windrad auf dem Mont Soleil. Allerdings waren die Medienbilder alle bei Tag aufgenommen worden, Philippas Fotos waren in der Nacht entstanden.

Philippa hatte sich also am Tatort aufgehalten.

Hatte sie mit dem Anschlag etwas zu tun?

In den Artikeln, die er schon vor Wochen gelesen hatte, war immer von einer unbekannten Täterschaft die Rede, die das Windrad in die Luft gesprengt hatte. Ohne eine Botschaft zu hinterlassen. Es wurde vermutet, dass radikale Tierschützerinnen und Tierschützer dahintersteckten. Vielleicht jene, die kürzlich auch Schaufenster von Metzgereien mit Steinen eingeschlagen hatten. Ebenfalls ohne eine Nachricht zu hinterlassen. Oder Lastwagen blockierten, weil sie mit Schlachttieren beladen waren. Die Journalisten kommentierten dies als hinterlistige und feige Attacken. Und spekulierten, ob die «Tierschutzterroristen» zu einem internationalen Netzwerk gehörten, das immer ähnlich operierte.

Internationales Netzwerk? Haberer wurde stutzig. Und recherchierte weiter. Tatsächlich fand er Berichte über Drohungen, Sabotageakte und Brandanschläge auf Mastbetriebe und Schlachthöfe in Dänemark und Holland. Auch Gänsemästereien in Frankreich und Nerzfarmen in Schweden wurden attackiert. Zudem wurde in der Bretagne und in Norwegen auf Fischkutter geschossen. Auch Fischfarmen waren mehrfach Ziel von anonym operierenden Organisationen. Bis auf wenige Ausnahmen kamen bei all diesen Aktionen weder Menschen noch Tiere zu Schaden. In Holland waren jedoch bei einem Brand in einer Schweinemästerei rund tausend Tiere ums Leben gekommen.

Die Berichte reichten etwas über zwei Jahre zurück. Und allen war eines gemeinsam: Niemand hatte sich zu den Anschlägen bekannt.

War es immer die gleiche Organisation? Oder waren es mehrere? Und was hatten sie mit den Ereignissen in der Schweiz zu tun? Mit Philippa?

Jonas Haberer scharrte mit den Füssen. Dann trank er sein Bier aus und holte sich eine neue Dose.

Er recherchierte weiter.

Irgendwann stiess er auf Bilder, die er schon auf Philippas Fotoapparat entdeckt hatte: ausgemergelte Kühe, verletzte Pferde. Die Fotos wurden aber nicht von seriösen Medien verbreitet, sondern von Kanälen, die ungefiltert alles veröffentlichten. Auch Verschwörungstheorien, Fakenews und Fakebilder.

Aber diese Fotos waren kein Fake. Haberer hatte sie ja gesehen. Auf Philippas Kamera.

Es lief ihm kalt den Rücken hinunter.

Lady Philippa Miller-de-Polline gehörte zu dieser unbekannten Organisation! Definitiv.

Er gab den Namen Miller-de-Polline ein und fand mehrere Einträge zur Ranch. Uninteressant. Daraufhin tippte er nur De Polline. Sofort tauchten unzählige Links zu Doktor Philip de Polline auf: Er war in England aufgewachsen, stammte aus einer einflussreichen Familie, hatte Medizin studiert, in Basel beim Faba-Konzern geforscht und war an der Entwicklung mehrerer erfolgreicher Medikamente beteiligt gewesen. Zudem hatte er sich als Kunstliebhaber und Mäzen einen Namen gemacht.

Haberer trank.

Dann fand er in einem alten Artikel der Firmenzeitschrift ein Interview mit Doktor Philip de Polline, in dem dieser ganz am Schluss sagte: «Irgendwann wird die Computertechnik so weit sein, dass wir für die Erforschung neuer Medikamente keine Tierversuche mehr brauchen. Das wäre ein Segen! Meine Tochter Philippa hasst mich nämlich wegen der Tierversuche.»

Haberer klappte den Laptop zu und murmelte: «Respekt, Lady Philippa, Respekt.»

Er rief Selma an. Sie nahm nicht ab. Also versuchte er es erneut. Beim vierten Mal nahm sie den Anruf entgegen.

«Jonas, ich bin im Bett», meldete sich Selma verschlafen.

«Selmeli, wir Reporter schlafen nie, kapiert?»

«Was ist denn?»

«Philippa Miller-de-Polline ist ...» Er zögerte.

«Ja?»

«Sie ist eine, wie soll ich sagen, sie ist, also ich glaube ...» Er stockte.

«Jonas, was ist mit dir?»

«Wir sind da in eine grosse Sache verwickelt.»

«Wie meinst du das? Wir arbeiten für ein gutes Projekt. Der Tiergnadenhof ist eine tolle Sache.»

«Natürlich, eine ganz tolle Sache.»

«Aber?»

«Nichts aber.»

«Jonas, was ist los? Spürst du wieder mal irgendwas in deinem Urin?»

«Wenn ich es nur im Urin spüren würde! Selmeli, es ist schlimmer. Ich weiss etwas. Oder genauer: Ich glaube, etwas zu wissen.»

«Aha.»

«Ja.»

«Jonas, das bist nicht du. Dafür kenne ich dich zu lange. Entweder es ist etwas, oder es ist papperlapapp.»

«Papperlapapp.»

«Jonas?

«Vergiss es, Selma. Ich bin betrunken.»

«Pingpong-Bar?»

«Ja. Schlaf schön.»

Jonas Haberer konnte Selma nicht sagen, dass Philippa eine äusserst radikale Tierschützerin war. Vermutlich. Sehr wahrscheinlich. Also eigentlich sicher. Es hätte für ihn Verrat bedeutet.

Verrat an Philippa.

Obwohl sie der Kopf einer international agierenden Tierschutzorganisation war, die mit illegalen und kriminellen Methoden operierte.

Ja, es wäre Verrat gewesen.

10

Die Tage flogen dahin. Selma fotografierte von früh bis spät. Sie rückte alle Tiere des Gnadenhofs ins beste Licht und erkundigte sich bei den Helferinnen und Helfern über deren Schicksale.

Über etwas wunderte sich Selma: Auf dem Tiergnadenhof gab es ein ziemlich grosses Areal mit mehreren Gehegen, die eindeutig für Kleintiere gedacht waren: Mäuse, Ratten, Meerschweinchen, Kaninchen, Hasen. Da waren viel Stroh, etliche

Kästen, Röhren und Spielzeuge zu sehen, aber kein einziges Tier. Und niemand wusste, wozu diese Gehege angelegt worden waren. Denn Kleintiere kamen in der Regel nicht auf einen Tiergnadenhof. Aber die Chefin, so sagten die Mitarbeitenden, die Chefin wolle das so.

Wozu?

Selma vergass die Sache. Fotografierte nun das Gestüt.

Tom genoss die Zeit auf der De-Polline-Ranch. Carmel, eine reinrassige Corgi-Hündin, gefiel ihm ausserordentlich gut. Aber auch mit den anderen Tieren verstand er sich bestens. Mit der Zeit mutierte er zum Hofhund und bellte jeden Besucher an. Und es gab viele Besucher. Vor allem Leute, die schicke Autos fuhren und mit Philippa über ihre Zuchterfolge, über den Pferdesport und über Turniere, Preise und Geld diskutierten.

Abends sassen Selma und Philippa jeweils zusammen, nahmen ein vegetarisches Mahl zu sich, das von einem Koch zubereitet und von einer Hausdame serviert wurde. Mit Philippa verstand sie sich prächtig. Selma erzählte ihre Familiengeschichte, dass sie erst vor Kurzem ihren wirklichen Vater Arvid Bengt kennengelernt hatte und dass ihre Mutter nun mit ihm zusammenlebte und eigentlich alles wunderbar sein könnte. Wenn nicht dieser schreckliche Überfall gewesen wäre, von dem Charlotte sich wohl nie mehr vollständig erholen würde.

Im Gegenzug erzählte Philippa einige Dinge aus ihrer Familiengeschichte, die mit einer Auswanderung von Frankreich nach England anfing und dann very british, sehr kompliziert und sehr adlig wurde. Schliesslich berichtete sie von ihrem Vater, von seinen unsäglichen Tierversuchen und von ihrem Sohn Philip Junior, der ein unangemessenes Leben führt, wie sie sich ausdrückte. Eigentlich sei er ein talentierter Reiter, aber leider würde er sich mehr für Luxus, den Jetset und Frauen interessieren. Und für zwielichtige Gestalten. Sie wisse nicht, was für Geschäfte ihr Sohn tätige. Philip Junior sei halt ganz wie sein Vater.

Mit dem Unterschied, dass Philippas Exmann ein bürgerlicher Miller war und kein adliger De Polline.

Selma war vor allem von Philippas Engagement für Tiere beeindruckt. Ein Satz, den Philippa immer wieder sagte, faszinierte Selma besonders: «Wir Menschen müssen gut sein zu den Tieren, zu den Pflanzen, zur Natur, sonst sind wir nicht gut zu uns.»

Die beiden Frauen lachten auch viel. Oft und gerne über ihren gemeinsamen Bekannten Jonas Haberer. Selma fiel auf, dass Philippa viel über ihn erfahren wollte. Selma hielt sich zurück, sprach nur in den höchsten Tönen von Haberer. Und wenn Haberer zu den Reitstunden auf der Ranch auftauchte, erkannte sie den alten Haudegen kaum wieder. Er zeigte sich von seiner besten Seite, war sogar äusserst charmant. Und Selma bemerkte auch das verzauberte Lächeln Philippas.

Bahnte sich da eine Liebe an?

In der sechsten Nacht herrschte plötzlich grosse Aufregung auf der Ranch. Eine Stute brachte ein Fohlen zur Welt. Philippa agierte als umsichtige Geburtshelferin, Selma fotografierte. Aber Selma konnte sich kaum aufs Fotografieren konzentrieren. Zu sehr war sie fasziniert von dieser Geburt. Ein komplettes Pferdchen kam auf die Welt. Wie fantastisch! Sie konnte nicht anders, als Philippa danach zu erzählen, dass sie schwanger war und sich so sehr auf das Kind freute. Darauf lud Philippa Selma zu einem Umtrunk in ihre Privatgemächer im grossen Haus ein – natürlich zu einem Kräutertee. Dabei fiel Selma ein Bild auf. Es war mehr eine Skizze. Eine Skizze eines Jungen mit Pferd.

«Picasso», sagte Philippa, als sie bemerkte, wie lange Selma das Bild betrachtete. «Eines meiner Lieblingsbilder. Picasso hat viele Skizzen gemacht, bevor er dann das grosse Gemälde schuf. Aber mir gefallen die Skizzen fast besser.»

«Unser Hausarzt, Doktor Werner, hat in seiner Praxis dieses ...»

«Ich weiss, ein Geschenk meines Vaters. Er war damals sehr angetan von seinem Assistenten. Deshalb hat er ihm eine ähnliche Skizze geschenkt.»

«Aber Doktor Werners Bild ist ein Kunstdruck des Gemäldes ‹Junge mit Pferd›, keine Skizze.»

«Oh», machte Philippa nur und nippte an ihrem Tee.

«Was meinen Sie mit ‹oh›?»

«Ich hätte schwören können, François bekam eine Originalskizze geschenkt. Vielleicht hat er sie ja verkauft, dieser Banause.»

«Bitte?»

«Nein, nichts.»

«Sie sind befreundet mit François?», fragte Selma.

«Ach, was heisst befreundet? Er reitet gern, hat aber keinen Draht zu Tieren. Er macht mir seit Jahren den Hof und will nicht begreifen, dass ich kein Interesse an ihm habe.»

«So genau wollte ich es gar nicht wissen», sagte Selma.

«Natürlich wollten Sie das, meine liebe Selma. Sie sind Reporterin und wollen immer alles wissen.»

«Ich denke, da haben wir etwas gemeinsam», parierte Selma.

«Touché. In meinem Stand sollte man immer gut informiert sein. Die Geier lauern immer und überall. Leider bin ich etwas nachlässig geworden. Und vermutlich vertraue ich zu vielen Leuten. Aber egal. Ich bin Optimistin und glaube an das Gute.»

«Was meinen Sie mit dem Ausdruck ‹in meinem Stand›?»

«Ach, Lady Selma Legrand-Hedlund, das kennen Sie doch.»

«Ich kenne was?»

«Die Sache mit dem vermeintlichen oder dem reellen Adel.»

«Ich kann Ihnen ansatzweise folgen, Lady Philippa Miller-de-Polline», sagte Selma. «Obwohl ich definitiv nicht adlig bin.»

«Wie auch immer. Nicht nur mein Sohn, schon mein Mann, also mein Ex-Mann, waren sehr interessiert an der Kunstsammlung meines Vaters selig. Beziehungsweise an der exquisiten Gemäldesammlung meiner Mutter selig. Mein Vater hat auch seinen Teil dazu beigetragen. Wenn er nicht gerade teure Pferde kaufte. Pferde, Pferde, Pferde. Natürlich vor allem Pferdebilder. Meine Mutter war ja auch eine Pferdenärrin, Tochter eines Züchters in Cornwall. Kein Adliger übrigens. Sie sehen, liebe Selma: Meine Liebe zu Pferden kommt nicht von ungefähr. Aber zurück zur Kunst. Mein Elternhaus an der Arnold-Böcklin-Strasse bei der Pauluskirche in Basel war jedenfalls voll mit Werken von Picasso, Chagall, Van Gogh, Monet. Irgendwann waren die Gemälde weg.» Philippa goss Tee nach.

«Wie weg?», fragte Selma.

«Nach dem Tod meiner Mutter waren sie eines Tages einfach verschwunden.»

«Seltsam.»

«Ja. Mein Vater versuchte damit wohl, über den Tod meiner Mutter hinwegzukommen. Sie starb an Krebs. Ich war damals sechzehn Jahre alt und habe mich nicht besonders für diese Gemälde interessiert. Ich war ein Pferdemädchen, Sie wissen schon, nur Pferde, Pferde, Pferde.»

«Süss. Aber was ist mit den Bildern passiert? Hat Ihr Vater sie verkauft?»

«Das kann ich mir nicht vorstellen. Auch das Familienvermögen spricht dagegen. Nein, mein Vater hat die Sammlung nicht verkauft. Schliesslich hat meine Mutter viele dieser Bilder in die Ehe gebracht. Mein Vater hat die Sammlung später erweitert. Das hat er jedenfalls gesagt. Und an einem sehr sicheren Ort gelagert. Nicht in einer Bank, auch in keinem Kunstlager.»

«Warum nicht?»

«Den Leuten dort vertraute er nicht.» Philippa seufzte. «Die Finanz- und Kunstbranche verachtete er. Mein alter Herr hatte zwar ein Bankkonto, aber er bezahlte alles in bar. Lieber ein Koffer voller Geld als eine undurchsichtige Überweisung, bei der diese Schurken die Finger im Spiel haben, pflegte er zu sagen. Er war eben durch und durch Wissenschaftler. Was er nicht selbst sah, berechnen oder beweisen konnte, glaubte er nicht. Zudem war er ein Kontrollfreak. Er hatte sein eigenes Versteck für die Sammlung gefunden. Da konnte er jederzeit hin, um sich zu vergewissern, dass es seinem Schatz gut ging. Nur vergass er aufzuschreiben, wohin er die Gemälde gebracht hatte. Als ich ihn einmal danach fragte, war es schon zu spät. Papi wurde dement und vergass alles. Auch ein Testament gab es nicht.»

«Und was bedeutet das, Philippa?»

«Das bedeutet, dass die Sammlung verschollen ist. Dabei könnte ich das Geld, das die Gemälde bei Versteigerungen einbrächten, gut gebrauchen. Für die Tiere.»

«Für die Tiere», sinnierte Selma.

«Tja, mein lieber Papi. Der grosse Doktor Philip de Polline hat das Geheimnis mit ins Grab genommen.»

«Er schaffte die millionenteuren Gemälde in ein geschütztes Lager?»

«An einen katastrophensicheren Ort. Sagte er zumindest, als in seinem Kopf noch alles funktionierte. Dann kam die Demenz. Wird mir wohl auch so ergehen. Mein Sohn hält mich ja jetzt schon für krank.» Sie hielt die Hand vor den Mund und gähnte. «Wir sollten diese Konversation nun beenden und zu Bett gehen, Selma.»

«Danke für alles», sagte Selma.

«Danke Ihnen, Selma. Die Unterhaltung mit Ihnen war...» Philippa machte eine Kunstpause. «Sie war sehr angenehm. Um nicht zu sagen vertraut.»

«Das habe ich genauso empfunden.»

Als Selma eine halbe Stunde später im Bett lag, konnte sie nicht einschlafen. Die Gedanken kreisten. Sie müsste unbedingt ihre Schwester anrufen. Aber dazu war es zu spät. Oder zu früh.

Es war zwei Uhr vierzig.

11

«Maman, immer wenn ich hier bin, staune ich darüber, was für einen tollen Ausblick du hast», sagte Elin zu ihrer Mutter. «Und wenn du ganz genau hinschaust, kannst du links das 3er-Tram beobachten, wie es nach St. Louis fährt. Und wenn es zurückkommt, kannst du winken. Marcel wird dich sicher sehen.»

«Wunderbar», antwortete Charlotte trocken. «Ich bin geneigt zu sagen: Ich bin tatsächlich im Paradies gelandet, oh, là, là!»

«Maman, also wirklich, nach dem Unispital ist das hier ein Paradies. Du hast ein schönes Zimmer, 24-Stunden-Service, gutes Essen, nette Menschen. Und glaube mir, die Reha vergeht wie im Flug.»

«Ich will nach Hause, da habe ich die schönere Aussicht.»

«Ja, auf den Rhein. Aber nicht ins Grüne.»

«Natürlich sehe ich ins Grüne. Auf die Bäume im Totentanzpark.»

«Ach, Maman, du musst dich einfach noch ein bisschen gedulden.»

Charlotte sass in ihrem Rollstuhl und starrte ins Leere. Obwohl sie schon seit einiger Zeit in der Reha im Basler Bürgerspital nahe der französischen Grenze war, konnte sie sich damit nicht anfreunden. Auch nicht mit dem straffen Therapieplan. Ihr linkes Bein und ihr linker Arm waren zwar noch gelähmt, doch die Ärztin war zuversichtlich, dass Charlotte irgendwann wieder gehen konnte. Sie habe Glück im Unglück gehabt, dass die Hirnblutung im Spital passiert sei. Dank der Notoperation habe sie überlebt.

Ein Pfleger und eine Pflegerin kamen ins Zimmer und wollten Elin hinausbitten, um Charlotte anziehen zu können.

Aber Charlotte meinte: «Meine Tochter darf ruhig dabei sein. Schau mal, Elin, was die mir anziehen wollen: weite Jeans, weite Bluse, fürchterliche Schlappen. Was soll das?»

«Die habe ich dir besorgt, Maman. Und die Sachen sind nicht hässlich. Sie stehen dir.»

«Sie stehen mir überhaupt nicht. Du weisst ganz genau, dass ich enge Kleidung bevorzuge. Und Pumps.»

«Ich weiss, Maman, aber du hast gerade einen fürchterlichen Überfall überlebt, ein schweres Schädel-Hirn-Trauma erlitten, eine Hirnblutung.»

«Ach, Liebes, von dem weiss ich alles nichts. Gehen wir jetzt endlich nach Hause?»

«Nein, aber wir machen einen kleinen Ausflug.»

«Oh, die alte Mutter wird ausgefahren. Hoffentlich kehren wir wenigstens in der Confiserie Seeberger ein.»

«An die Confiserie erinnerst du dich also?», fragte Elin lachend.

«Warum sollte ich mich nicht daran erinnern?»

«Na los, wir besuchen einen alten Bekannten. Und wenn noch Zeit bleibt, genehmigen wir uns in der Confiserie Seeberger einen Kaffee.»

«Du bist zu gütig», sagte Charlotte schnippisch.

«Und du schon wieder ganz die alte.»

Charlotte und Elin wurden von einem älteren Herrn in einem rollstuhlgängigen Kleinbus an die Arnold-Böcklin-Strasse gefahren.

«Besuchen wir François oder möchtest du mir die Pauluskirche zeigen und mich dazu animieren, über den Jordan zu gehen?»

«Maman!»

«Na ja, die wunderbaren Magnolien können es nicht sein, die sind längst verblüht.»

Der Fahrer rollte Charlotte sanft aus dem Wagen und verabschiedete sich. Charlotte achtete genau darauf, dass ihm Elin ein ordentliches Trinkgeld gab.

«Wir besuchen François», sagte Elin.

«Das ist eine gute Idee, Liebes. Er wird dir bestätigen, dass ich nach Hause kann. Arvid Bengt, Selma und Marcel werden mir sicher etwas unter die Arme greifen, bis ich wieder ganz auf dem Damm bin.»

«Sicher, Maman. Hören wir uns an, was François dazu meint.»

François Werner meinte erst mal gar nichts. Denn er war etwas konsterniert, weil sie nicht angemeldet waren. Elin hatte dies so mit Selma besprochen. Der Besuch sollte eine Überraschung sein. Vor allem für François. Denn es ging den Schwestern nicht um einen ärztlichen Befund, sondern um die Sache mit Doktor Werners Kunst, die Charlotte bis zum Überfall so beschäftigt hatte. Vielleicht würde ihr plötzliches Auftauchen François aus der Reserve locken. Und Charlotte die Erinnerung zurückbringen. Auch wenn es nur Bruchstücke wären. Es wäre immerhin ein Anfang, um die ganze Geschichte aufklären zu können.

«Charlotte, Elin», sagte François sehr förmlich. «Haben wir einen Termin? Seit ich nicht mehr mit einer Arzthelferin zusammenarbeite, passieren mir manchmal solche Fauxpas. Excusé. Kommt doch herein, ich ziehe gleich meinen Kittel an und bin in einer Sekunde bei euch.»

Elin schob Charlotte in die Praxis.

Charlotte sah sofort den Picasso, das Gemälde «Junge mit Pferd».

«Gefällt dir das Bild, Maman?»

«Was soll mir daran gefallen? Es ist ein billiger Druck. Aber...»

«Charlotte, meine Liebe, was führt dich zu mir?», fragte François, als er in die Praxis trat, den Arztkittel zuknöpfend und seine krausen Haare richtend.

«Meine Töchter wollen mich für verrückt und invalid erklären und in ein Heim stecken.»

«Maman!», protestierte Elin. «Wir sind nicht wegen deiner Gesundheit hier, sondern wegen dem Kunstprojekt. Dem Kunstprojekt von François und dir.»

«Ach ja?», machte Charlotte. Sie wandte sich François zu: «Haben wir ein gemeinsames Kunstprojekt?»

«Nicht das ich wüsste», antwortete François.

«Hast du Charlotte nicht um eine Expertise gebeten?», half Elin ihm auf die Sprünge.

«Ach, das. Das hat sich erledigt.»

«Ja, das hast du schon Selma gesagt. Aber wir ...»

«Können wir jetzt gehen?», fragte Charlotte. «François hat sicher noch anderes zu tun. Bitte, Elin.»

«Wollt ihr einen Tee?»

«François! Du solltest wissen, dass ich nur Kaffee trinke. Filterkaffee mit Zichorie und Milch. Oder habe nicht ich, sondern du ein Wirrwarr im Kopf?»

«Natürlich, Charlotte, natürlich. Aber ich habe leider nur Kapselkaffee.»

«Dann gehen wir, Elin.»

«Kann ich noch etwas für euch tun?»

«Ja, mein Lieber, du könntest mich aus diesem Spital entlassen und nach Hause bringen.»

«Du bist in der Reha, Maman.»

«Genau», bekräftigte Doktor François Werner. «Du bist in der Reha. Die tut dir gut.»

«Na ja, wir werden sehen», sagte Charlotte. «Gehen wir nun zu Seeberger?»

«Natürlich, Maman», erwiderte Elin.

Sie war enttäuscht. Der Besuch hatte nichts gebracht. Keine neuen Erkenntnisse in der Angelegenheit um das ominöse Gemälde.

Als Charlotte jedoch wieder im Kleinbus sass, sagte sie zu Elin: «Dieses Bild da in der Praxis, das Pferd...» Sie stockte.

«Ja? Was ist mit ihm?»

«Das ist ein billiger Kunstdruck. Aber ich glaube, ich habe kürzlich ein Original gesehen. Also eine Originalstudie zum Gemälde ‹Junge mit Pferd›.»

Elin wurde hellhörig. Passierte das, was sie und Selma sich erhofften? Konnte sich Charlotte erinnern? Sie strich über ihre kurzen Haare und fragte aufgeregt: «Wann hast du dieses Bild gesehen?»

«Kürzlich. Denke ich. Letzte Woche? Letzten Monat? Es war sehr interessant, da ich diese Studie noch nie gesehen habe, sie ist auch in Fachkreisen absolut unbekannt. Ein wahrer Schatz. Vor allem auch, weil darauf der Junge viel grösser ist. Picasso fertigte viele Studien zum Bild ‹Junge mit Pferd› an, aber diese habe ich wirklich noch nie gesehen. Und sie war garantiert ein Original. Ach, Pablo Picassos Rosenzeit! Eine wunderschöne, positive Periode. Das endgültige Gemälde ‹Junge mit Pferd› entstand in den Jahren 1905 bis 1906. Ein Meisterwerk, diese Verbindung zwischen Mensch und Tier, ohne Zügel, ohne nichts. Der Junge führt das Pferd ohne irgendetwas. Oder führt das Pferd den Jungen? Eine unglaublich interessante Frage. Fast schon religiös! Wer ist wem untertan? Wenn überhaupt. Fantastisch, einfach grandios!»

Elin liess ihre Mutter reden. Ganz die Kunsthistorikerin! Es schien Charlotte wirklich besser zu gehen. Und das Langzeitgedächtnis funktionierte einwandfrei.

«Ich langweile dich, Liebes», sagte Charlotte schliesslich.

«Nein, überhaupt nicht. Sag mal, wo hast du denn diese Studie gesehen?»

«Tja...»

«Bei François?»

«Um Gottes Willen, nein! François ist ein Kunstbanause.

Aber er reitet, er ist schon als Bub geritten, fiel auch immer wieder vom Pferd, brach sich dies und das. Eigentlich ein dummer Junge, er war immer ein dummer Junge. Erstaunlich, dass er überhaupt Arzt werden konnte.»

«Er ist ein guter Arzt.»

«Ich kenne keinen anderen. Also bis vor Kurzem. Nun werde ich ja von anderen Weisskitteln für verrückt erklärt.» Charlotte schaute zum Fenster hinaus. «Elin», sagte sie giftig, «das ist aber nicht der Weg zur Confiserie Seeberger. Und auch nicht der Heimweg.»

«Doch, zurück in die Rehaklinik. Wir sind spät dran. Wir besuchen Seeberger ein anderes Mal.»

«Mon dieu, du willst mich wirklich abschieben! Jetzt bin ich nicht nur alt, sondern auch noch behindert und wahrscheinlich gaga wegen diesem Hirnzeugs, das ich da oben hatte.»

«Maman, du wirst wieder ganz gesund.» Elin räusperte sich. «Komm, wir trainieren noch ein bisschen die grauen Zellen: Wo hast du dieses Pferdebild mit dem Jungen entdeckt?»

Charlotte überlegte angestrengt, kniff die Augen zusammen. Dann flüsterte sie: «François.»

«François, du hast das Bild also doch bei François gesehen?»

«Nein, nicht bei ihm. Aber er war dabei. Glaube ich. Oder doch nicht? Ach, so etwas Dämliches! Ich glaube, er war dabei. Und da war noch jemand. Aber ich weiss nicht mehr wer. Ein Mann. Ja, ein Mann. Ein netter Mann. Nein, François war nicht dabei. Ich war mit dem netten Mann allein unterwegs. Denn ich dachte noch, wenn ich vierzig Jahre jünger wäre, würde er mir gefallen.» Sie kicherte. Dann sagte sie ernst: «Aber dann war da noch ein Mann. War da noch ein Mann? Es war jedenfalls sehr düster. Sehr, sehr düster. Unheimlich.»

«Wo, Maman, wo war das?»

«Ach...»

«Maman!»

«Ich habe keine Ahnung.»
Elin fragte nicht mehr nach. Der Wagen stoppte.
Elin brachte ihre Mutter aufs Zimmer zurück.

12

Alles war gerade perfekt: warmes Licht, schöne Farben – und schnarchende Schweine. Darauf hatte Selma gewartet. Die vor dem Metzger geretteten Schweine sollten das Hauptmotiv der gesamten Kampagne werden. «Äusserst gescheite und soziale Tiere, die die Monstrosität des Menschen zeigen», wie Philippa Miller-de-Polline kürzlich betont hatte. «Industrielle Tierquälerei und Massenmord für die Schnitzelproduktion. Pervers. Die Fleischbranche hat mittlerweile diesen Massenmord perfektioniert und es dabei geschafft, in unserer hypermoralisierenden Welt tatsächlich als woke und politisch korrekt zu gelten. Heute frisst der Mensch allenfalls kein Fleisch mehr, weil er glaubt, damit das Klima zu retten. Menschen fressen keine Tiere mehr, weil sie Angst haben, an dem durch die Tierquälerei verursachten Klimawandel elendiglich zu verrecken. Grauenhaft!»

Selma hatte diese Aussage als heftig empfunden, vor allem, da sie aus dem Mund einer Lady kam. Aber Selma hegte auch Sympathien dafür, schliesslich war sie Vegetarierin. Genau aus diesem Grund.

Nur aus diesem Grund.

Wieder dieses laute Lachen, das so ansteckend wirkte. Selma unterbrach ihre Arbeit, stand auf und verliess so leise wie möglich den Stall mit den glücklich dösenden Schweinen. Sie schaute hinüber zum Gebäude, in dem die Freiberger Pferde untergebracht waren. Dort stand Philippa Miller-de-Polline und striegelte ihre Stute. Mit der rechten Hand. Den linken Arm hatte sie immer noch in der Schlinge, was Philippa aber nicht zu stören schien. Neben ihr stand Jonas Haberer und bürstete ebenfalls ein Pferd. Ganz offensichtlich versuchte Haberer immer wieder, Philippa die Bürste wegzunehmen und beide Pferde gleichzeitig zu striegeln. Philippa wehrte ihn ab und lachte laut.

Die beiden schienen ausgelassener Stimmung zu sein. Haberer redete, machte Faxen dazu, und Philippa lachte. Selma konnte aus der Distanz zwar nicht hören, was Haberer erzählte, aber es musste offenbar sehr lustig sein. Und so ganz nebenbei berührten sich die beiden immer wieder. Nicht wegen der Bürste, nein, einfach so, wie zufällig.

«Alter Schwede», murmelte Selma. «Bahnt sich zwischen den beiden tatsächlich etwas an?»

Die beiden sattelten die Pferde, legten das Zaumzeug an. Dann holte Philippa ein kleines Podest, auf das Haberer steigen konnte, um von dort auf sein Pferd zu klettern.

Selma musste grinsen.

Philippa schwang sich ohne Podest auf ihr Pferd. Und das mit nur einem gesunden Arm. Sie und Haberer klatschten sich ab. Dann ritten sie davon.

Selma widmete sich wieder der Fotografie. Sie machte unzählige Aufnahmen aller Tiere auf dem Gnadenhof. Schliesslich setzte sie sich erschöpft auf einen Strohballen, schloss die Augen und genoss die letzten Sonnenstrahlen.

Als es plötzlich dunkel wurde, öffnete sie die Augen. Vor ihr stand ein Pferd mit einem Cowboy auf dem Rücken.

«So verdienst du also dein Geld, Selmeli.» Jonas Haberer rückte seinen Cowboyhut zurecht. «Du frönst dem Müssiggang, während andere hart arbeiten.»

«Was für eine Symbolik, Habilein», meinte Selma. «Wie immer stehst du mir in der Sonne. Und gearbeitet habe übrigens ich, nicht du. Und erst noch gratis. Ich hoffe, der Ausritt war schön.»

«Knallharte Recherche, meine liebste Selma, knallharte Recherche. Wie immer. Ein Jonas Haberer kann nicht anders, als zu recherchieren.»

«Und?»

«Wie und?»

«Wie lautet das Ergebnis deiner knallharten Recherche?»

«Knallharte Recherchen brauchen Zeit, Selma. Das solltest du wissen. Du verlangst ja immer mehr und mehr Zeit für deine Reportagen. Wir wären längst steinreich, wenn du schneller und speditiver arbeiten würdest.»

«Bla, bla, bla!»

«Ach, Selmeli, ich liebe dich auch.»

Selma stand auf. «Du liebst mich? Aha.»

«Was glotzt du denn so?»

«Habt ihr euch geküsst?»

Jetzt starrte Haberer Selma fassungslos an.

«War diese Frage zu investigativ?»

«Liebe Selma», säuselte Haberer. «Wenn ich ohne Hilfe von diesem Gaul runterkäme, würde ich dir den Arsch versohlen. Apropos Po: Dieser verdammte Sattel lädiert nicht nur meinen Hintern, sondern klemmt auch noch meine ...»

«Ich will es nicht wissen!», unterbrach Selma.

«Deine Frage, ob Lady Philippa und ich uns geküsst haben, ist absolut sexistisch. Ich fühle mich in dieser modernen Zeit als Mann diskriminiert. Denn deine Frage suggeriert, dass ein Mann nur mit einer Frau ausreitet, um sie zu erobern. Was vielleicht stimmt oder stimmen kann, aber nicht stimmen muss. Papperlapapp. Wie lange kennen wir uns, liebes Selmeli? Ein halbes oder ein ganzes Leben? Egal. Du solltest mittlerweile wissen, dass ich als ungebildeter Idiot durchaus lernfähig bin. Pferde mögen in der Kunst, der Literatur und der Psychoanalyse so einiges symbolisieren, ja, auch Erotik und Sexualität, vor allem natürlich aus männlicher Optik. Was aber nicht heisst, dass ich als äusserst männlicher Mann, der definitiv im richtigen Körper geboren worden ist, dieser Anziehungskraft nicht widerstehen könnte. Wenn ich wollte. Oder wenn ...»

«Lass gut sein, du so wahnsinnig männlicher Cowboy», unterbrach Selma erneut. «Bevor du dich in kunst- und psychoanalytischen Theorien verirrst, frage ich dich, ob du heute Nacht hierbleibst?»

«Natürlich nicht. Aber das Abendessen werde ich mit euch einnehmen. Lady Philippa hat mich dazu eingeladen.»

«Trotz veganer Küche?»

Jonas Haberer ritt langsam Richtung Stall und sang: «I'm a poor lonesome cowboy.»

Selma flüsterte: «Ach, Lucky Luke Jonas, vielleicht bist du ja bald nicht mehr einsam.»

Beim Abendessen – es gab zuerst ein Randentartar, danach einen Gemüsekartoffelauflauf – spielten sich die gleichen Szenen ab wie am Nachmittag beim Stall. Philippa Miller-de-Polline und Jonas Haberer flirteten miteinander und erfüllten das ganze Anwesen mit ihrem Lachen. Und das war ansteckend. Selma konnte nicht anders, als mitzulachen. Sie hielt immer wieder ihre Hände auf den Bauch und war sich sicher, dass dieses Lachen auch ihrem Kind guttat. Selma musste sogar über Haberers Episoden und Scherze lachen, die sie schon gefühlte tausendmal gehört hatte.

Nach dem Essen lud Philippa zu einem Umtrunk an die Bar.

Dabei handelte es sich aber nicht um eine kleine Hausbar. Das war ein regelrechtes englisches Pub, mit schweren dunklen Holzmöbeln und Holzverkleidungen an den Wänden. Schummriges Licht, Neonschriftzüge irgendwelcher Bier- und Whiskeymarken, eine Dartecke. Natürlich eine Theke, eine Spiegelwand mit Hunderten von Flaschen davor. Und einem Barkeeper, der laut Namensschild Mister Jim hiess. Weisses Hemd, Fliege, Sherlock-Holmes-Mütze.

«Ich bin tief beeindruckt, Lady Philippa», sagte Haberer und legte den Cowboyhut auf die Theke.

«Mein Geschenk an meinen Sohn zum achtzehnten Geburtstag», sagte Philippa. «Philip Junior ist der beste Barkeeper ausserhalb Grossbritanniens.» Sie wandte sich Mister Jim zu. «Nichts gegen Sie, aber Sie können es mehr mit den Pferden. Vielen Dank, dass Sie so nett sind und uns einen Drink zubereiten. Wir bestellen auch nur einfache Sachen.»

Es gab Gin für die Lady, dunkles Bier für Jonas Haberer, Fruchtsaft für Selma und Wasser für Tom.

Es gab an diesem Abend noch viele dunkle Biere für Haberer.

Als er die alten Geschichten, die er schon beim Essen erzählt hatte, nochmals zum Besten gab und Philippa erneut darüber lachte, war es für Selma Zeit, ins Bett zu gehen.

Sie schrieb Marcel noch eine Nachricht und schlief sofort ein.

Sie erwachte, als sie wieder das Lachen von Philippa und Haberer hörte.

Dann knallten Autotüren.

Haberer fuhr doch nicht noch nach Hause?

13

Jonas Haberer fuhr nicht nach Hause.

Er sass mit Philippa im Fond eines Allradwagens der obersten Klasse. Mister Jim, den Philippa nun bei seinem richtigen Namen Stéphane nannte, lenkte den Wagen. Von der Ranch ging es über die Hauptstrasse Richtung Saignelégier. Stéphane bog mehrmals ab. Schliesslich landeten sie auf einer Schotterstrasse in einem Wald.

«Wohin entführen Sie mich, Mylady?», fragte Haberer. «Ich hoffe, Sie haben sich das gut überlegt. Für mich wird niemand

Lösegeld bezahlen. Nicht einmal Selma, obwohl sie es könnte, sie ist schliesslich adlig wie Sie, Lady Philippa.»

Philippa lachte. Sie gab Stéphane die Anweisung anzuhalten. «Nun steigen Sie aus, Cowboy. Nehmen Sie die Decke aus dem Kofferraum und folgen Sie mir.»

Jonas Haberer stieg aus, öffnete den Kofferraum und nahm die Decke heraus. Darunter kam ein Jagdgewehr zum Vorschein.

«Sie gehen auf die Jagd?», fragte Haberer erstaunt.

«Adel verpflichtet», antwortete Philippa trocken. «Nehmen Sie es mit, Jonas. Vielleicht läuft uns eine Beute über den Weg. Oder eine Bestie. Wir sind im Jura. Da weiss man nie.»

«Mylady, ich bin etwas irritiert.»

«Aha? Wegen der Tatsache, dass wir im Jura sind?»

«Also ...»

«Hier gibt es wilde Tiere. Und rabiate Männer. Im Jura ist man nicht so zimperlich.» Sie deutete auf ihren einbandagierten Arm.

«Das war gar nicht ihr Pferd? Sie hatten ...» Haberer zögerte.

«... ein etwas unangenehmes Rencontre mit einem aufgebrachten Bauern», sagte Philippa.

«Wie ich vermutet habe!»

«Belassen wir es dabei.»

«Was ist passiert?»

«Wir lassen es, okay, Cowboy?»

«Und was ist mit dem Schiesseisen? Gehen Sie als Tierschützerin tatsächlich ...» Haberer stockte.

«... auf die Jagd?», ergänzte Philippa. «Ich sag ja, Adel verpflichtet. Aber das war einmal. Na los, keine Angst, nehmen Sie die Flinte. Sie haben sicher auch eine Waffe.»

«Na ja, die ist in meinem Auto ...»

«Sie sind mir vielleicht ein Cowboy. Dort hilft sie Ihnen nicht. Wie wollen Sie mich denn verteidigen?»

Haberer ergriff das Jagdgewehr. «Ich bin bereit. Ich gebe alles. Ich schiess alles tot, mausetot.»

Philippa unterdrückte ein Lachen und nahm den grossen Feldstecher aus dem Kofferraum. Dann wies sie Stéphane an, nach Hause zu fahren. Stéphane wendete und fuhr davon.

Es war plötzlich sehr still.

Und dunkel. Nur der halbvolle Mond spendete etwas Licht.

«Folgen Sie mir!»

Philippa ging zielstrebig voraus. Das Unterholz knackte. Jonas eilte mit Decke und Jagdgewehr hinterher. Philippa kletterte die Leiter zu einem Hochsitz hinauf und deutete Haberer an, ihr zu folgen. Haberer wunderte sich, dass sie ihren verletzten Arm so gut einsetzen konnte. Offensichtlich kannte diese Frau keinen Schmerz.

Jonas Haberer stieg mitsamt Jagdgewehr und Decke mühsam die Sprossen hinauf und setzte sich völlig ausser Atem auf die kleine Bank neben Philippa.

«An Ihrer Fitness müssen wir arbeiten.»

«Papperlapapp. Ich bin alt und verbraucht. Daran werden auch Sie nichts ändern können.»

Philippa kicherte und legte ihre Hand auf Haberers Knie. «Auch papperlapapp. Ich hoffe, Sie segnen nicht bald das Zeitliche. Ich würde Sie gerne noch eine Weile behalten.»

Jonas Haberer schaute Philippa Miller-de-Polline mit grossen Augen an. «Wie meinen Sie das? Als Reitschüler? Steht es so schlimm um Ihre Finanzen, dass Sie den alten Grossstadtcowboy als Reitschüler behalten müssen?»

Philippa lachte.

Und küsste Jonas Haberer auf die rechte Wange.

Aber nur flüchtig.

Sie flüsterte: «Und jetzt schweigen wir und beobachten Tiere.»

Sie schwiegen.

Tiere beobachten konnten sie lange Zeit nicht. Es kamen keine vorbei.

Die Tiere waren Jonas Haberer auch ziemlich egal. Er dachte

über den Kuss nach. Ja, er war flüchtig, freundschaftlich, aber ...
War das einfach Philippas Art oder steckte mehr dahinter? Haberer stellte fest, dass sie ihn immer mehr in ihr Leben eingeweiht hatte. Ging es ihr vielleicht wie ihm? Waren da mehr als freundschaftliche Gefühle im Spiel?

«Eine Fuchsfamilie», flüsterte Philippa und reichte Haberer den Feldstecher.

Da dieser mit einem Nachtsichtgerät ausgestattet war, konnte Haberer die Füchse gut erkennen. Und musste sich zugestehen, dass ihn dieser Anblick berührte.

Sie sahen im Laufe der Nacht noch weitere Füchse. Auch Rehe. Wildschweine. Haberer war fasziniert. So hatte er die Natur noch nie erlebt. Er kam sich gerade ziemlich unwichtig vor.

Philippa hatte längst die Decke um sich und Haberer geschlungen und kuschelte sich an ihn.

Haberer getraute sich nicht, sich zu bewegen. Vielleicht war Philippa eingeschlafen.

Er schloss die Augen.

«Geben Sie mir die Flinte», sagte Philippa plötzlich.

Haberer rappelte sich auf. «Ist das eine gute Idee? Mit Ihrem verletzten Arm können Sie nicht so zielsicher ...»

«Nun machen Sie schon.»

Haberer reichte Philippa das Jagdgewehr. Es dämmerte bereits.

«Sehen Sie den Bauernhof dort drüben?», fragte Philippa.

Haberer linste durch den Feldstecher und nickte.

Philippa nahm ein Zielfernrohr aus ihrer Jacke und schraubte es auf das Gewehr. Sie nahm die Flinte in Anschlag. «In wenigen Minuten wird der Bauer auftauchen und alles vorbereiten, damit der Lastwagen, der seine Rinder zum Schlachthof fährt, freie Bahn hat.»

«Aha.»

«Aber so weit wird es nicht kommen. Der arme Bauer wird

in wenigen Sekunden andere Probleme haben, als seine Tiere zu massakrieren.»

«Also, ich meine, das ist der normale ...»

Philippa drückte ab.

Haberer zuckte zusammen.

Sie drückte ein zweites und ein drittes Mal ab.

Haberer sah durch den Feldstecher, wie ein Fass, das in der grossen, offenen Gerätehalle stand, Feuer fing.

Kurz darauf sprangen die Flammen auf einen Reifen des grossen Traktors über.

«Mylady ...»

«Wir sollten uns vom Acker machen, Cowboy.»

«Und wie?»

«Per pedes, mein Lieber!»

«Zu Fuss? Was soll dieser Bullshit? In den Westernfilmen stehen immer Pferde bereit. Wo sind die verdammten Pferde?»

Philippa lachte, warf das Gewehr vom Hochsitz hinunter und kletterte eilig die Leiter hinab.

14

Die jungen Pferde galoppierten und hüpften auf der Weide herum. Selma lag im Gras und machte Videoaufnahmen. Zwischendurch fotografierte sie auch. Tom lag neben ihr.

Waren es noch Fohlen oder schon Jährlinge?, fragte sich Selma. Egal, sie waren wunderschön und strotzten nur so vor Lebenskraft.

Selma war nie ein Pferdemädchen gewesen. Nie eine junge Frau, die jede freie Minute in einem Stall verbracht hatte. Dazu war sie zu urban aufgewachsen. Dank Stiefvater Dominic-Michel. Und zu künstlerisch veranlagt. Dank Mama Charlotte. Aber jetzt – jetzt war sie begeistert von diesen Tieren in dieser wunderschönen Landschaft in den Freibergen. Und wer weiss, vielleicht würde ihre Tochter ja eine Pferdenärrin werden wie Philippa und all die Mädchen, die jede freie Minute ...

Selma wunderte sich gerade über ihre eigenen Gedanken.

Mädchen?

Spürte sie, dass sie ein Mädchen bekommen würde?

Oder war es ihr Wunsch?

Nein, es war nicht ihr Wunsch. Mädchen oder Junge, das war egal.

Aber warum war sie so überzeugt, ein Mädchen zur Welt zu bringen?

Sie schnappte ihr Smartphone und rief ihre Freundin Lea an.

«Stör ich?»

«Du störst nie. Ich habe zwar gerade eine Kundin ...»

«Nur kurz, du Frisurenkünstlerin. Bin ich eine Mädchen- oder eine Bubenmama?»

«Öhm, ui, also ...»

«Spontan?»

«Mädchenmama.»

«Okay, dann stimmt mein Gefühl. Bis später, meine liebste Freundin.»

Ein Mädchen, ja, es wird ein Mädchen. War das wichtig? Nein. Gab es überhaupt Mädchen- und Bubenmamas? So ein Blödsinn.

Die jungen Pferde näherten sich ihr. Äusserst vorsichtig. Und Selma bemerkte, dass sie nicht an ihr, sondern an Tom interessiert waren. Tom hingegen war weniger interessiert. Er war sogar extrem uninteressiert. Er versteckte sich nämlich hinter Selma. Doch die beiden Pferde kamen immer dichter an ihn heran und beschnupperten ihn.

Nach einer Weile schnupperte Tom vorsichtig zurück.

Selma fotografierte.

Besser ging's nicht. Welch wundervolle Fotos, die sie schiessen konnte. Friedliche Tierwelt! Was würde das für fantastische Poster geben.

Die Pferde galoppierten davon, drehten eine Runde und kamen zu Tom und Selma zurück. Ganz nahe.

«Na los, Tom», forderte Selma ihren Hund auf. «Ich glaube, die wollen mit dir spielen.»

Es dauerte einige Zeit, bis Tom das Angebot annahm. Dann bellte er die Pferde an. Er rannte davon, die Pferde hinterher. Er schlug einen Haken, liess die Pferde ins Leere laufen und bellte erneut.

Der Bann war gebrochen. Die drei hatten Spass.

Selmas Smartphone klingelte. Ihre Schwester rief an. «Hei, hei, Elin», grüsste Selma. «Du solltest Tom sehen, er spielt gerade mit zwei jungen Pferden.»

«Oh, dann ist alles gut bei dir?»

«Was sollte nicht gut sein?»

«Da gab es einen Grossbrand auf einem Bauernhof...»

«Warte kurz, Schwesterherz.» Selma rief Tom zu sich, um sich besser auf das Gespräch konzentrieren zu können und verliess die Weide.

«Selma, bist du noch da?»

«Ja, ein Grossbrand?»

«Bei Saignelégier, letzte Nacht beziehungsweise heute früh.»

«Mir geht es gut. Und der Ranch auch. Ich habe nichts mitbekommen.»

«Das ist gut. Ich habe mir Sorgen gemacht.»

«Was ist denn passiert?»

«In den Medien heisst es, dass der Bauer um ungefähr vier Uhr morgens einen Knall gehört habe, und dann sei der Geräteschuppen auch schon in Brand gestanden. Er habe seine Familie und seine Tiere in letzter Minute retten können.»

«Ich frag mal Philippa, vielleicht weiss sie etwas. Ich habe jedenfalls geschlafen wie ein Murmeltier. Die Landluft tut mir und dem Baby gut. Und Tom ebenfalls.»

«Bist du am Sonntag noch auf der Ranch?»

«Ja, ich denke schon.»

«Wir könnten dich besuchen. Und Mama und Arvid Bengt mitnehmen.»

«Das ist eine tolle Idee. Marcel will auch vorbeikommen. Er versucht zudem, seine Mutter zu überzeugen. Sie wohnt ja nur zwanzig Minuten von hier entfernt.»

«Dann wird das ein kleines Familientreffen.»

«Da freue ich mich.»

Nach diesem Gespräch rief Selma Jonas Haberer an, doch dieser nahm den Anruf nicht entgegen. Was Selma wunderte. Auch fünf und zehn Minuten später ging er nicht ans Telefon.

Dafür kam Philippa auf ihrem Pferd Valentina de Polline angaloppiert. Philippa stoppte das Pferd, zeigte zur Weide und sagte zu Selma: «Sind sie nicht süss, die beiden Jährlinge?»

«Sie sind obersüss. Sie werden in der Kampagne für das Gestüt und den Tiergnadenhof eine wichtige Rolle spielen.»

«Leider habe ich sie bereits verkauft. Ich hätte sie gerne behalten. Aber so ist das Geschäft.»

«Wissen Sie, was letzte Nacht passiert ist?»

Philippa stieg vom Pferd und strich über dessen Nase. «Der Brand im Nachbardorf? Ich habe nur gehört, dass ein Fass explodiert sein soll. Aber niemand kam zu Schaden. Ich habe dem Bauern bereits angeboten, seine Tiere auf unserer Ranch zu beherbergen. Deshalb bin ich hier. Ich nehme die Jährlinge erst einmal in den Stall mit, damit die Weide für die Rinder frei wird. Sie sollten dieser Tage geschlachtet werden.»

«Dann helfen Sie nicht nur dem Bauern, sondern retten auch die Tiere.»

«Genau.» Philippa zwinkerte Selma zu. «Die Rinder werden

für längere Zeit hierbleiben. Ich werde die Tiere diesem Schurken, also dem Bauern, abkaufen.» Sie räusperte sich. «Helfen Sie mir, die Jährlinge in die Stallungen zu bringen, Selma?»
«Gerne.»
«Gehen Sie mit Tom einfach voraus. Die Jährlinge werden folgen.»
Philippas Plan ging perfekt auf.
Und Selma vermutete stark, dass Philippas Pläne meistens perfekt aufgingen.

In den folgenden Tagen widmete sich Selma ganz ihrer Arbeit, genoss die Zeit mit Philippa und die wunderschöne Natur in den Freibergen.
Am Samstagmorgen raste jemand mit seinem Wagen auf die Ranch. Selma glaubte zunächst, Jonas Haberer sei endlich wieder aufgetaucht. Dieser war seit Tagen verschwunden, nahm das Telefon nicht ab und schrieb nur, dass er nachdenken und recherchieren müsse.
Als sich die Staubwolke gelegt hatte, sah Selma, dass es Philip Junior war, der aus seinem schnittigen, englischen Cabriolet stieg.
«Einen wunderschönen guten Morgen», rief Philip Junior Selma zu und eilte ihr entgegen. «Ich sollte langsamer auf das Anwesen fahren, ich weiss. Oder wir sollten die Strasse asphaltieren lassen. Was meinen Sie, Lady Selma?»
«Lassen Sie mal die Lady weg, wir sind hier nicht bei Rosamunde Pilcher.»
«Oh Gott, Rosamunde, wie sehr ich die englische Romantikautorin verehre!»
«Sie sollten einfach langsamer auf die Ranch fahren. Asphalt ist in einer solchen Umgebung nicht sehr sexy.» Selma lächelte.
Auch Philip Junior lächelte Selma an, zeigte seine perfekten weissen Zähne und liess keine Zweifel offen, was er von Selma erwartete: Bewunderung und Begehren.

Beides hätte er vielleicht sogar bekommen können. Philip Junior gefiel Selma. Aber es gab Marcel. Und es gab vor allem ihr Kind unter ihrem Herzen.

Philip Junior verneigte sich. «Ich werde darüber nachdenken. Ich finde Ihr Grübchen in der Wange übrigens sehr erotisch. Aber das darf man heute eigentlich nicht mehr sagen, ich weiss, ich weiss. Es ist mir eine Ehre, Sie und Ihre Familie heute kennenzulernen. Ich eile zu meiner Mom. Organisation ist alles für sie. Und ich bin schon», er blickte auf seine Armbanduhr, «dreissig Sekunden zu spät. Bis gleich, Selma!»

Was für ein Kerl!, dachte Selma. Ein Macho, ja, aber eben ein Kerl!

Sie verwarf diese Gedanken über Philip Junior jedoch sofort.

Tom war einmal mehr ganz mit Carmel beschäftigt. Und auch die Corgi-Hündin war Tom nicht abgeneigt. Die beiden jagten sich über die ganze Ranch. Erst als Tom in die Reithalle stürmte, pfiff Selma ihn zurück. Sie wollte unbedingt verhindern, dass die beiden Hunde den Trainingsbetrieb störten. Tom gehorchte tatsächlich. Was Selma ein wenig erstaunte. Sie nahm ihn an die Leine und führte ihn zum Haus. Sie hatte Lust auf einen Kaffee.

Als sie das Haus betrat, hörte sie ein lautstarkes Gespräch zwischen Philippa und ihrem Sohn. Die Worte und Satzfetzen konnte sie aber nicht verstehen.

Selma wollte in die Küche gehen, doch da kam ihr Stéphane entgegen.

«Kann ich Ihnen behilflich sein?», fragte der Angestellte.

«Ein Milchkaffee wäre nett. Viel Milch, ganz wenig Kaffee, bitte.» Seit Selma schwanger war, gönnte sie sich nur noch selten Kaffee.

«Sehr gerne.»

«Das heisst», sagte Selma, «nein, ich komme später. Ich will nicht stören.» Sie zeigte nach oben, dahin, wo die lauten Stimmen herkamen.

«Kein Problem, Selma. Lady Philippa und ihr Sohn Philip Junior haben immer...» Er schien, nach dem deutschen Ausdruck zu suchen.

«... Meinungsverschiedenheiten?»

«Genau. Meinungsverschiedenheiten.»

«Kommt in den besten Familien vor.» Selma hielt ihre rechte Hand auf den Bauch.

«Oh, Sie werden Maman?»

«Ja. Woher wissen Sie das? Sieht man schon etwas?»

«Nein. Doch. Man sieht, wie Sie ihr Kind mit der Hand beschützen. Das hat meine Frau auch gemacht. Ich habe zwei Töchter. Es ist schön. Aber nicht immer einfach.»

«Wie alt sind denn Ihre ...»

Philippa brauste mit finsterer Miene in die Küche, sah Selma und lächelte. Sie wandte sich Stéphane zu. «Ich brauche Kaffee!»

«Ich wollte gerade für Selma einen zubereiten.»

«Wunderbar.» Sie legte ihren rechten Arm auf Selmas Schulter. «Kommen Sie mit mir in den Garten? Bitte.»

Selma erwartete, dass Philippa ihr irgendetwas mitteilen wollte. Aber das war ein Irrtum. Philippa beherrschte den gepflegten Small Talk, wie Selma ihn von ihrer Mutter gewohnt war. Schliesslich parlierten sie über die Ranch und über all die Tiere, die Philippa rettete. Philippa strahlte.

Das änderte sich schlagartig, als ein Auto langsam heranfuhr und kurz darauf Schritte auf dem Kiesweg zu hören waren.

Philippa neigte sich zu Selma. «Der hat mir gerade noch gefehlt.»

Selma drehte sich um. War das Haberer? Unmöglich! Haberer hätte einen fulminanteren Auftritt hingelegt.

Es war Doktor François Werner, der Philippa den Hof machte.

Philippa stand auf und umarmte François mit ihrem rechten Arm. «Das ist ja eine nette Überraschung.»

Selma merkte an Philippas Tonfall sofort, dass sie François' Erscheinen keineswegs für eine nette Überraschung hielt.

Auch das kannte sie von ihrer Mutter Charlotte.

Die beiden würden sich prächtig verstehen.

Natürlich fragte Doktor Werner Philippa sofort, was denn mit ihrem linken Arm geschehen sei. Ob sie einen Arzt konsultiert habe, ob er sich die Verletzung ansehen solle.

Philippa verneinte resolut und tischte auch ihm die Geschichte der Stalltür auf.

Noch bevor François Selma begrüssen konnte, schickte die Reporterin eine Nachricht an Jonas Haberer: «Komm auf die Ranch. Es wird interessant!»

15

Es wurde sogar sehr interessant.

Jonas Haberer kreuzte am frühen Samstagnachmittag auf. Und verärgerte als erstes Doktor François Werner. Er fuhr so schnell auf die Ranch, dass er eine riesige Staubwolke aufwirbelte und Doktor Werner, der auf dem Weg vom Haus zum Stall war, im Dreck verschwand.

Haberer stoppte abrupt, was eine weitere Staubwolke entstehen liess. Dann stieg er aus, setzte seinen Cowboyhut auf und spuckte auf den Boden. «Oha, der Herr Doktor!», rief er und ging zu ihm. «Habe dich gar nicht gesehen. Was zum Teufel machst du hier? Bist du in Tat und Wahrheit Tierarzt und gibst dich in Basel als Menschendoktor aus?»

François Werner lächelte gequält und klopfte sich den Staub von den Kleidern. «Ich reite, Jonas Haberer.»

«Auf einem Pony?»

Doktor Werner putzte seine Brille und sagte gelassen: «Falls du meine geringe Körpergrösse ansprichst, mein lieber Haberer, dann darf ich dir versichern, dass ich zufrieden bin. Lieber eine etwas kleinere Statur, dafür ein umso grösserer Verstand.»

«Nicht schlecht, Doktor», murrte Haberer. «Nicht schlecht. Du beginnst mir zu gefallen.»

«Was machst du hier? Selma besuchen?»

«Auch. Aber zuerst besuche ich Lady Philippa.»

«Sie wollte gerade mit mir ausreiten.»

«Oh, du gefällst mir doch nicht. Reite doch einmal allein durch die Prärie. Lady Philippa hat einen lädierten Arm. Zudem haben sich ihre Pläne gerade geändert.» Haberer stapfte davon.

Philippas Pläne hatten sich tatsächlich geändert. Als sie Jonas Haberer sah, sagte sie den Ausritt mit François ab und lud Haberer zum Tee ein.

«Sie haben sich rar gemacht», sagte Philippa. «Ist etwas geschehen?»

«Ich musste nachdenken und recherchieren.»

«Das hat mir Selma schon erzählt.»

«Sie haben sich nach mir erkundigt? Haben Sie mich auch ein klein wenig vermisst?»

«Ja», antwortete Philippa ohne zu zögern.

«Oh.» Mit dieser Antwort war Jonas Haberer überfordert.

«Haben Sie über mich recherchiert?»

«Na ja ...»

«Und was haben Sie herausgefunden?»

«Haben Sie etwas zu verbergen, Mylady?»

Philippa lachte laut heraus.

«Was ist daran amüsant?»

Philippa tätschelte Haberers Oberschenkel. «Was kann ich vor einem Profi wie Ihnen schon verbergen?»

«Ich weiss nicht ... ich ...», stotterte Haberer.

Diese Frau brachte ihn komplett durcheinander. Er räusperte sich laut und unappetitlich. «Seit etwa zwei Jahren gibt es in der Schweiz und in ganz Europa immer wieder Aktionen gegen

Schlachthöfe, Mastbetriebe und Metzgereien. Bauern, die angeblich ihre Tiere quälen, werden attackiert und im Internet an den Pranger gestellt. Fischerboote werden überfallen. Windräder in die Luft gesprengt. Übrigens kürzlich hier ganz in der Nähe, auf dem Mont Soleil. Ein Protest, weil Vögel von Windrädern gekillt werden.»

«Aha», meinte Philippa lächelnd.

«Die Behörden, so habe ich herausgefunden, vermuten radikale Tierschützer dahinter. Aber eben, sie vermuten es nur. Und würden es niemals öffentlich sagen. Aber ich habe bekanntlich meine Kontakte.»

«Daran zweifle ich keinen Moment.»

«Denn zu all diesen Aktionen, oder soll ich lieber Anschlägen sagen...?»

«Sie dürfen.»

«Es bekennt sich nie jemand dazu. Das ist ein Phänomen. Und unterscheidet sich damit von den ebenfalls wenig zimperlichen Klimaschützern und Klimaaktivistinnen.»

«Da steckt sicher ein System dahinter, oder?»

«So sehe ich das. Denn es geht ja darum, Angst und Schrecken zu verbreiten und möglichst viel Aufmerksamkeit zu erregen. Man will die Menschen aufrütteln. Sie dazu bringen, dass sie jedes Mal, wenn sie in ein Schnitzel beissen, ein schlechtes Gewissen bekommen. Oder wenn sie einen Lichtschalter betätigen, ihnen wegen der sogenannten grünen Windenergie die Haare zu Berge stehen. Dafür braucht es niemanden, der sich zu den Anschlägen bekennt.»

«Eine ziemlich steile These, aber nicht uninteressant.»

Die beiden schauten sich lange an.

Jonas Haberer räusperte sich erneut. «Nun, wie Sie neulich diesen Bauernhof in die Luft geschossen haben...»

«Gemach, gemach», unterbrach Philippa. «Es ist nichts Schlimmes passiert. Es ist noch nie etwas Schlimmes passiert.»

«Noch nie?»

«Ups, bin ich gerade in eine Falle getappt? Habe ich zu viel gesagt?»

«Ich weiss es nicht. Ihr Arm, das Ergebnis eines Rencontre mit einem Bauern. Wie kam es dazu?»

Philippa Miller-de-Polline blieb erstaunlich gelassen. Haberers Fragen beantwortete sie nicht. Sie lächelte nur.

«Sind Sie, geschätzte Lady Philippa», versuchte es Haberer nun direkt, «Mitglied einer geheimen Tierschutzorganisation? Einer geheimen Terrororganisation? Sind Sie eventuell sogar die Chefin?»

Philippa antwortete nicht. Stattdessen rückte sie Jonas Haberer immer näher. «Diese beiden Fragen hast du dir für das Finale deines Investigativinterviews aufgespart, nicht wahr, Jonas?»

«Es waren drei Fragen», sagte Haberer verunsichert. Er fühlte sich durchschaut. Und staunte, dass Philippa ihn plötzlich duzte.

Aber Philippa wechselte gleich wieder zum Sie: «Haben Sie denn auch solch knallharte Reporterfragen zu meinen Gefühlen? Fragen, die man nur mit Ja oder Nein beantworten kann? Zum Beispiel: Gefallen Sie mir? Finde ich Sie sexy? Liebe ich Sie sogar?»

Jonas Haberer entglitt die Situation. Er war komplett überfordert. Und konnte nicht antworten. Er sehnte sich nach einem grossen Bier. Aber das konnte er nicht aussprechen. Er brachte keinen Ton heraus.

Philippa stand auf und ergriff seine Hand. «Ich zeige dir etwas, Jonas.»

Wieder duzte sie ihn.

Sie führte ihn in den ersten Stock. In ihr Schlafzimmer. Sie gab ihm einen Schubs. Jonas Haberer fiel aufs Bett. Philippa knöpfte ihre Bluse auf, zog sie aus und warf sie auf den Boden. Ein weisser Spitzen-BH kam zum Vorschein. Und ein Verband am linken Oberarm.

Philippa stieg aus ihrem Rock.

Haberer sah den zum BH passenden Slip.

Da stand sie also, Lady Philippa! In Unterwäsche und hohen Reiterstiefeln.

Jonas Haberer krallte sich am Leintuch fest.

«Also, Cowboy, meine Antwort auf all deine Fragen lautet: Ja!»

16

Irgendetwas war mit Jonas Haberer passiert. Er hatte ein Dauergrinsen im Gesicht und benahm sich so gar nicht rüpelhaft. Selma wagte nicht, ihn zu fragen, was los sei. Aber sie war sich sicher: Es musste an Philippa liegen. War Jonas Haberer tatsächlich verliebt?

Sie hatte allerdings keine Zeit, mit ihm darüber zu reden. Denn am Nachmittag erschien ihre Familie auf der Ranch. Marcel hatte sogar seine Mutter Maria dazu überreden können. Sie sonderte sich allerdings sofort ab, nahm Tom zu sich und ging zu den Pferden.

Mama Charlotte sass zwar im Rollstuhl, genoss den Ausflug aber sehr. Sie wurde von Arvid Bengt umsorgt, auch Doktor François Werner schaute immer wieder nach ihr. Und sie verstand sich sofort mit Hausherrin Philippa. So wie es Selma vorausgesehen hatte. Bei Tee und Kaffee unterhielten sie sich prächtig. Small Talk in Perfektion!

Selmas Neffen Sven und Sören halfen tüchtig beim Ausmisten und bei der Fütterung im Gnadenhof mit. Ihre Eltern Elin und Eric genossen im Garten ein Glas Wein und unterstützten dann die Angestellten der Ranch beim Decken der abendlichen Tafel.

Selma nahm Marcel in die Arme. «Endlich sind wir alle wieder einmal zusammen. Du weisst gar nicht, wie wichtig mir das ist. Und wir beide werden bald Eltern. Es wird wundervoll.»

«Ja, das wird es, Liebste. Ich habe übrigens beschlossen, mein Pensum bei den Basler Verkehrs-Betrieben zu reduzieren und in meiner alten Wohnung eine Praxis für Psychotherapie einzurichten. Wie findest du das?»

«Das finde ich grossartig, mein liebster Psychologe, Tram- und Buschauffeur und Klugscheisser. Hauptsache, wir können so viel Zeit wie möglich zusammen verbringen. Ich werde mein berufliches Engagement einschränken. Jonas Haberer braucht mich sowieso nicht mehr so oft.»

«Wie meinst du das?»

«Wir werden sehen. Ich glaube, da bahnt sich etwas an.»

«Jonas und Philippa?»

«Ist es dir auch schon aufgefallen?»

«Wem fällt das nicht auf? Ich freue mich für ihn.»

«Abwarten. Ich weiss nicht, ob Jonas Haberer der Typ für Happy Ends ist.»

«Wow, was für ein Satz.»

«Was meinst du?»

«Gibt es Menschen, die nicht für Happy Ends geschaffen sind?»

«Ja, die gibt es. Die Menschheitsgeschichte ist voll von solchen Figuren. Und am Ende reitet Jonas allein in den Sonnenuntergang. Mal ehrlich, kannst du dir vorstellen, dass er wie im Märchen mit seiner Prinzessin glücklich bis ans Ende seiner Tage lebt?»

«Nicht wirklich, aber wir sollten nicht in Klischees denken. Jonas hat wie wir alle das Bedürfnis nach Liebe und Geborgenheit.»

«Das ist vielleicht auch ein Klischee.»

«Dem muss ich als Psychologe widersprechen. Die Sehnsucht nach Liebe und Geborgenheit liegt in der Natur ...»

Das philosophische Gespräch wurde von Philippa unterbrochen, die Selma zu sich und Charlotte rief.

«Was gibt es denn?», fragte Selma.

«Da hat mich gerade ein junger Mann, ein sehr charmanter junger Mann, begrüsst», sagte Charlotte. «Äusserst gutaussehend.»

«Ach ja?»

«Mein Sohn Philip Junior», sagte Philippa.

«Ich glaube, ich kenne ihn», meinte Charlotte.

«Gut möglich», sagte Philippa zu Selma. «Er verwaltet unsere Liegenschaften und ist zudem wie Sie und Ihre ganze Familie Patient bei Doktor Werner.»

«Nein, nein», protestierte Charlotte. «Ich habe diesen jungen Mann erst kürzlich getroffen.»

«Aha. Wo und warum?», fragte Selma.

Charlotte schaute Selma verwundert an. «Wo und warum? Muss ich mich nun vor dir rechtfertigen?»

«Natürlich nicht, Mama. Ich habe nur gefragt.»

«Ich war an einem Ort, der sehr düster war. Es war etwas unheimlich.»

«Und was ist an diesem unheimlichen Ort passiert, Mama?», fragte Selma.

Charlotte starrte in die Weite. «Das weiss ich nicht mehr.»

«Fragt doch einfach meinen Sohn», schlug Philippa vor. «Er ist in der Reithalle.»

Selma rollte ihre Mutter zur Reithalle. Philip Junior zog gerade mit seinem Freiberger Wallach im Galopp seine Runden und wurde dabei von Doktor François Werner verfolgt. Als die beiden vom Galopp in den Schritt wechselten und nebeneinanderher ritten, diskutierten sie aufgeregt. Sehr aufgeregt. Selma horchte angestrengt, konnte aber kein Wort verstehen. Sprachen die beiden über Pferde? Über das Training? Oder über etwas ganz anderes?

«Was hat Doktor François Werner mit diesem charmanten jungen Mann zu tun?», fragte Charlotte.

«Dieser junge Mann ist Philippas Sohn, Mama.»

«Das weiss ich, Selma. Noch bin ich nicht verblödet. Ich habe einfach eine Gedächtnislücke.»

«Excusé, Maman», reagierte Selma etwas gereizt. Deshalb benutzte sie auch das französische Maman.

«Es ging um Kunst.»

«Aha? Um diese Kunstsache, über die du mit mir reden wolltest vor dem Überfall.»

«Ja, genau! François wollte von mir eine Kunstexpertise.»

«Oh», machte Selma. «Interessant. Du erinnerst dich! Erzähle mehr darüber.»

«Eine Expertise für ein Bild. Und dieser charmante, junge Mann, der führte mich zu diesem düsteren ... Nein, nein, das war nicht dieser charmante, gutaussehende Mann. Dann hätte ich mich ja gar nicht auf die Bilder konzentrieren können.» Charlotte kicherte wie ein Schulmädchen.

«Bilder?», hakte Selma nach. «War es nicht nur ein Bild? War das der Grund, warum du mit mir reden wolltest?»

«Wollte ich das?», fragte Charlotte ungläubig. «Hm. Warum wohl?»

«Ach, Mama. Was war denn nun an diesem düsteren Ort?»

«Ja, es war ein düsterer, aber ein sehr wohlriechender Ort.»

«Ein wohlriechender Ort? Daran kannst du dich erinnern?»

«Oh ja! Sehr gut sogar.»

«Okay, Mama. Und das Bild?»

«Es gab nicht nur ein Bild, sondern ganz viele. Es waren ausserordentlich beeindruckende Bilder. Es war eine ganze Sammlung.»

«Eine ganze Sammlung?»

«Ja, ich habe noch nie in meinem Leben einen solchen Schatz gesehen. Picassos und andere ... also ...»

«Picassos. Und?»

«Das weiss ich nicht mehr. Pferdebilder. Viele Pferdebilder. Auch Naturbilder. Chagall, Van Gogh. Meine Knie haben gezittert.»

«Wo hast du diese Bilder gesehen?»

«An einem sehr wohlriechenden Ort. Wir mussten viele Treppen hinuntersteigen. Ich musste mich an den Wänden festhalten, wollte nicht stürzen und ...»

«Wo war das? Mama, wo war das?», insistierte Selma.

«Ach, Selmeli, keine Ahnung.»

«Aber du erinnerst dich, dass es gut roch?»

«Ja. Süsslich. Vertraut.»

«Vertraut?»

«Ja, vertraut.»

Selma konnte mit dieser Aussage nicht viel anfangen. Ein vertrauter, süsslicher Geruch ... «Moment, war das in einer Galerie? In einem Archiv?»

«Nein. In einem Archiv riecht es verstaubt und muffig. In einer Galerie nach Farbe. Weil die Wände die ganze Zeit gestrichen werden. Nein, es roch süsslich. Irgendwie. Auf alle Fälle sehr vertraut.»

«Farbe kann süsslich riechen. Vielleicht doch eine Galerie. Du hast dich doch dein ganzes berufliches Leben in Galerien aufgehalten.»

«Nein, es war keine Galerie. Es war düster. Galerien sind hell.»

Selma konnte sich nichts zusammenreimen. Also versuchte sie es auf eine andere Art: «War es in Basel?»

«Ja. Ich fuhr mit dem Tram dahin.»

«Mit welchem Tram?»

«Mon dieu, was du alles wissen willst.»

«Mit welchem Tram?»

«Mit dem 8er-Tram. Ja, mit dem 8er. Das weiss ich, weil du im 8er deinen Marcel kennengelernt hast.»

«Schön, dass du das noch weisst.»

«Die Geschichte ist so romantisch, Selmeli. Wie du aufs Tram gerannt bist und Marcel auf dich gewartet hat.»

«Ja, ich weiss. Also, du bist mit dem 8er gefahren. Wohin?»

«Wohin? Ich bin ausgestiegen. Und der charmante Mann hat mich zu diesem Kunstschatz geführt.»

«An diesen düsteren, wohlriechenden Ort?»

«An diesen sehr düsteren Ort. Es war unheimlich, obwohl der Geruch mir so vertraut vorkam.»

«Wo war dieser Ort?»

«Ja, wo war das?»

In diesem Moment entdeckte Philip Junior Selma und Charlotte. Er winkte ihnen zu.

«Haben Sie einen Moment?», rief Selma.

Philip Junior stoppte sein Pferd. «Natürlich. Für Sie immer, werte Selma.»

«Meine Mama ist seit dem schrecklichen Überfall etwas durcheinander. Sie leidet unter einer Amnesie. Jetzt hatte sie gerade einen Geistesblitz und sagt, dass sie Sie kennt.»

«Das wäre mir eine Ehre.» Philip tätschelte den Hals seines Pferdes. «Aber ich habe Ihre verehrte Frau Mama erst vorhin kennengelernt.»

«Echt?»

«Die Bekanntschaft mit Ihrer verehrten Frau Mama würde ich nie vergessen. Ihr Grossvater, Lady Selma, der Forscher Hjalmar Hedlund, hat Grossartiges geschaffen. Ich verehre ihn.» Philip Junior lächelte und ritt weiter. Und unterhielt sich wieder angeregt mit François.

«Was sagst du dazu, Mama?»

«Er ist äusserst charmant und gutaussehend. Wenn du nicht schon vergeben wärst, wäre er wirklich...»

«Maman!»

«Ja, du hast recht. Marcel ist der Richtige für dich.»

«Was soll denn das wieder heissen?»

«Marcel ist aufrichtig und ehrlich, dieser Mann ist ein Filou, das sehe ich ihm an.»

«Aha?»

«Ich habe Hunger.»

17

Das Essen im Schatten der riesigen Tannen im Garten der De-Polline-Ranch erwies sich als wahres Festmahl. Und Lady Philippa als geübte Gastgeberin. Sie schwirrte um die Gäste herum, lächelte, hielt einen Small Talk nach dem anderen.

Alle Gäste waren da. Nur Jonas Haberer fehlte. Selma fragte sich, wo er sich verkrochen hatte und was mit ihm los war. Schliesslich liebte er doch solche gesellschaftlichen Anlässe.

Stéphane und seine Mitarbeiterinnen hatten ein Büffet mit Dutzenden vegetarischen Speisen aufgetischt. Dazu gab es Weisswein aus dem Waadtland, Rotwein aus dem Burgund. Auf den Etiketten waren stattliche Landgüter abgebildet, die den Titel De Polline trugen. Selma konnte es nicht lassen, im Internet kurz nachzuschauen. Und siehe da: Die Landgüter waren tatsächlich im Besitz der Familie De Polline.

Charlotte liess sich von Marcel und Eric die Speisen an ihren Platz bringen. Philip Junior Miller-de-Polline schenkte ihr stetig Wein nach, bis Doktor Werner dazwischenging.

Er erntete von Charlotte einen bösen Blick. Philip Junior dagegen wurde angelächelt.

Marcels Mutter Maria ass praktisch nichts. Alle Versuche von Philippa, Maria in ein Gespräch zu verwickeln, schlugen fehl. Nach einer Stunde stand Maria auf und verabschiedete sich: «Ich muss heim zu meinen Pferden.» Sie zum Bleiben zu motivieren, war sinnlos. Sie wollte zu Fuss gehen. Anderthalb Stunden seien für sie kein Problem. «Ohne Auto bleibt man fit», sagte sie beim Abschied zu Selma.

«Du magst Philippa nicht.»

«Doch, seit heute Abend mag ich sie. Sie tut viel Gutes. Du solltest dich aber vor ihrem Sohn in Acht nehmen. Und dich von dieser Ranch fernhalten. Auf dieser Ranch lastet ein Fluch. Unheil wird passieren.»

«Ach, Maria, du und deine Esoterik.»

«Mach dich nur lustig über mich. Aber denke daran: Dank meiner Intuition und dank meiner Verbindung zu Tom habt ihr im Tessin Marcel gefunden. Er wäre sonst gestorben.»

Selma lief es kalt den Rücken hinunter. Maria hatte recht: Sie hatte gespürt, dass Tom Marcel finden würde.

Als Maria in ihrer löchrigen Reitkleidung davonmarschierte, hielt Selma die Hände an ihren Bauch und war überzeugt, das Baby zu spüren. Aber vielleicht hoffte sie es auch nur. Sie trug ein weisses Sommerkleid, das so geschnitten war, dass es ihr Bäuchlein gut kaschierte. Immerhin war sie im vierten Monat.

Klack – klack – klack.

Selma drehte sich um und sah, dass Jonas im Anmarsch war, wie sie vermutet hatte. Sie schaute zu Philippa. Die Lady lächelte Jonas an. Und Jonas lächelte zurück. Wie süss, dachte Selma. Und rief Jonas entgegen: «Unser Trampeltier ist im Anmarsch. Du wärst ein grottenschlechter Einbrecher.»

«Sag das nicht, Selmeli.»

«Wo bist du gewesen?»

«Im Stall.»

«Im Stall?»

«Da staunst du, was? Ich habe etwas Abstand gebraucht. Ruhe. Und ich habe mich mit Herakles unterhalten.»

«Interessant. Hast du etwas ausgefressen?»

«Wie geht es dem ungeborenen Kind?»

«Ich hoffe gut. Bei dieser vorbildlichen Mama.»

«Überarbeite dich nicht.»

«Das bisschen Fotografieren... Aber du lenkst ab. Ist etwas passiert? Du hast in den letzten Tagen meine Anrufe nicht entgegengenommen, was so gar nicht zu dir passt. Du weisst doch, was der grosse Lehrmeister Jonas Haberer immer predigt: Eine Reporterin muss...»

«... vierundzwanzig Stunden erreichbar sein. Ja, so ist das, Selmeli.»

«Und du warst es nicht. Was ist passiert? Du hast kürzlich gesagt, dass du nachdenken musst.»

«Ja.»

«Und?»

«Nichts.»

«Und die Recherche? Die heisse Story?»

«Ich bin nicht weitergekommen.»

«Alter Mann, was ist los mit dir? Bist du verliebt?»

«Papperlapapp.»

«Ach, komm, du und Philippa! Ihr steht total aufeinander, das ist nicht zu übersehen.»

«Lass gut sein, Selmeli, ich weiss, wie gut du investigativ recherchieren und nachhaken kannst.»

«Haben deine Zweifel oder, besser gesagt, deine Vorsicht mit Philippas Sohn zu tun?»

«Wie kommst du denn darauf?»

«Marcels Mutter hat so etwas erwähnt. Ich solle mich in Acht nehmen.»

«Diese Esoteriktante! Philip Junior ist bloss ein Gigolo.»

«Er lügt. Sagt Charlotte. Das kann ich mir gut vorstellen. Ich habe einen Streit zwischen ihm und seiner Mutter mitbekommen. Aber verstanden habe ich leider nichts.»

«Es ist sicher um Geld gegangen.»

«Um Geld? Unmöglich, die Familie schwimmt doch...»

«Da sei dir mal nicht so sicher.»

«Bitte?»

«Philippa hat ein ziemlich teures Hobby.»

«Pferde, na und? Das hatte schon ihr Vater. Und der sammelte auch noch Kunst. Nein, nein, Philippa spielt in der Oberliga.»

«Nicht mehr lange.»

«Aha?»

«Überleg doch einmal: Wir produzieren eine Spendenaktion für den Tiergnadenhof. Schön und gut. Aber warum eigentlich? Weil die Freizeitbeschäftigung von Philippa ein Vermögen kostet. Das dürfte Philip Junior gar nicht gefallen. Er wird alles daransetzen, das Vermögen seiner Mutter zu retten und spätestens bei ihrem Ableben zu erben. Wenn es denn überhaupt noch ein Vermögen gibt.»

Selma schaute Haberer grimmig an. «Was weisst du, Jonas?»

«Ich?»

«Ja du, wer sonst?»

«Nichts. Gar nichts.»

«Marcels Mama hat auch gesagt, dass auf dieser Ranch ein Fluch laste und ich mich von ihr fernhalten solle. Es werde Unheil passieren.»

«Aha.»

«Wie aha? Hat sie recht?»

«Wer, die Esoteriktante?»

«Ja, Maria! Jonas, was ist los mit dir? Was weisst du?»

«Nichts.»

«Lügst du mich an?»

Jonas Haberer räusperte sich.

«Lügst du mich an?», hakte Selma nach.

«Ja.»

«Warum? Wir sind ein Team!»

«Ich kann gerade nicht anders. Zu viel im Kopf.»

«Aha. Dann solltest du vielleicht weiterhin mit deinem Pferd reden und nicht mit mir», meinte Selma beleidigt.

Sie schwiegen eine Weile. Dann sagte Selma: «Meine Mutter ist übrigens überzeugt, Philip Junior kürzlich gesehen zu haben. Im Zusammenhang mit diesem Bild von Doktor Werner oder, besser gesagt, mit den Bildern von Doktor Werner, die aber nicht ihm, sondern einem Bekannten gehören sollen. Ach, ich weiss doch auch nicht. Alles total verworren. Philip Junior soll sie an einen düsteren Ort in Basel geführt haben. Ein Ort, der zwar sehr düster, aber wohlriechend war, wie sie sagt. Was soll das? Die arme Charlotte, seit diesem schrecklichen Überfall ist sie völlig durch den Wind, sie kann sich einfach nicht ...»

«Jesusmariasanktjosef», unterbrach Jonas Haberer und stand auf. «Das darf alles gar nicht wahr sein.»

«Wie meinst du das? Was weisst du, Jonas?»

Haberer stapfte zum Stall zurück.

18

Selma erwachte, weil Tom winselte.

«Was ist los, mein Grosser?»

Tom hob seine Augenbrauen, schwänzelte, starrte zum Fenster.

Selma schaute hinaus und sah, dass eine Katze draussen auf dem Sims hockte. «Miez, miez», machte Selma mit hoher, leiser Stimme. «Willst du uns besuchen? Ich weiss nicht, ob das eine gute Idee ist.»

Die Katze guckte zu Selma. Dann zu Tom.

Tom winselte erneut.

Selma stand auf und ging zum Fenster. «Wie bist du überhaupt hier hinaufgekommen?» Selma beugte sich vor und entdeckte an der hinteren Fassade des Hauses mehrere Katzenleitern. Die Tiere hatten somit Zugang zum ersten Stock, auf dem

Selmas Zimmer lag, wie auch zum zweiten Stock und ins Dachgeschoss. «Du solltest dir jemand anderes zum Schmusen suchen. Tom ist ziemlich eifersüchtig. Er ist zwar ein lieber Kerl, aber er ist immer noch ein Hund.»

Die Katze gähnte.

«Okay, ich habe verstanden. Hunde sind doof.» Selma streichelte die Katze und schaute über die Stallungen hinweg zum tiefschwarzen Wald.

Irgendetwas irritierte sie. Irgendetwas war seltsam.

Die Katze zuckte zusammen, stand auf, blickte nun ebenfalls Richtung Wald. Ihr Schwanz war gesenkt, die Schwanzhaare aufgestellt.

«Was ist los?», flüsterte Selma. «Wovor hast du Angst?»

Selma lehnte sich weiter aus dem Fenster, sodass sie den Parkplatz der Ranch sehen konnte. Dort stand nur noch Haberers Geländewagen, der Panzer. Marcel und Selmas Familie waren am Abend abgereist, auch François und irgendwann am späten Abend offenbar auch Philip Junior. Nur Jonas war dageblieben. War er bei Philippa?

Die Katze miaute. Und sprang mit einem Satz auf Selmas Bett.

Selma rieb sich den Schlaf aus den Augen und schaute wieder zum Wald.

Plötzlich sah sie ein Licht. Es bewegte sich langsam auf die Ranch zu. Sie bemerkte ein zweites Licht. Auch dieses kam näher.

Selma schluckte.

Was geschah da draussen?

Selma lief es kalt über den Rücken. Es wird etwas passieren, hatte Maria gesagt.

Selma rieb sich nochmals die Augen. Aber die Lichter waren immer noch da. «Wohl deshalb kam die Katze zum Haus», flüsterte sie. «Da schleichen sich wohl ungebetene Gäste an.»

Sie ging zu ihrem Bett und schnappte sich das Handy vom Nachttisch. Sie rief Jonas Haberer an.

Aber der nahm nicht ab.

«Schläft sicher und kuschelt sich an Philippa», murmelte Selma.

Sie ging wieder ans Fenster. Jetzt waren keine Lichter mehr zu sehen. Doch Selma hatte den Eindruck, dass sie am Waldrand Gestalten erkennen konnte.

Waren es wirklich Menschen? Oder Tiere? Wildschweine? Rehe? Ausgebüxte Pferde?

Sie bewegten sich nicht.

Doch! Jetzt!

Aus dem Stall vernahm Selma Getrampel. Ein Pferd schlug gegen die Absperrstangen. Mehrere Hunde im Tiergnadenhof bellten.

«Los, Tom», sagte Selma. «Wir haben zu tun.»

Tom war es gar nicht geheuer. Selma auch nicht. «Wir schaffen das!», sprach sich Selma selbst Mut zu und schlüpfte in Jeans und T-Shirt.

Möglichst leise verliess sie mit Tom an der Leine das Haus und ging über den Hof Richtung Stall. Vor dem Stall blieb sie stehen und starrte zum Wald. Es war frisch, Selma fröstelte. Sie hätte eine Jacke anziehen sollen. Tom zitterte. Aber nicht wegen der Kälte. Tom hatte Angst.

Selma nahm all ihren Mut zusammen und rief: «Hallo, wer ist da?»

Ein Pferd schlug immer noch gegen das Gestänge seiner Box, ein anderes gegen die Stalltür. In der Ferne, auf einer Weide, wieherte ein weiteres. Die Hunde bellten. Aber sonst war nichts zu hören und auch nichts zu sehen.

Aber dann ... dann sah Selma wieder Gestalten. Eine, zwei, drei ... Sie huschten lautlos von links nach rechts, kamen näher. Äste knackten.

Tom starrte nun auch auf die Gestalten, zitterte.

«Hallo?», rief Selma erneut und fragte auf Französisch, wer hier sei und was das zu bedeuten habe.

Eine Antwort bekam sie nicht. Grillen zirpten. Die Pferde bewegten sich aufgeregt und scharrten. Die Hunde kläfften.

«Ich rufe die Polizei!», schrie Selma in die Nacht hinaus. Etwas Besseres fiel ihr nicht ein. Obwohl sie sich bewusst war, dass die Polizei wohl sehr lange brauchen würde, um in diese verlassene Gegend zu kommen.

Sie wollte gerade ihr Smartphone aus der Jeanstasche kramen, als sie von einer hellen Lampe geblendet wurde.

Tom knurrte.

Verdammt, was sollte sie tun? Ihre Gedanken rotierten. Davonrennen? Sich den Gestalten stellen? Sie ansprechen? Tom von der Leine lassen?

Selma hatte keinen Plan. Also blieb sie einfach stehen.

Wo war eigentlich Carmel, die Hofhündin?

Die lag sicher zwischen Philippa und Jonas und schnarchte ... Was für ein absurder Gedanke!

«Nehmen Sie die Lampe herunter und treten Sie vor!», schrie Selma. «Ich und mein Wachhund sind vom Sicherheitsdienst. Wenn Sie sich nicht an die Anweisungen halten, werde ich den Hund loslassen und auf Sie hetzen. Haben Sie verstanden?»

Selma hatte diese Sätze zwar gesagt, sie klangen auch relativ streng – aber sie wunderte sich, woher sie den Mut nahm.

Sie wurde immer noch von der Lampe geblendet.

Hoffentlich machte Tom den Eindruck eines richtig scharfen Wachhundes. Sie hoffte inständig, dass er erneut knurren und die Zähne fletschen würde. Was er aber nicht tat. Sie selbst konnte sich nicht verteidigen. Sie stand barfuss, in Jeans und T-Shirt vor irgendwelchen Eindringlingen.

Aber Selma zog die Sache durch. «Bitte entfernen Sie sich unverzüglich von diesem Grundstück», sagte sie auf Französisch. «Sonst wird die Polizei alarmiert. Haben Sie das verstanden? Ich wiederhole: Verlassen Sie das Grundstück sofort!»

Es geschah nichts. Selma starrte immer noch in den Lichtkegel, obwohl sie wusste, dass dies ein Fehler war. Durch die Blendung konnte sie nicht mehr erkennen, was um sie herum geschah.

Und dann kam das Licht erst noch näher.

Tom bellte.

Selma schrie: «Hilfe!»

Dann krachten mehrere Schüsse.

19

Die Reporterin warf sich flach auf den Boden und drückte Tom mit sich hinunter. Obwohl es schon viele Jahre her war, wusste sie von ihren Kriegseinsätzen, dass dies das Beste war, das man in einer solchen Situation tun konnte. Wer flüchtete, gab ein leichtes Ziel ab ...

Wo waren die Angreifer?

Noch einmal wurde eine Salve abgefeuert.

Jetzt erhoben sich die dunklen Gestalten und rannten auf der Seite der Zufahrt zur Ranch davon. Selma zählte sieben Personen.

Wieder knallten Schüsse.

Dann wurde es still. Auch die Hunde und die Pferde beruhigten sich. Im Haus ging Licht an. Jemand schaute vorsichtig aus dem Fenster. Selma glaubte, Philippa zu erkennen.

Wo war Haberer? Schlief er so tief und fest, dass er die Wildwestszene verpasst ...

«Haberer!», flüsterte Selma. Sie stand auf und schrie: «Haberer! Jonas! Verdammt, bist du der schiesswütige Cowboy?»

Keine Antwort. Aber sie sah am Waldrand ein Licht. Es ging an und aus, mal kurz, mal lang, in unregelmässigen Abständen.

«Haberer? Bist du das?»

Wieder die Lichtsignale. Selma erkannte eine Regelmässigkeit. Dreimal kurz, dreimal lang, dreimal kurz. Hiess das nicht SOS?

Selma ging mit Tom auf die Lichtquelle zu.

Als sie den Waldrand erreichte, sah sie ihn. Es war tatsächlich Jonas Haberer. Er winkte ihr von einem Wildhochsitz zu.

«Jonas! Was machst...»

«Komm hoch.»

«Ich kann nicht. Tom ist dabei.»

«Binde ihn an, komm hoch.»

Selma befestigte Toms Leine an einem Baum und kletterte die Leiter zum Hochsitz hinauf. Haberer sass auf einem Brett, hatte den Cowboyhut tief ins Gesicht gezogen und hielt ein Jagdgewehr in den Händen. Es roch nach Schiesspulver.

«Sind sie weg?», fragte Haberer.

«Ich denke ja.»

«Gut.»

«Hast du auf die Eindringlinge geschossen?»

«Nicht direkt. Aber das wäre der nächste Schritt gewesen.»

«Sag mal, spinnst du? Du kannst doch nicht auf Leute schiessen! Zudem waren ich und Tom dazwischen.»

«Ich hätte gezielt.»

«Du und zielen?»

«Ich war im Schiessverein. Wenn auch eher beim Umtrunk nach dem Schiessen. Und ich war im Militär. Da war ich allerdings Funkerpionier und der schlechteste Schütze, den die Schweizer Armee je erlebt hat.»

«Toll.»

«Wie gesagt, ich war Funkerpionier. Vor bald hundert Jahren. Und leider nicht wirklich begabt.»

«Die Morsezeichen beherrschst du aber noch.»

«SOS? Kann doch jeder Depp.»

«Was machst du überhaupt hier?»

«Die Ranch bewachen. Wie du siehst zu Recht.»

«Warum? Wer waren die Typen?»

«Ich nehme an, dass es wütende Bauern waren.»

«Und warum sind sie wütend?»

Haberer antwortete nicht.

«Weil Philippa Tiere rettet?»

«Ja.»

«Und weil sie wohlhabend ist? Weil sie eine Lady ist? Sie passt nicht hierher? Oder hat das etwas mit ihrem Sohn zu tun? Oder mit dem Fluch, der auf dieser Ranch ...»

«Halt mal die Luft an, Selmeli», knurrte Haberer. «Auf dieser Ranch lastet kein Fluch. Da geht es schlicht und einfach um Rache.»

«Um Rache? Wovon redest du?»

«Vergiss es, Selmeli, vergiss es einfach.» Haberer legte das Gewehr an die Schulter und linste durch das Zielfernrohr mit Nachtsichtgerät.

«Nimm das verdammte Ding herunter!»

Haberer stellte das Gewehr wieder hin und kommentierte: «Alles ruhig. Ich glaube, die Kerle haben es begriffen.»

«Welche Kerle?»

«Bauern und Cowboys. Wir sind im Jura. Wilder Westen. Da herrschen andere Sitten.»

«Da rächt man sich? So ein Blödsinn.»

«Blödsinn? Bist du sicher?»

«Und wenn schon. Wofür soll sich irgendjemand an Philippa rächen?»

«Na ja, also, es gab da ... Vergiss es, Selma.»

«Tu ich nicht. Was ist passiert? Jetzt rede endlich offen mit mir!»

«Wer einen Bauernhof in die Luft sprengt, muss mit Rache rechnen. So geht das hier. Und weisst du was, Selma? Die Sache gefällt mir. Das ist das ehrliche Leben.»

«Jetzt bist du komplett durchgedreht. Philippa soll einen Bauernhof in die ...»

«Der Brand kürzlich? Die Tiere, die Philippa von diesem Bauernhof aufgenommen hat? Die Tiere sollten geschlachtet werden, Philippa hat das verhindert.»

«Sie hat die Tiere aufgenommen.»

«Genau. Aber zuvor mit ein paar Schüssen ein Benzinfass explodieren lassen.»

«Dann ist dies also Philippas Jagdgewehr», kombinierte Selma und zeigte auf die Flinte.

«Alter englischer Adel. Da kann man mit sowas umgehen. Solltest du auch können. Immerhin bist auch du adlig.»

«Vergiss diesen Mist endlich. Was weisst du noch?»

«Das Attentat auf das Windrad, da oben auf dem Mont Soleil?» Haberer zeigte in westliche Richtung.

«Das war auch Philippa?»

«Die Anschläge auf Metzgereien?»

Selma starrte Haberer mit offenem Mund an.

«All die Attentate in ganz Europa auf fleischverarbeitende Betriebe? Durchgeführt von einer anonymen Organisation?»

«Philippa?»

«Nicht direkt. Aber von ihr organisiert und bezahlt. Ich habe dir ja gesagt, Philippa hat ein teures Hobby.»

«Weisst du das alles? Oder vermutest du es nur? Oder spürst du es im Urin?»

«Von allem etwas. Ich glaube, Lady Philippa ist der Kopf dieser anonymen und radikalen Tierschutzorganisation.»

«Echt jetzt?»

Sie schweigen eine Weile.

«Unglaublich», flüsterte Selma. «Philippa ... ihr herzerfrischendes Lachen...»

«Sie kann ziemlich radikal sein. Eine verdammt starke Frau, die Lady!»

Tom winselte.

«Ich sollte gehen», sagte Selma. «Ich muss zu Tom. Was wirst du jetzt tun?»

«Ich werde das tun, was ich immer tue.»

«Und was ist das?»

Haberer schwieg lange. Dann räusperte er sich. Und murrte: «Wenn ich die Story beisammenhabe, werde ich sie für viel Geld verkaufen.»

«Und damit Philippa?»

«So ist das Geschäft.»

«Obwohl du sie liebst?»

«Papperlapapp! Woher hast du diesen Unsinn? Hör auf damit.»

«Jonas, das ist doch offensichtlich.»

«Papperlapapp!»

Sie starrten in die Nacht.

«Wir sollten herausfinden, was Philippas Sohn, Doktor Werner, die ominösen Bilder und das Attentat auf Charlotte mit all dem zu tun haben», sagte Haberer trocken.

«Die Bilder!», rief Selma. «Klar! Die Bilder sind ein Vermögen wert.»

«Bingo!»

«Du meinst, da gibt es einen Zusammenhang? Du hast ja gesagt, dass Philippas Sohn das restliche Vermögen an sich bringen will. Ist es das, was du mir gestern nicht sagen wolltest? Hast du dich deshalb in den Stall verdrückt? Weil du weisst, was Sache ist?»

«Ich befürchte es.»

«Das heisst?»

«Ich denke, Philippa ist bankrott. Oder bald. Deshalb wurden wir beziehungsweise du engagiert, um eine Spendenaktion für den Tiergnadenhof zu lancieren. So weit, so nett. Aber ich glaube auch, dass die Bilder viele Millionen wert und Philippas ...», Haberer stockte.

«Was?»

«Nichts.»

«Was nichts?»

«Ich dachte einen Moment, dass Philippa doch weiss, wo die Bilder sind. Auch wenn sie dies bestreitet. Und dass die Bilder ihre Rückversicherung sind.»

«Das würde bedeuten, dass Philippa in der Lage wäre, uns alle anzulügen», sagte Selma. «Das kann ich mir nicht vorstellen.»

«Was bin ich nur für ein schlechter Mensch, so etwas auch nur ansatzweise zu denken. Nein, das passt ganz und gar nicht zu Philippa.»

«Das passt wirklich nicht.»

«Trotzdem: Wo sind diese verdammten Bilder?»

«An einem düsteren Ort in Basel», sagte Selma. «An einem Ort, an den sich meine Mutter leider nicht erinnern kann. An dem es aber gut riecht. Es muss ein Geruch sein, der Charlotte vertraut ist.»

«Eine Galerie?»

«Dachte ich auch. Aber sie bestreitet das.»

«Die Gemälde sind also an einem Ort, zu dem Charlotte von einem jungen, charmanten Mann geführt worden ist. Philip Junior. Und der ist Patient oder eben ein Bekannter von Doktor Werner. Dieser Doktor Werner war ja Assistent beim grossen Doktor Philip de Polline selig, der die Bilder erworben hat. Und seine Frau. Zu einer Zeit, in der ...» Haberer stockte erneut.

Selma nahm Haberers Gedanken auf. «Raubkunst? Zweiter Weltkrieg? Jüdische Kunstsammlungen, die von den Nazis geraubt worden sind?»

«Und deshalb müssen die Bilder an einem sicheren Ort aufbewahrt werden. An einem düsteren, wohlriechenden Ort. In einer Bank? Banken sind zwar düstere Orte, aber nein, dieser Ort ist kein Keller einer Bank. Das wäre zu riskant. Ebenso ein Kunstlager. Diese Werke müssen privat versteckt sein. In einem unterirdischen Raum, in dem es gut riecht.»

«Denkst du, dass meine Mama das alles erkannt und es gegenüber Doktor Werner ausgesprochen hat? Wurde sie deshalb niedergeschlagen? Denn eines ist absolut klar: Wenn eine Kunstexpertin wie meine Mama eine Expertise schreibt, in der steht, dass es sich um Raubkunst handelt, sind die Bilder wertlos. Zumindest auf dem legalen Markt.»

«Das sind Spekulationen, Selmeli.»

«Verdammt, Jonas! Genau so muss es sein. Deshalb wurde Charlotte fast ermordet!»

«Abwarten, Selmeli.»

«Und jetzt? Was werden wir tun?»

«Wir werden gar nichts tun.»

«Und warum nicht? Weil du Philippa liebst?»

«Das tut nichts zur Sache», sagte Haberer jetzt.

«Du liebst sie also doch. Aber wir sind trotzdem ein Team, oder? Wir werden das aufdecken.»

«Werden wir nicht.»

«Und warum nicht, Jonas?»

«Die Sache ist zu gefährlich. Du bringst die Spendenaktion zu Ende und lässt alles andere laufen. Denke an dein ungeborenes Kind.»

«Echt jetzt? Okay, ich bekomme ein Kind. Ich sollte mich wirklich zurückhalten und Verantwortung übernehmen. Allein diese Nacht war zu viel Action. Und du, was wirst du tun?»

«Ich werde morgen oder, besser gesagt, heute einen Abgang machen, keine Story verkaufen und Philippa vergessen.»

«Warum?»

«Ich bin zu alt und zu verbraucht für solche Dinge.»
Selma kletterte die Leiter hinunter. Nach drei Sprossen hielt sie inne und schaute mit ihren grossen, dunklen Augen hinauf zu Jonas Haberer. «Wir sind aber ein Team, oder?»
«Wir sind immer ein Team, Kleines. Lebenslang.»

20

Natürlich dachte Selma keine Sekunde daran, die Sache auf sich beruhen zu lassen und keine weiteren Nachforschungen anzustellen. Und sie war sich hundertprozentig sicher, dass Jonas Haberer ebenfalls weiter recherchieren würde.

Es sei denn, er war im Liebesrausch und würde ...

Nein! Jonas Haberer würde selbst dann noch einer Story hinterherjagen. Je mehr Fleisch eine Story am Knochen hatte, desto mehr legte er sich ins Zeug. Und überschritt mit Leichtigkeit sämtliche ethischen und gesetzlichen Grenzen. Das hatte Selma immer an Haberer fasziniert, seit sie ihn kannte. Ja, er war ein Kotzbrocken. Aber er konnte liebenswürdig sein. Sensibel.

Das faszinierte offensichtlich auch Lady Philippa Miller-de-Polline.

All diese Gedanken schwirrten in Selmas Kopf herum und liessen sie nicht mehr einschlafen. Im Morgengrauen stand sie auf, nahm Tom und ihre Kamera und stellte im Hof der Ranch fest, dass alles ruhig war. Selma entfernte sich vom Gestüt und machte eine kleine Wanderung. Der Sonnenaufgang war wunderschön. Sie schoss Bilder der hügeligen Landschaft, der mächtigen Tannen, der saftigen Wiesen mit den friedlich weidenden Pferden. Die Ranch sah aus einiger Entfernung noch idyllischer aus, als sie ohnehin war.

«Ein Paradies», murmelte Selma. «Ein wahres Paradies! Mit einem dunklen Schatten ...»

Tom wälzte sich im nassen Gras und blinzelte in die Sonne.

«Hier würde es dir gefallen, nicht wahr, Tom?» Sie seufzte. «Mir würde es auch gefallen. Was meinst du, Tom, wollen wir die Stadt verlassen?»

Tom wälzte sich erneut.

Selma stellte fest, dass sie immer mehr Mühe hatte mit dem Stadtleben. Sie, die Vorzeigestädterin! Seit dem Überfall auf ihre Mutter ... Wobei, das hatte möglicherweise gar nichts mit der Stadt zu tun. Der vermeintliche Überfall war vielleicht doch ein Mordanschlag gewesen. Wegen ein paar Bildern ...

Äusserst wertvollen Bildern. Pferdebildern wahrscheinlich. Millionenschwer. Raubkunst? Ja, Raubkunst! «Meine Mutter hat das sofort erkannt», murmelte sie vor sich hin. «Und wollte mich als Rechercheurin einsetzen. Um herauszufinden, wem die Bilder tatsächlich gehören. Aber ich hatte keine Zeit. Hat sie mit François darüber gesprochen? Mit Philip? Was ist dann passiert? François schlägt meine Mama doch nicht halbtot? Oder doch? Philip ... Nein. Aber ...» Selma kamen die Worte von Marcels Mutter Maria in den Sinn. «Nimm dich vor Philip in Acht.»

Selma verdrängte die dunklen Gedanken. Sie setzte sich auf eine der vielen Trockenmauern, die die Weiden und Ackerflächen voneinander trennen, und schaute auf ihrer Kamera die Fotos durch. Sie war zufrieden. Sie hatte alles im Kasten. Mit diesen Bildern würde der Tiergnadenhof viele Spenden erhalten.

Als sie auf die Ranch zurückkehrte, zeigte Selma Philippa ihre Bilder von diesem schönen Morgen, aber auch alles andere, was sie in den letzten Tagen fotografiert hatte.

Philippa war begeistert.

Weniger begeistert war sie, als ihr Selma eröffnete, die Ranch verlassen zu wollen. Eigentlich wollte Selma sofort abreisen, Philippa konnte sie aber davon überzeugen, noch eine Nacht zu bleiben. «Sie müssen keine Angst mehr vor schiesswütigen

Cowboys haben. Jonas organisiert einen Sicherheitsdienst. Ich finde das zwar übertrieben, doch Jonas besteht darauf. Er habe gute Kontakte zu Leuten, die für Sicherheit sorgen könnten.»

«Das kann ich mir denken», sagte Selma. «In wenigen Stunden werden hier grimmig dreinschauende Männer auf schweren Motorrädern anbrausen. Grossstadtcowboys. Jammerschade, wenn ich diesen Anblick verpassen würde.»

Bis es so weit war, telefonierte Selma mit ihrer Schwester. Lange. Denn es gab viel zu berichten. Unter anderem von ihrer Vermutung, dass der Überfall auf Mama Charlotte mit den verschollenen Gemälden der Familie De Polline zu tun hatte. Schliesslich sagte Selma: «Wir müssen diese Bilder finden. Sie werden uns zum Täter führen. Also, Elin: Angenommen, unser Grossvater Hjalmar Hedlund hätte eine solche millionenschwere Kunstsammlung gehabt. Ebenfalls angenommen, er wäre genauso misstrauisch gegenüber Bankern und Kunsthändlern gewesen, wie es Doktor Philip de Polline laut seiner Tochter war. Und weiter angenommen, bei den Gemälden hätte es sich um Raubkunst gehandelt. Wo hätte er sie versteckt?»

«Wie kommst du auf solche Gedankenspiele, liebe Schwester?», fragte Elin. «Völlig absurd. Das passt schon zeitlich nicht zusammen. Unser Grossvater hat ja viel früher gelebt als dieser Doktor Philip de Polline.»

«Warte, das ist nicht absurd. Unser Grossvater war Forscher. Ein Mitbegründer der Basler Pharmaindustrie. Und Philip de Polline war Jahre später ein hohes Tier in der Pharma.»

«Worauf willst du hinaus?»

«Das weiss ich ehrlich gesagt noch nicht so genau.»

Die Schwestern schwiegen einen Augenblick.

«Moment!», sagte Elin plötzlich forsch. «Du hast recht!»

«Womit?»

«Mit deiner Theorie, mit der Verbindung. Unser Grossvater und Doktor Philip de Polline – zwei gescheite Köpfe, aber auch zwei graue Mäuse in geheimen und hermetisch abgeriegelten Labors.»

«Ein geheimes Labor, das perfekte Versteck.»

«Absolut.»

«Und wo ist dieses Labor? Du bist Apothekerin, du hast in dieser Pharmawelt gearbeitet, du weisst sicher...»

«Selma, ich weiss überhaupt nichts. Das ist alles Jahre her. Ich bin in erster Linie Mutter zweier... Moment mal, Selma.» Darauf hörte Selma ihre Schwester schreien: «Sören, Sven – es reicht! Das ist ein Pool, keine Badewanne!»

«Was ist los?»

«Meine Söhne haben Shampoo geholt und verwandeln unseren Pool in ein Schaumbad.»

«Originell.»

«Werde du erst einmal Mutter. Dann reden wir wieder.»

«Ich werde Mädchen haben, keine Buben.»

«Aha, wie kommst du darauf?»

«Ich habe das Gefühl, dass ich eine Mädchenmama bin.»

Elin musste lachen. «Dann bin ich also eine Bubenmama.»

«Also, Elin, was ist?», fragte Selma und kehrte zum Thema zurück: «Labor? Geheim?»

«Natürlich sind diese Labors nur für bestimmte Leute zugänglich. Aber als Versteck können sie nicht dienen. Nicht als privates Versteck. Nein, das ist unmöglich. Ausser...»

«Was ausser?»

«Selma, ich weiss es nicht.»

«Was weisst du nicht?»

«Wie das alles gehen soll.»

«Es ist immer alles möglich bei solchen Geschichten. Alles. Auch das Unmögliche, das Undenkbare. Also?»

«Mir kam nur in den Sinn, dass es in Basel ja viele Gebäude der Pharmaindustrie gibt, die mittlerweile leer stehen. Weil die

Produktion ins Ausland verlagert worden ist. Da könnte es durchaus Räume und Labors geben, die ...»

«Das ist es!»

«Falsch, das ist es nicht. Das wurde alles gründlich durchforstet und geräumt. Alles andere würde mich erstaunen.»

«Falsch, liebe Elin, das würde dich nicht erstaunen. Ich bin sicher, dass es unterirdische Räume gibt, die nicht durchsucht worden sind.»

«Und warum nicht?»

«Ja, warum nicht?», sinnierte Selma.

«Wir sind auf dem Holzweg.»

«Meinst du?»

Plötzlich schnippte Selma mit den Fingern und sagte: «Nein, wir liegen richtig. Es gibt garantiert unterirdische Räume, geheime Labors, die es offiziell nicht gibt und nie gab. Und deshalb in keinen Plänen verzeichnet sind. Wir wissen, dass die Farbenproduktion das grosse Geschäft der einstigen Basler Chemie war. Ein äusserst giftiges Geschäft, das hochkontaminierte Erde zurückliess. Da geht niemand einfach so hin. Das lässt man liegen. Bis es an der Zeit ist, den ganzen Müll aufzuräumen und zu entsorgen.»

«Was willst du damit sagen?»

«Doktor Philip de Polline hat seine Kunstsammlung an einem solchen Ort versteckt. Ein Ort, der mittlerweile allenfalls durch Bohrungen untersucht worden ist. Nur durch Bohrungen. Er wird von niemandem betreten, weil es zu gefährlich ist. Und Doktor Philip de Polline hat sein Geheimnis und den Schlüssel dazu seiner Tochter Philippa übergeben. Oder seinem Enkel Philip Junior. Oder beiden.»

«Du fantasierst, Selma.»

«Uns interessiert doch nur: Wo ist dieses verdammte Versteck?»

«Wenn du recht hast, dann gibt es viele solcher Verstecke.»

«Warum?»

«Weil es viele ehemalige Chemie- und Pharmagebäude gibt in Basel und Umgebung.»

«Mama hat gesagt, dass sie mit dem 8er-Tram hingefahren sei. Und noch etwas: dass es dort gut rieche.»

«Echt, daran konnte sie sich erinnern?», fragte Elin erstaunt.

«Ja. Sonderbar, was?»

«Eigentlich kommt nur das Klybeckareal in Kleinbasel infrage. Dort ist die Wiege der Basler Farben- und Pharmaproduktion. Aber der Geruch ist garantiert nicht angenehm. Eher giftig und bissig. Früher muss das fürchterlich gestunken haben.»

«Süsslich, hat Charlotte gesagt. Süsslich, wohlriechend und vertraut.»

«Klingt für mich eher nach Schokoladenfabrik.»

«Oder nach einer Confiserie», gab Selma zu bedenken.

«Wie im Café der Confiserie Seeberger an der Schifflände. Mamas Stammlokal. Süsslich, wohlriechend, vertraut. Alles passt. Und mit dem düsteren Ort meint sie den Keller.»

«Und warum fährt Mama mit dem 8er dorthin? Sie wohnt ja mehr oder weniger neben der Confiserie.»

«Und was haben die De Pollines mit den Seebergers zu tun?», fragte Elin.

«Bekannte Basler Persönlichkeiten haben immer etwas miteinander zu tun.»

«Hm», machte Elin. «Und was machen wir nun? Wir haben jetzt zwei Theorien, die nichts miteinander zu tun haben. Confiserie gegen Labor. Schifflände gegen Klybeck.»

«Wir verfolgen beide Spuren. Wir tasten uns bei unserem lieben Jugendfreund Daniel Seeberger vor und suchen mit Mama im Klybeck das geheime Labor.»

«Und wo willst du anfangen? Das Gelände ist riesig. Zudem ist es hermetisch abgeriegelt und wird überwacht.»

«Echt? Wir müssen trotzdem dahin.»

«Als Wühlmäuse?», fragte Elin.

«Ja, genau! Bis wir uns durchgegraben haben, sind wir verseucht.»

«Dann müssen wir einen schnelleren Weg finden.»

«Mama wird uns hinbringen. Sie wird sich an diesen Geruch erinnern, wenn sie ihn wieder einatmet. Irgendwann, hoffe ich.»

«Ich bin mir nicht sicher. Also nicht nur, dass sie sich an den Ort erinnern wird. Ein süsslicher, vertrauter Geruch – das passt nun wirklich nicht zu einem Labor.»

«Der würde zur Confiserie passen.»

«Wie gesagt, wir verfolgen beide Spuren», sagte Selma entschlossen.

«Spuren? Also, ich weiss nicht, das sind einfach unsere Annahmen, unsere Thesen.»

«Wir gehen in den nächsten Tagen mit Mama ins Café Seeberger. Und ein anderes Mal spazieren wir dem Klybeckareal entlang. Danach wieder die Confiserie. Später wieder das Klybeck. Irgendwann wird sich Mama erinnern, und wir wissen, wo die Bilder sind.»

«Einverstanden», sagte Elin. «Ich gehe mit Maman in die Confiserie.»

«Echt jetzt?»

«Ja, das war meine Idee.»

«Du hast Schokoladenfabrik gesagt.»

«Das ist das gleiche wie Confiserie.»

«Nein, ist es nicht.»

«Ist es doch.»

«Ich bin die grosse Schwester.»

«Aber ich musste deine Kleider nachtragen. Deswegen bin ich noch immer traumatisiert.»

«Punkt für dich.»

Dann lachten die Schwestern.

21

Sie sassen im Salon, jenem Raum, der Selma an die Stube eines englischen Landhauses erinnerte. Die Ahnen auf den Bildern erschienen ihr noch grimmiger als beim letzten Mal, als Philippa Selma und Haberer zum Tee gebeten hatte. Jetzt war es bereits dreiundzwanzig Uhr – und es gab schottischen Whiskey. Ausser für Selma. Selma trank Kräutertee.

Stéphane, der den Whiskey wieder als Barkeeper Mister Jim servierte und zelebrierte, erzählte von der Herstellung und den Geheimnissen der Destillerie. Doch Selma bekam nichts davon mit. Sie fühlte sich von den Ahnen beobachtet. Vielleicht auch von den Rockern, die Haberer organisiert hatte und die nun die Ranch bewachten. Vielleicht fürchtete sich Selma auch vor den aufgebrachten Bauern.

«Mein liebster Jonas, werte Selma – cheers!», sagte Philippa.

Philippa nippte am Glas. Haberer roch nur daran. Selma nahm einen Schluck Tee. Er schmeckte köstlich, sehr blumig. Aber Selma wusste nicht, nach welchen Blumen.

«Ich möchte Ihnen ganz herzlich danken für alles», begann Philippa. «Für die Kampagne, auf die ich mich sehr freue. Für die gute Sache. Für den Kampf gegen die Tierquälerei und so weiter. Und natürlich sage ich auch danke für unsere Freundschaft. Jetzt kann ich es ja verraten, Selma», sie zeigte auf ihren Arm, der zwar nicht mehr einbandagiert war, aber auf dem ein grosses Pflaster klebte. «Das war kein Reitunfall. Ich habe es Jonas schon erzählt. Ich hatte ein kleines Rencontre mit einem Bauern. Sie sehen also, ich bin mit dem etwas rüden Umgang in dieser Region durchaus vertraut. Trotzdem danke, lieber Jonas, für die schweren Jungs da draussen. Ehrlich gesagt, habe ich vor denen mehr Angst als vor den Bauern.»

«Das geht mir genauso», sagte Selma. Die beiden Frauen lachten.

Haberer beteuerte, dass die Motorradfahrer ausgebildete Sicherheitsleute seien und genau wüssten, was sie zu tun hätten. Dann hob er das Glas und wiederholte: «Cheers!»

«Cheers», sagten Philippa und Selma unisono.

Jetzt kippte Haberer den Whiskey in den Mund, spielte ein bisschen mit ihm, schluckte und hätte beinahe gerülpst. Er konnte sich gerade noch zurückhalten. «Köstlich, dieser Whiskey. Was ich aber noch nie begriffen habe: Warum gibt es immer nur einen Schluck? Ist das eine alte englische Tradition?»

«Whiskey pflegt man zu geniessen», meinte Philippa lächelnd.

«Aber ich geniesse ihn ja und würde ihn noch mehr geniessen, wenn ...»

Philippa rief nach Stéphane alias Mister Jim und bat ihn, Jonas Haberer nachzuschenken, die Flasche auf dem Salontisch in Haberers Reichweite zu stellen und Feierabend zu machen. «Besser so, mein lieber Cowboy? Beruhigt die unmittelbare Anwesenheit der Whiskeyflasche deine Nerven?»

«Du ahnst nicht wie sehr, Mylady!»

Selma fiel auf, dass sich die beiden duzten. Sie grinste.

«Was ist los, Selmeli?», wollte Haberer wissen.

«Nichts. Ihr duzt euch.»

«Ja, Selmeli, wir sind mittlerweile tatsächlich beim Du angelangt.»

«Aha.»

«Es geschah in der Hitze des Gefechts sozusagen.»

Philippa lachte schallend und hielt sich den Mund zu. Als sie sich beruhigt hatte, meinte sie: «In der Hitze des Gefechts, wunderbar, Jonas!» Sie schaute zu Selma. «Wir können uns auch duzen, Selma. Ohne dass wir ein Gefecht austragen, oder?»

«Gern.»

Philippa warf Haberer eine Kusshand zu. Haberer erwiderte sie. Die beiden lächelten sich verliebt an.

Selma fand das süss und legte ihre Hände auf ihren Babybauch. Und sie ertappte sich dabei, dass sie jetzt genauso verklärt lächelte wie Philippa und Jonas.

Philippa nahm ein Taschentuch aus dem Ärmel ihres geblümten Kleides und putzte sich die Nase. «Ich möchte euch anbieten, unsere Zusammenarbeit zu vertiefen. Gleichzeitig würde ich euch gern zu einer äusserst spektakulären Aktion einladen. Na ja, sagen wir so: Mit dieser Aktion werden wir die Menschen aufrütteln und hoffentlich weltweit für Schlagzeilen sorgen.»

«Worum geht es denn?», fragte Selma skeptisch.

«Um Tierschutz natürlich, my dear.» Philippa lachte wieder laut und herzerfrischend.

Haberer lachte mit.

Selma fand, dass er anders lachte als sonst. Freier, ungezwungener, glücklicher. Lag das vielleicht daran, dass ihn Selma wohl zum ersten Mal wegen jemand anderem lachen hörte anstatt über sich selbst?

«Also, worum geht es?», hakte Selma nach.

«Ich bitte dich, Selma, ich kann die Aktion doch nicht verraten», erklärte Philippa nun ernsthaft. «Es ist auch zu deinem Wohl.»

«Warum? Ist die Aktion so gefährlich?»

«Sie ist heikel.»

«Oh ...»

«Heikel klingt gut», raunte Haberer. «Noch besser wäre: gefährlich.»

Philippa schmunzelte und schaute zu Haberer.

Auch Selma schaute zu Haberer.

Dieser starrte auf die Whiskeyflasche. Dann blickte er zu Selma. «Ich denke, der Whiskey wird uns helfen, alles, was Lady Philippa sagt und tut, besser zu verstehen. Vor allem die gefährlichen Sachen. Schade, kannst du nicht trinken, Selmeli. Aus diesem Grund bin ich nie schwanger geworden.» Er lachte drauflos. «Ein Riesengag, was?»

Selma und Philippa lachten ebenfalls. Aber mehr wegen Haberers Gelächter als wegen des Scherzes.

«Lass uns nicht um den heissen Brei reden», sagte Jonas nun sehr sachlich. «Philippa, du planst eine mordsgefährliche Aktion. Selma und ich sollen dir dabei helfen. Logisch. Wir können das. Wir sind uns das gewohnt. Und du willst uns in deine Organisation holen, nicht wahr?»

«Ja, Jonas, genau das möchte ich. Ihr seid die Besten. Unsere Aktionen müssen in den altehrwürdigen wie auch in den neuen Medien breiter gestreut werden. Wir müssen die Leute aufwecken. Wir brauchen Lobbyarbeit. Das nennt man doch so, oder?»

«Lobbyarbeit für eine Organisation, die anonym operiert? Wie soll das gehen? Hat die Organisation wenigstens einen Namen?»

«Nein, mein lieber Jonas, lass dir etwas einfallen! Du bist doch gut im Tricksen. Tierschutz muss gehypt werden. Es ist der beste und effektivste Beitrag zum Klimaschutz.»

Provokativ sagte Selma: «Und deswegen lässt du Windräder explodieren! Irgendwie absurd.»

«Nein», antwortete Philippa gelassen. «Windräder töten Vögel. Menschen töten Schweine, Rinder, Kälber und, und, und. Ob für Strom oder fürs Essen geschlachtet wird, kommt aufs Gleiche heraus.»

«Du bist radikal.»

«Bin ich das? Ich bin nur konsequent. So wie ihr beiden, oder?»

«Aber warum wollen du und die Organisation anonym bleiben?»

«Wir schwafeln nicht, wir handeln. Wir brauchen keine Talkshows, keine Politiker, kein Blabla. Wir stellen keine Forderungen, nein, wir machen einfach.»

«Und deshalb soll ich tricksen?», fragte Jonas. «Die Medien bescheissen und manipulieren? Damit den Menschen das Fleischfressen vergeht? Dass sie bei jedem Bissen ein schlechtes Gewissen haben?»

«Genau. Dafür bezahle ich euch auch.» Philippa nippte an ihrem Whiskeyglas und fügte an: «Noch.»

«Noch?» Haberer trank sein Glas leer und goss sich erneut ein.

«Selbst meine Mittel sind beschränkt. Ausser es passiert ein Wunder und die verschollene Kunstsammlung kommt doch noch zum Vorschein. Was ich aber nicht glaube. Ich finanziere ja nicht nur meine Organisation, sondern spende auch sehr viel Geld an andere Tierschutzvereine. Das mache ich schon lange. Aber viele dieser Tierschützerinnen und Tierschützer sind mir einfach zu kraft- und mutlos.»

Selma rutschte auf ihrem Sessel hin und her. Tausend Gedanken schossen ihr durch den Kopf. All das, was Jonas Haberer recherchiert hatte, schien Philippa zu bestätigen. Selma wollte schweigen, aber dann platzte es aus ihr heraus: «Und deshalb hast du dich dafür entschieden, Sabotage zu betreiben, Terror auszuüben? Grüne Energie zu torpedieren, um ein paar Vögel zu retten?»

«Ein paar Vögel? Millionen von Vögeln krepieren wegen dieser sogenannt grünen Energie. Aber ich gebe dir recht, Selma, die Explosion da oben auf dem Mont Soleil, nicht weit von hier, war etwas überraschend. Auch für mich. Isegrim hat ganze Arbeit geleistet.»

«Isegrim?»

«Ein Profi. Ich nenne ihn so. Frag mich bitte nicht, wie er wirklich heisst. Ich kenne nur seine Handynummer.»

«Du kennst deine Mitarbeitenden nicht?»

«Wir arbeiten professionell, im Untergrund, anonym. Da stellt man keine Fragen. Musste ich auch zuerst lernen. Isegrim ist an der Aktion übrigens ebenfalls beteiligt.»

«An der supergefährlichen Aktion?»

«An der heiklen Aktion», korrigierte Philippa. «Sie findet ganz in deiner Nähe statt.»

«In Basel?»

«Ja.»

Sie schwiegen einen Moment.

«Und das alles erzählst du uns einfach so?», fragte Selma schliesslich. «Wir könnten die Polizei verständigen, dich anzeigen. Ich habe einen sehr lieben Freund bei der Basler Staatsanwaltschaft. Kommissär Kaltbrunner.»

«Kann ich bestätigen. Der Goppeloni-Kommissär ist ein absolut talentfreier, äh, talentierter Schnüffler.» Haberer grinste.

«Verständige ihn, Selma. Weisst du denn, was wir vorhaben?»

«Nun ja... ich meine... Schlachthof? Passt nicht zu den weltweiten Schlagzeilen, die diese Aktion auslösen soll. Etwas mit Pferden? Oder sind die weltweiten Schlagzeilen bloss Wunschdenken?»

«Nein», antwortete Philippa. «Anyway. Ihr werdet es erfahren. Denn ich vertraue euch beiden.»

«Warum?»

«Erzähle von deinem Grossvater, Selma. Hjalmar Hedlund muss ein grossartiger Forscher und wunderbarer Mann gewesen sein.»

«Du lenkst ab.»

Philippa Miller-de-Polline stand auf. «Schlaf darüber. Und dann erzählst du mir deine Familiengeschichte. Gute Nacht, Selma.» Sie ging zu Jonas, strich ihm sanft über die Glatze und gab ihm einen Kuss. «Good night, my dear.»

Selma hüstelte. «Excusé, darf ich dich noch etwas fragen, Philippa?»

«Natürlich.»

«Suchst du eigentlich nach der verschollenen Kunstsammlung?»

«Ich nicht. Aber mein Sohn.»

«Aha», machte Selma. «Interessant.»

«Nicht wirklich. Wenn es um Geld geht, ist mein Sohn sehr engagiert. Sleep well.»

«Noch etwas. Kennst du die Seebergers?»

«Natürlich! In ihrer Confiserie gibt es die besten Schoggiweggli. Leider ist der alte Seeberger verstorben.»

«Meine Mama war befreundet mit ihm.»

«Schön. Mein Vater kannte den ganz alten Seeberger, den Gründer des Unternehmens.»

«Den Grossvater von Daniel also. Daniel war, wie soll ich sagen... Ich war sein Jugendschwarm. Bist du oft im Laden und im Café?»

«Nein.»

«Aber dein Vater war oft dort?»

«Warum willst du das alles wissen, Selma?», fragte Philippa etwas unwirsch.

«Einfach so.»

«Einfach so? Stellt eine Reporterin wie du Fragen einfach nur so?»

Selma war verlegen.

Philippa lächelte. «Sleep well.»

22

«Ich muss mit Tom raus», sagte Selma. «Kommst du mit, Jonas?»

«Nein.»

Selma stand auf und machte eine eindeutige Geste, dass er mitkommen solle, weil sie reden müssten.

«Nein.»

«Jonas, bitte.»

«Ich kann nicht mehr aufstehen. Dieser verdammte Whiskey.»

Selma schaute auf die Flasche. Sie war leer.

«Aber denken kann ich noch. Ansatzweise. Also, was gibt es?»

Selma streichelte Tom, der wedelnd neben ihr stand. Sie setzte sich wieder hin. Und Tom legte sich zu ihren Füssen. «Wollen wir morgen reden?»

«Wir reden jetzt.»

«Und wenn Philippa uns hört? Oder abhört?»

«Egal. Sie weiss sowieso, was Sache ist. Also können wir ganz frei sprechen. Zudem vertraut sie uns. Das sollten wir auch.»

«Du und vertrauen?»

«Ja.»

«Du bist wirklich schwer verliebt.»

«Ja.»

«Was? Echt?»

«Ja.»

«Dann solltest du sofort mit dem Trinken aufhören.»

«Ich esse schon kein Fleisch mehr und reite mir den Arsch wund. Ich denke, das sollte als Liebesbeweis genügen.»

Selma musste lachen. Und sie dachte an Philippa, die jetzt auch herzhaft lachen würde. Oder es sogar tat. Falls sie sie gerade aushorchte.

«Ist reiten eigentlich keine Tierquälerei?», fragte Haberer.

«Doch schon, oder?» Selma schaute zu Tom. «Haustiere sind gequälte Tiere.»

«Wenn Mensch und Tier in Harmonie leben, dann nicht. Sagt Philippa. Das glaube ich ihr sogar. Ich denke zudem, dass umgekehrt Tiere Menschen quälen können. Zum Beispiel Herakles der Vierte.»

«Wer ist Herakles der Vierte?»

«Mein Pferd. Ich spüre, dass er mich für einen Idioten hält und sich die ganze Zeit überlegt, mich abzuschütteln.»

«Und? Könnte er das?»

«Logisch. Ich bin und bleibe ein Grossstadtcowboy. Ich bin nicht gemacht für dieses verdammte Landleben.»

Sie schwiegen eine Weile.

«Ich werde bei Philippas Spezialkommando dabei sein», sagte Haberer.

«Willst du dabei sein wegen der fetten Schlagzeile? Oder weil du eifersüchtig bist. Auf diesen Isegrim?»

«Papperlapapp. Ich werde Philippa beschützen. Sie hat sich da in etwas verrannt.»

«Philippa ist schon sehr radikal.»

«Eigentlich zu Recht. Ich schäme mich als ehemaliger Fleischesser. Über achtzig Millionen abgeschlachtetes Federvieh, zweieinhalb Millionen Schweine, vierhunderttausend Rinder, hundertneunzigtausend Kälber, zweihundertdreissigtausend Schafe, dreihundertsiebzigtausend Kaninchen, hundertzehntausend Wildtiere und fünfzigtausend Ziegen.»

«Du kennst die Zahlen?»

«Ungefähr. Philippa kennt sie genau.»

«Und das allein in der Schweiz? Pro Jahr?»

«So ist es, liebe Selma.»

«Stell dir diese Tötungsindustrie weltweit vor!»

«Ich bin sicher, dass die Menschheit früher oder später dafür büssen muss. Vielleicht wird es wegen unserer Fleischfresserei auf der Erde so heiss, dass wir bei lebendigem Leib gegrillt werden. Die Erde wandelt sich zur Hölle!» Haberer nahm die leere Whiskeyflasche und liess die allerletzten Tropfen in seinen Mund fliessen. Dann rülpste er. «Verdammt, ich werde noch religiös. Jesusmariasanktjosef, was macht die Frau mit mir?»

«Sie macht dich zu einem besseren Menschen.»

«Noch besser? Das geht gar nicht.»

«Zu einem richtigen Cowboy, der die Herde zusammentreibt.»

«Vergiss es. Ich gehöre in die Stadt. Was wirst du tun, Selmeli, machst du auch mit bei Philippas gefährlicher Aktion?»

«Ich bin schwanger. Auf solche Abenteuer lasse ich mich nicht ein. Zudem ist mir Philippa vorhin gerade ein bisschen unheimlich geworden. Für ihre Tiere scheint sie über Leichen zu gehen.»

«Mir gefällt ihre Radikalität. Sie beeindruckt mich.»

«Ich finde das grenzwertig und mach da sicher nicht mit. Aber ich werde etwas anderes tun.»

«Da bin ich mal gespannt.»

«Ich werde die verschollenen Bilder suchen. Und finden. Sofern sich meine Mama erholt und ihr Erinnerungsvermögen zurückkehrt. Und dann werde ich den Täter überführen können.»

«Den Täter?»

«Den Typen, der Charlotte im Totentanzpark niedergeschlagen und einen Raubüberfall vorgetäuscht hat.»

«Philippas Sohn?»

«Dein Gehirn scheint trotz Whiskey noch zu funktionieren.»

«Alkohol belebt meinen Geist. Das solltest du mittlerweile wissen. Aber warum Philip Junior? Ich glaube nicht, dass er weiss, wo die Bilder sind. Er sucht sie genauso wie wir, also wie du. Ich tippe eher auf Doktor Werner. Der hängt da nämlich voll mit drin.»

«Doktor Werner?»

«Doktor Werner!»

«Traust du ihm das zu? Bei unserem Familienfest kürzlich haben François und Philip Junior miteinander geredet. Während ihres Ritts in der Halle.»

«Wenn Philippa nicht weiss, wo sich die verdammten Bilder befinden, und Philip Junior auch nicht, dann kann es nur Doktor Werner wissen. Wie du mir erzählt hast, war er ein Intimus von Doktor Philip de Polline.»

«Macht Sinn. Aber ein Raubüberfall auf meine Mutter?»

«Wer weiss...»

«Soll ich Olivier informieren?»

«Den Goppeloni-Kommissär? Warte damit. Wir müssen zuerst Beweise haben. Sonst parliert er eh nur ‹so, so›, und solche Scheisse.»

«Was wirst du mit dem Täter tun? Einsperren, ihn mit Schlager dauerbeschallen und verdursten lassen?»

«Ja, das habe ich damals im Tessin gesagt. Es bleibt dabei. Es ist der grausamste Tod, den man sich vorstellen kann.»

«Ach, Habilein», sagte Selma. «Weisst du was? Wenn wir die Gemäldesammlung finden und Philippa sie verkaufen kann, dann wird sie noch ganz lange ganz viele Tiere retten. Und ihre Organisation stärken. Ich werde ihr aber deutlich sagen, dass ich diese Terroraktionen verabscheue.»

Haberer antwortete nicht. Er hatte die Augen geschlossen.

«Jonas?»

Er schreckte auf: «Ach, Selma. Ja. Wir werden die Welt retten. Wir werden einmal mehr die Welt retten. Was für eine Scheisse! Immer diese Scheisswelt retten. Das macht müde, Selmeli, das macht verdammt...»

Selma nahm eine Decke von der Couch und legte sie über Haberer. Dann ging sie mit Tom hinaus. Und war froh, dass Haberers Jungs irgendwo versteckt Wache hielten. Sie legte ihre

Hände auf den Bauch und flüsterte: «In welch verrückter Welt leben wir eigentlich? Machen wir sie besser!»

23

Marcel liess sich in seinen Ohrensessel plumpsen und seufzte. Gerade hatte er seinen ersten und bisher einzigen Klienten verabschiedet – und war bereits platt. Er hatte sich zwar daran erinnert, dass die Arbeit als Psychotherapeut anstrengend war, aber so kräfteraubend – nein, damit hatte er nicht gerechnet. Daran musste er sich erst wieder gewöhnen.

Marcel hatte nach seinem Umzug zu Selma seine alte Wohnung im Basler Wettsteinquartier in eine Praxis umgewandelt. Er wollte seinen Wiedereinstieg langsam angehen und seinen Terminkalender nicht gleich auslasten. Zudem arbeitete er sowieso nur fünfzig Prozent als Therapeut. Die anderen fünfzig Prozent war er immer noch als Tram- und Buschauffeur bei den Basler Verkehrs-Betrieben angestellt. Das war gut so. Damit fühlte er sich immer geerdet, war mitten in der Realität des Lebens. Zudem machte ihm das Tram- und Busfahren immer noch Freude. Sich auf den Verkehr, sein Fahrzeug und die Passagiere zu konzentrieren, war für ihn ein Segen: Er grübelte nicht nach. Weder über seine Klienten noch über sein Nahtoderlebnis im verlassenen Tessiner Bavonatal. Und auch nicht über die Krebserkrankung, die er überwunden hatte. Selbst die Freude über Selmas Schwangerschaft, über die Tatsache, dass er Vater werden würde, machte in den Stunden auf dem Tram oder Bus Pause.

Es war Mittag. Selma würde bald aus dem Jura zurückkehren. Doch die nächsten Stunden gehörten nun zuerst einmal ihm und seinem Schwiegervater in spe. Mit Arvid Bengt restaurierte er die alte Wiege, in der Selma schon gelegen hatte. So flogen in der Mansarde im Haus «Zem Syydebändel» am Totentanz an diesem Nachmittag die Späne.

«In welcher Farbe sollen wir die Wiege eigentlich streichen?», fragte Arvid Bengt.

«Blau? Blau gefällt mir.»

«Wird es ein Junge oder ein Mädchen?»

«Selma und ich wollen das nicht schon vor der Geburt wissen. Ob Bub oder Mädchen, das Baby wird sich in einer blauen Wiege sicher wohlfühlen.»

«Natürlich. Wir könnten gelbe Sterne draufmalen. Was meinst du?»

«Das ist eine schöne Idee. Damit hätten wir auch gleich die schwedischen Farben auf der Wiege.»

Arvid Bengt schmunzelte. «Daran habe ich gar nicht gedacht. Aber ja, das wäre toll. Das wird auch Charlotte freuen. Sollen wir das Malen Selma überlassen? Sie ist die Kunstmalerin.»

«Nichts da. Die Wiege ist Männersache. Und Selma hat sicher nichts dagegen, wenn wir uns an ihren Kunstmalfarben vergreifen.»

«Du hast recht. Sterne kriegen wir hin. Habt ihr euch eigentlich schon über einen Namen Gedanken gemacht?»

«Svea. Wenn es ein Mädchen wird, nennen wir es Svea.»

«Der Zweitname von Charlotte. Grossartig. Und einen Jungennamen habt ihr auch schon?»

«Da sind wir uns noch nicht einig. Selma möchte Dominic-Michel, wie ihr Vater, also ihr Stiefvater. Ich hoffe, du nimmst uns das nicht krumm?»

«Mein Lieber, ich bitte dich. Dominic-Michel war Selmas Vater und wird es auch immer bleiben. Ich bin bloss ihr Erzeuger und unendlich dankbar, dass sie mich akzeptiert. Was möchtest du denn für einen Namen?»

«Ich möchte einen Michel. Diesen Namen kann man Französisch aussprechen, er hat aber auch einen Bezug zu Schweden.

Immerhin ist Michel eine grossartige Figur von Astrid Lindgren.»

«Auch das ist ein schöner Gedanke. Ihr werdet die richtige Entscheidung treffen.»

Sie schliffen das Holz. Das war ziemlich schweisstreibend. Vor allem bei dieser Hitze, die im Atelier unter dem Dach herrschte.

«Ich hole mal zwei Bierchen.» Marcel legte sein Schleifpapier zur Seite.

«Gute Idee», meinte Arvid Bengt, setzte sich auf den Hocker vor Selmas Staffelei und wischte sich mit einem Taschentuch den Schweiss von der Stirn.

Als Marcel mit den beiden Bierflaschen zurückkam, sah er, dass Arvid Bengt konzentriert in eine Mappe schaute. «Oh, du hast Selmas neuste Arbeiten gefunden? Sie hat in letzter Zeit oft gemalt, mir aber nie das Motiv verraten.»

Arvid Bengt schloss die Mappe und stellte sie unter die Staffelei. «Dann sollten wir es dabei belassen. Sorry, ich wollte nicht übergriffig sein.»

«Was malt Selma denn?»

«Das wird sie dir ...»

«Nun sag schon», unterbrach Marcel. «Ich werde die Bilder nicht anschauen. Trotzdem, einen Hinweis kannst du mir geben.»

«Es sind Bilder in grau und schwarz. Und ganz oben ist es sehr hell. Ich glaube, Selma beschäftigt sich in ihrer künstlerischen Arbeit mit den Ereignissen im Bavonatal. Du hattest einen Schutzengel, ich hoffe, das weisst du.»

«Oh ja, das weiss ich. Und ich hatte Selma und dich und all die anderen, die mir das Leben gerettet haben.»

«Ich denke, Selma verarbeitet all dies in ihrer Malerei.»

«Ich freue mich auf das Ergebnis. Selma hat angetönt, dass sie das Gemälde bis zur Geburt unseres Kindes fertig haben will.»

«Oder zur Hochzeit?»

«Wir werden erst nach der Geburt heiraten. Selma möchte keine Braut in einem Umstandskleid sein. So eitel ist sie schon.»

«Oh! Also erst in einem Jahr?»

«Nein. Bis es wieder Frühling wird, vergeht kein Jahr mehr.»

Marcel gab Arvid Bengt die Bierflasche. Sie prosteten sich zu, tranken einen Schluck.

Arvid Bengt starrte auf den Boden.

«Was ist los? Was beschäftigt dich? Die Hochzeit?»

«Nein, es ist eure Hochzeit, alles okay.»

«Alles okay? Diesen Eindruck habe ich nicht.»

«Charlotte... also...»

«Was ist mit Charlotte?»

«Sie spricht immer wieder von Schweden. Von jenem Jahr, als wir uns kennengelernt haben. Als wir uns verliebt und Selma gezeugt haben. Von jener Mittsommernacht.»

«Sie leidet an einer Amnesie. Ich denke, da ist es ganz normal, dass sie sich zuerst an schöne Dinge zurückerinnert.»

«Marcel, ich sage es dir offen, aber ich bitte dich, keine grosse Sache daraus zu machen. Charlotte möchte nach Schweden.»

«Natürlich. Nach der Reha könnt ihr so oft nach Schweden reisen, wie ihr wollt.»

«Das ist es nicht. Sie möchte von hier weg.»

«Auswandern?»

«Ja.»

«Und wann?»

«Lieber heute als morgen.»

«Das erstaunt mich. Sehr sogar. Immerhin leben ihre beiden Töchter hier in Basel. Ihre Enkel Sven und Sören. Bald ihr drittes Grosskind. Möchtest du denn ebenfalls zurück nach Schweden?»

«Nein. Also, doch. Wenn sich Charlotte das wünscht. Aber ich habe in Schweden alles geregelt, meine Firmen und Häuser verkauft oder an meinen Sohn und meine Tochter überschrieben. Ich habe mich darauf eingestellt, meinen Lebensabend hier zu verbringen, hier in Basel.»

«Charlotte möchte tatsächlich Basel verlassen?»

«Ja, das sagt sie immer wieder.»

«Warum? Wegen des Überfalls?»

«Das weiss ich nicht, Marcel.»

«Sie hat Angst? Angst, wieder überfallen zu werden?»

«Ich weiss es nicht genau.»

Marcel wurde nervös, trat von einem Bein aufs andere. «Arvid Bengt, sie war ziemlich sicher ein Zufallsopfer. Die Polizei hat keine anderen Hinweise. Olivier hat mir das kürzlich bestätigt. Die Sache mit den Gemälden, über die Charlotte für Doktor Werner ein Gutachten erstellen sollte, nein, das hat nichts mit dem Überfall...»

«Bist du dir sicher, dass sie ein Zufallsopfer war?», unterbrach Arvid Bengt.

«Sicher bin ich nicht, nein.»

«Wenn Charlotte wirklich ein Zufallsopfer war, dann will sie vielleicht doch nicht auswandern», sagte Arvid Bengt. «Ich sollte vielleicht mit ihr nochmals darüber reden.»

«Du beunruhigst mich, Arvid Bengt. Was weisst du genau? Was hat dir Charlotte erzählt? Warum will sie wirklich von hier wegziehen?»

«Sie hat heute Morgen nach der Therapie gesagt, sie müsse so schnell wie möglich von hier verschwinden.»

«Warum?»

«Das habe ich sie auch gefragt. Aber keine Antwort erhalten.»

«Keine Antwort?»

«Keine Antwort.»

«Dann könnte es mit dem Besuch auf der Ranch in den Freibergen zusammenhängen?»

«Dachte ich auch. Aber als ich sie danach gefragt habe, kam nichts mehr.»

«Sie muss sich an irgendetwas erinnert haben.»

«Das denke ich auch.»

«Unheimlich.»

«Sie hat vor einigen Tagen etwas Seltsames gesagt. Das geht mir nicht mehr aus dem Kopf.»

«Was denn?»

«Also ...»

«Arvid Bengt, bitte.»

«Die Gemälde werden mich umbringen. Und wenn nicht mich, dann jemand anderen.»

Marcel lief es kalt den Rücken hinunter.

24

Eine Woche lang arbeitete Selma zu Hause an der Spendenaktion für Philippas Tiergnadenhof. Sie suchte die besten Bilder für die Webseite aus, verpasste ihr ein sehr klassisches Layout und bestückte sie mit süffigen Texten. Diese schrieb sie teilweise selbst, den Grossteil aber lieferte Jonas Haberer. Obwohl er als Medienmanager eigentlich nicht mehr selbst in die Tasten griff – aber wenn er es doch tat, dann drückte er wie eine alte Boulevardratte voll auf die Tränendrüse.

Über einen Hund, der bei Philippa abgegeben worden war, schrieb er: «Du, Mensch, du warst mein Partner. Wo bist du jetzt? Du hast mich im Stich gelassen. Weil ich alt bin. Wie grausam du bist. Auch du wirst irgendwann alt. Ich hoffe, du hast dann so viel Glück wie ich. Ich darf meinen Lebensabend auf Philippas Ranch verbringen. Mit ganz vielen anderen Tieren.»

Und über Schweine, die Philippa vor dem Schlachthof gerettet hatte, schrieb Haberer: «Wir wurden nur geboren, um gefressen zu werden. Von euch Menschen. Haben wir kein Recht auf Leben?»

Und einem Huhn gab er die Stimme: «Wir legen für euch Eier, Menschen. Und ihr verdankt es uns mit Massenmord.»

Selma hatte immer wieder Tränen in den Augen. Sie kam sich so erbärmlich vor. Sie fieberte der Geburt ihres Kindes entgegen, war voller Sorge. Und musste einmal mehr feststellen, wie unbarmherzig die Spezies Mensch ist. «Tiere sind für viele Menschen reine Fleischmaschinen», murmelte sie, als sie Posts auf Social Media veröffentlichte. «Oder sie werden als Versuchskaninchen missbraucht. Gut, dass Philippa etwas tun will. Ich hoffe bloss, dass sie nicht überbordet und zu radikal wird.»

Die Spendenaktion erzeugte ein grosses Echo, der Tiergnadenhof der De-Polline-Ranch wurde innert Tagen sehr bekannt. Und es wurde fleissig gespendet. Damit der Spendenfluss nicht abreissen würde, hatte Selma mit Philippa vereinbart, sich nach dem ersten Hype weiter medial um den Tiergnadenhof zu kümmern. Für Selma war es ein idealer Job. Sie würde regelmässig in den Jura fahren und ihre Tochter oder ihren Sohn mitnehmen können. Und natürlich Tom. Und Marcel, wenn er denn Zeit haben sollte. Dieser Job liess sich frei einteilen. Auch wenn sie später wieder grössere Aufträge annehmen würde und länger verreisen müsste – für dieses Projekt würde sie immer Zeit finden. Zudem war Jonas Haberer mit von der Partie.

Selma freute sich darüber, dass sich zwischen Jonas und Philippa tatsächlich eine Liebesgeschichte anbahnte. Und sie wünschte sich, dass diese Beziehung hielt. Jonas mit einer Frau an seiner Seite – das war nahezu unvorstellbar. Vor langer, langer Zeit hatte es ja diese Änni gegeben, wie ihr Jonas im Bavonatal gestanden hatte. Leider hatte diese Geschichte tragisch geendet. Änni war plötzlich verschwunden. Später stellte sich heraus: Sie war abgehauen, ausgewandert und hatte eine neue Liebe gefunden. Aber dieses Mal könnte es wirklich anders sein. Philippa war im Gegensatz zu Änni eine Persönlichkeit, gestanden und selbstsicher. Womöglich selbstsicherer als Jonas ...

Jeden Tag besuchte Selma ihre Mama in der Rehaklinik. Sie ging mit ihr und Tom viel spazieren. Den Rollstuhl brauchte Charlotte nicht mehr. Sie konnte wieder gehen, fast so schnell wie vor dem Überfall.

Mutter und Tochter führten lange Gespräche. Aber in Charlottes Erinnerungen klaffte eine riesige Lücke.

Und auch Elins Recherchen in der Confiserie Seeberger hatten nichts ergeben. «Ausser der Einnahme von Tausenden von Kalorien», wie sie ihrer Schwester berichtete. Elin war mit Charlotte sogar in den engen Keller der Confiserie gestiegen. Aber Mama hatte überhaupt nicht reagiert. Weder der düstere Ort noch der süssliche Duft hatte bei ihr etwas ausgelöst. Und da Daniel Seeberger ihnen ohne zu zögern sämtliche unterirdischen Räume gezeigt hatte und keine Kunstsammlung zum Vorschein gekommen war, schied die Confiserie Seeberger als Versteck für die millionenschwere Kunstsammlung erst einmal aus.

Deshalb war nun Selma an der Reihe. Befanden sich die Gemälde irgendwo auf dem Klybeckareal? Das würde wenigstens zu Charlottes Äusserung passen, sie sei mit dem 8er-Tram zu diesem düsteren Ort gefahren.

Selma ging mit Charlotte mehrmals zum ehemaligen Areal der Basler Pharma- und Chemieindustrie, das zum grössten Teil brachlag und hermetisch abgeriegelt war. Nicht nur, um eine Hausbesetzung zu vermeiden, sondern auch, weil der Boden mit giftigen Substanzen kontaminiert war.

Aber Charlotte erinnerte sich einfach nicht.

Sie erinnerte sich auch nicht daran, was es mit den Gemälden auf sich hatte.

Und sie erinnerte sich erst recht nicht an den Überfall.

Bei einem solchen Spaziergang kam Selma plötzlich in den

Sinn, was Marcel ihr erzählt hatte: Charlotte befürchte, dass die Gemälde sie oder sonst jemanden umbringen würden. Selma sprach ihre Mutter direkt darauf an: «Wie hast du das gemeint?»
Da sagte Charlotte: «Gemälde? Welche Gemälde?»
«Na die, die Doktor Werner und der gutaussehende Mann dir gezeigt haben. Zu denen du ein Gutachten erstellen solltest.»
Charlotte antwortete nicht.
«Pferdebilder, Mama. Von Picasso. Oder Bilder von anderen weltbekannten ...»
«Ach, die. Was ist mit ihnen?»
«Sag du's mir.»
«Mit denen war etwas nicht in Ordnung.»
«Fälschungen?»
«Oh nein. Das waren Originale. Du willst doch nicht meine Fachkompetenz anzweifeln?»
«Überhaupt nicht. Also, was ist mit ihnen?»
«Raubkunst. Alles Raubkunst.»
«Wie meinst du das?»
Charlotte blieb stehen und zitterte am ganzen Leib. «Die verdammten Deutsch ...»
«Mama!», unterbrach Selma.
«Also bitte schön, Selmeli, die verdammten Nationalsozialisten haben im Zweiten Weltkrieg alles gestohlen, was sie stehlen konnten. Und diese Gemälde, die ich gesehen habe, die müssen zweifellos aus solchen Raubzügen stammen. Etliche Bilder, die ich zu Gesicht bekommen habe, werden nämlich seit Jahren von jüdischen Familien gesucht. Da bin ich mir sicher.»
«Mama, deshalb ist es wichtig, dass wir diese Bilder finden.»
«Ja, das ist es.»
«Also, wo sind sie?»
«Ach, Selmeli. Keine Ahnung. An einem düsteren Ort. Und ...» Charlotte zögerte.

Selma wollte nachhaken, liess Charlotte aber Zeit.

«Der Geruch! Jetzt erinnere ich mich.»

«Du erinnerst dich an den Geruch? Er war dir vertraut? Roch es an diesem düsteren Ort etwa so, wie im Labor von Hjalmar Hedlund, deinem Vater?»

«Ja, genau!» Charlotte schaute Selma verdutzt an. «Woher weisst du das?»

«Ich habe es schon lange vermutet. Wo arbeitete mein Grossvater? Hier im Klybeck?»

«Nein. Doch, vielleicht. Er arbeitete an verschiedenen Orten.»

«Unterirdisch?»

«Nein.»

«Aber der Ort, zu dem dich ein gutaussehender Mann geführt hat, war doch unterirdisch und düster?»

«Wieso betonst du immer wieder, dass es ein gutaussehender Mann gewesen ist?»

«Weil du es gesagt hast.»

«Ich habe dies höchstens einmal nebenbei erwähnt», sagte Charlotte etwas vorwurfsvoll. «Das solltest du wirklich nicht überbewerten.»

«Kann es sein, dass es sich bei diesem Mann um Philip Junior handelt?», fragte Selma jetzt forsch. Ob das eine gute Idee war?

«Philip Junior?»

«Philip Junior Miller-de-Polline.»

«Der gefällt dir also. So, so. Muss man sich um Marcel Sorgen machen?»

«Mama, ich trage Marcels Kind unter dem Herzen!»

«Wie pathetisch, Selmeli.»

«Ach, Mama, reden wir über etwas anderes.»

Sie gingen ums Klybeckareal herum und erreichten den Fluss Wiese.

«Wie war es, als du mit Elin schwanger warst?», fragte Selma ihre Mutter.

«Philip Junior ist nicht der Mann, der mir die Gemälde gezeigt hat», meinte Charlotte trocken und ging nicht auf Selmas Themenwechsel ein. «Der ist zwar sehr nett und hübsch, aber ein Filou. Der andere Mann war ein Kerl, weisst du, ein richtiger Kerl.»

«Wie Marcel!»

Charlotte musste lachen.

Selma lachte mit. Nein, Marcel war zwar wundervoll, aber wirklich kein Kerl, keiner, der mit blossen Händen ein Haus bauen konnte. «Es war also eher ein Kerl wie Jonas? Unflätig, rüpelhaft, pseudomännlich?»

«Pseudomännlich? Was für eine Wortkreation, Selmeli. Nein, auch kein Typ wie Jonas. Eher einer wie Arvid Bengt.»

«Ein Kerl wie Arvid Bengt?»

«Eher. Ein Kerl halt. Ein Mann. Naturbursche. Einfach, schweigsam, zupackend. Und er war tätowiert.»

«Ist Arvid Bengt tätowiert?», fragte Selma erstaunt.

«Ja.»

«Bitte? Mein Vater ist tätowiert?»

«Auf dem linken Schulterblatt.»

«Excusé, Mama, ich habe meinen Vater noch nie oben ohne gesehen.»

«Frag ihn doch einmal. Er wird es dir sicher zeigen.»

«Und was für ein Tattoo ist es?»

«Ein Bär.»

«Ein Bär...» Selma war fassungslos. Sie hatte einen Vater, der sich irgendwann einmal einen Bären unter die Haut hatte stechen lassen. «Warum ein Bär?»

«Weil er als junger Mann im Wald einem Bären begegnet ist.»

«Wow!»

«Ja, das hat ihn schwer beeindruckt. Zumindest so sehr, dass er sich ein Tattoo stechen liess.»

«Und was hat der junge Mann, der dir die Gemälde gezeigt hat, für ein Tattoo?»

«Das weiss ich nicht mehr. Können wir jetzt zurück? Ich bin müde.»

«Maman, was für ein Tattoo? Und warum hast du dieses Tattoo überhaupt gesehen? Wo befindet es sich? An welchem Körperteil?»

«Wie meinst du das? Mon dieu, Selma! Ich bitte dich! Der junge Mann trägt das Tattoo auf dem Oberarm. Oder dem Unterarm.»

«Und was ist es für ein Tattoo?»

«Ich bin wirklich sehr müde, Selma.»

25

«Was soll diese Scheisse!», brüllte Jonas Haberer. «Philippa! Philippa! Stopp endlich die verdammten Pferde! Ich bitte dich!»

Philippa stoppte ihr Pferd Valentina de Polline die Siebte und auch Herakles den Vierten, auf dem sich Jonas Haberer festkrallte. «Was ist denn?», fragte sie süffisant. «Hast du Angst?»

«Ich bin ein Grossstadtcowboy, schon vergessen?», schimpfte Haberer. «Ich bin nicht gemacht für diesen Landmist. Ich gebe mir aber alle Mühe, Philippa! Dass ich auf diesem Gaul hocke, glaube ich selbst noch immer nicht. Aber müssen wir reiten wie die Berserker? Sind wir auf der Flucht?»

«Noch nicht, mein Lieber, noch nicht.»

«Was willst du damit andeuten?»

«Das wirst du gleich sehen. Im Übrigen habe ich dich höflich gefragt, ob du mich begleiten möchtest.»

«Danke. Aber du hast nicht gesagt, dass dies mein Todesritt

werden soll. Ich hasse dieses verdammte Landleben. Immer endet es irgendwo in der Scheisse.»

Philippa lachte laut heraus. Herzerfrischend, wie immer.

Da musste sogar Haberer lachen.

«Gehe ich richtig in der Annahme, dass die beruflichen Aktivitäten mit Selma auch immer, sorry, in der Scheisse enden, wie du es ausdrückst?»

«So ist es, Mylady. Und in diesem Fall mach ich das nur mit, weil...» Haberer stockte.

«Please?»

Jonas Haberer druckste herum. Schliesslich knurrte er: «Weil ich dich liebe.»

«Du liebst mich?» Philippa lachte und liess sich elegant von ihrem Pferd hinuntergleiten. Jonas Haberer hielt sich immer noch krampfhaft an der Mähne von Herakles fest. «Ja, lach mich aus, ich alter Idiot habe mich verliebt.» Dann schrie er: «Und jetzt hilf mir endlich von diesem verdammten Pferd hinunter.»

Philippa half Jonas von Herakles auf den Boden, küsste ihn innig und fragte dann nochmals: «Du liebst mich?»

«Ich liebe dich.»

«Und ich liebe dich.»

«Echt?» Jonas Haberer fiel die Kinnlade hinunter. «Das überfordert mich. Ich brauche ein Bier.»

«Sollst du kriegen.»

«Hier, mitten im Wald?»

Philippa band die Pferde an einen Baum, zog einen zusammengeklappten Spaten aus der Satteltasche und ging zu einer kleinen, trichterförmigen Grube. In der Mitte lag altes Holz. Philippa stiess das Holz mit den Füssen weg. Zum Vorschein kam ein Erdhaufen, auf dem Gras und kleine Stauden wuchsen.

«Ich war lange nicht mehr hier», sagte Philippa und setzte den Spaten an.

«Was wird das, wenn ich fragen darf?»

«Geduld, mein Lieber. Oder nein, noch besser...» Philippa drückte ihm den Spaten in die Hände: «Du bist natürlich kräftiger als ich.»

«Ich weiss wirklich nicht, ob das eine gute Idee ist, Mylady. Forderst du mich etwa auf, mein eigenes Grab zu schaufeln?»

Erneut musste Philippa lachen. Sie umarmte ihn. «Dein Humor ist einfach goldig.»

«Humor? Ich meine es ernst. Es könnte ja sein, dass du eine männermordende Psychopathin bist.»

«Die gibt es nur in der Grossstadt. Aber vielleicht hast du recht. Wenn du mit mir zusammen bist, schaufelst du dir das eigene Grab. Aber du liebst mich ja. Los jetzt, Cowboy, ans Werk!»

Haberer schaufelte. Und stiess bald auf eine Stahlplatte. Er grub weiter und sah, dass die Stahlplatte auf der einen Seite Scharniere aufwies. Es war also ein Deckel. Und dieser war verriegelt und mit einer dicken Kette und einem grossen Schloss gesichert.

Philippa nahm einen Schlüssel aus ihrer Reitweste, kniete sich hin, öffnete das Schloss, entfernte die Kette und klappte den Deckel auf. Sie zeigte in das schwarze Loch, in das eine Leiter hinunterführte. «Darf ich dich bitten, mich zu begleiten?»

«In die Unterwelt?»

«Genau. Das ist eine Doline, mein Lieber. Weisst du, was eine Doline ist?»

«Natürlich. Eine Doline ist... also... ich würde sagen, das ist ein Loch. Ein Loch in der Erde. Ein Erdloch. Darin verschwinden Menschen. Wie wir zwei Hübschen zum Beispiel. Und da unten leben sie dann in Saus und Braus bis in alle Ewigkeit.»

Philippa lachte.

Haberer lachte mit.

Und war einfach nur glücklich.

«Also, Jonas, solche Erdlöcher kommen in Karstlandschaften vor, das ist nichts Aussergewöhnliches. In diesem Fall hat sich wohl der Kalkstein aufgelöst, weshalb es zu einer Eruption kam. So entstanden dieses Loch und dieser Trichter. Besonders an dieser Doline ist, dass der Hohlraum da unten, den wir gleich sehen werden, ziemlich gross und bis vor einigen Jahren als Deponie benutzt worden ist. Aber keine Sorge, Jonas: Der Müll ist weg, es stinkt auch nicht mehr. Dafür gibt es ein Bier.»

«Aha.»

«Du traust mir nicht?» Philippa kletterte langsam an der Leiter in die Doline.

«Und da unten gibt es tatsächlich eine Bar?», fragte Haberer.

«Komm schon, Jonas», rief Philippa ihm zu.

Haberer ging auf die Knie und schaute in das etwa einen auf einen Meter breite Loch, das mit einer Betonschalung gesichert war. Wie tief das Loch war, konnte er nicht sehen.

Plötzlich flackerte ein Licht. Haberer sah, dass Philippa eine Öllampe in den Händen hielt.

«Wie tief ist dieses Loch?», schrie er.

«Dreiunddreissig Meter. Na, komm schon, die Bar ist eröffnet! Aber schliess bitte zuerst den Deckel.»

Jonas Haberer schloss den Deckel. Und öffnete ihn wieder. Er packte das Schloss in seine Jacke. Nicht, dass jemand auf dumme Gedanken käme und er da unten tatsächlich bis in alle Ewigkeit verharren müsste. Dann schloss er den Deckel. Es schauderte ihn. Langsam stieg er in die Tiefe.

Plötzlich glaubte er, das Zischen einer Bierdose zu hören.

Seine Tritte wurden schneller. Bald erreichte er den Grund.

Philippa überreichte ihm das Bier. «Herzlich willkommen in meinem Panikraum.»

«In deinem was?» Haberer nahm einen kräftigen Schluck. Und fühlte sich sofort besser.

«Das ist mein Versteck. Im Notfall kann ich einfach verschwinden.»

«Klingt praktisch. Vor allem, wenn es hier unten Bier gibt. Bloss: Wozu braucht man sowas, Jesusmariasanktjosef?»

«Jesusmariasanktjosef?»

«Genau.»

«Es heisst: Jesus, Maria ... und ... Josef. Nicht Sankt Josef.»

«Aha. Interessant.» Haberer nahm einen zweiten Schluck. Einen sehr grossen.

«Hat dir das noch nie jemand gesagt?»

«Nein. Nicht einmal Klugscheisser Marcel.»

«Dann bin ich also eine Klugscheisserin.»

«Das habe ich so nicht gesagt, Mylady.»

«Aber gedacht.» Philippa nahm eine zweite Bierdose, öffnete sie und prostete Jonas Haberer zu.

«Du trinkst Bier?», stellte Haberer fest. «Ich verliebe mich immer mehr. Trotz deiner Klugsch ...»

«Komm mit!»

Philippa nahm Haberer an der Hand und führte ihn durch die Höhle.

«Praktischerweise ist diese Doline, also dieses Erdloch, mit einem kleinen Höhlensystem verbunden», kommentierte Philippa und ging gebeugt voran.

Haberer stapfte hinterher, schlug mehrmals den Kopf an und trampte immer wieder in grosse Pfützen. Es war feucht. Es roch erdig, modrig, würzig.

Auf beiden Seiten des engen Ganges gab es Nischen und Löcher. Haberer entdeckte in ihnen viele Wasserflaschen, Büchsen mit Nahrungsmitteln, Bier, Wein, Whiskey, dann einige Pistolen und Munition, später Decken, viele, viele Decken, wieder Wasserflaschen und wieder Konservendosen. Und eine Apotheke mit Verbandmaterial, Medikamenten, Spritzen und allerlei chirurgischen Geräten wie Zangen und Skalpellen.

Jonas Haberer wunderte sich.

Nach einigen Minuten erreichten sie einen zimmergrossen Hohlraum, in dem ein Bett, ein Tisch und mehrere Stühle standen.

Philippa stellte die Öllampe auf den Tisch und entfachte weitere Öllampen, die an den Felsen hingen. Die dunkelgelben Flammen tauchten die Höhle in warmes Licht.

Philippa warf sich aufs Bett, zog Reitstiefel und Hose aus. «Liebe mich, Jonas, liebe mich!»

26

Selma gab nicht auf. Sie war sicher, dass die geheimnisvolle Bildersammlung irgendwo auf diesem riesigen Klybeckareal versteckt war. Ein Areal, auf dem viele Industriegebäude leer standen. Die Gebäude sollten irgendwann abgerissen werden, um einem neuen Stadtquartier Platz zu machen. Zumindest wenn es nach dem Willen der Basler Regierung und der Investoren ging. Vorausgesetzt, der mit allerlei definierbaren und undefinierbaren Chemie-Altlasten verseuchte Boden konnte überhaupt saniert werden.

Selma hatte die Spaziergänge mit Charlotte in den vergangenen Tagen immer so geplant, dass sie früher oder später in diese Gegend kamen. Aber es passierte nichts. Charlottes Erinnerung kehrte nicht zurück. Charlotte nervte sich immer häufiger darüber, dass sie ständig um dieses Areal herum marschierten.

Also machte Selma heute mit ihr, Elin und Tom einen Ausflug nach Schönenbuch, wo sie in den 33er-Bus stiegen. Am Steuer sass Marcel. Charlotte freute sich über den schönen Zufall.

Es war natürlich kein Zufall. Selma hatte alles so geplant.

Der Bus war ein Elektrobus. Marcel fuhr von Schönenbuch hinunter nach Allschwil und weiter nach Basel. Als sie die Haltestelle «Universitätsspital» beim Totentanz erreichten, wollte Charlotte aufstehen. Selma hinderte sie daran.

«Selmeli, wir müssen aussteigen, wir sind zu Hause.»

«Wir fahren noch ein Stückchen weiter.»

Marcel fuhr über die Schifflände zum Claraplatz und schliesslich zum Betriebshof der Basler Verkehrs-Betriebe, der sich auf einem Teil des hermetisch abgeriegelten Klybeckareals befand.

«Duckt euch, bitte», befahl Marcel. «Wir sind gleich da und werden von den Kameras erfasst. Passagiere dürfen nicht auf dieses Areal.»

Die drei Frauen duckten sich. Der Bus näherte sich einem grossen Tor, das sich nach wenigen Sekunden öffnete.

«Ihr könnt euch wieder aufrichten. Wir sind drin. Und wenn man mal drin ist, kümmert sich irgendwie niemand mehr um einen. Hier werden die E-Busse aufgeladen. Zumindest vorübergehend, bis die neue Garage beim Rankhof gebaut ist. Ihr wisst ja, Basel soll klimaneutral werden. Da braucht es grosse Investitionen und Neubauten.»

Charlotte sagte nichts, schaute aber interessiert um sich.

Marcel parkierte seinen Bus in der Kolonne 29 und fuhr den Stromabnehmer hoch. «Feierabend, jetzt wird die Batterie des Busses aufgeladen und wir gehen nach Hause.»

Charlotte stieg aus und ging zielstrebig auf ein Industriegebäude zu. Es hatte ein Sheddach, ein Dach mit Zacken, wie es früher bei Industriebauten üblich war. Das Gebäude war grau, hatte aber blaue Türen und Fenster. Und es hatte eine Nummer: 640.

«Charlotte!», rief Marcel. «Wo willst du hin?»

Elin folgte ihrer Mutter, Tom zog an der Leine, und Selma ging ebenfalls zu Charlotte.

«Mama, was ist?», fragte Elin.

«Das ist es.»

«Das ist was?»

«Das ist es. Ich erinnere mich.»

«Du erinnerst dich an was, Mama?», fragte Selma.

«Picasso, Chagall, Monet, mon dieu!»

«Mon dieu was?»

«Diese wunderbaren Werke in diesem fürchterlichen Gebäude. Wir müssen sie da herausholen.» Charlotte ging zu einer Tür, drückte die Klinke. Die Tür war verschlossen.

«Maman, wir können da nicht einfach hinein», sagte Elin.

«Als ich die Bilder anschauen sollte, um ein Gutachten zu schreiben, konnten wir das Gebäude betreten. Es war offen.»

«Es hatte sicher jemand einen Schlüssel. Mit wem warst du hier?»

«Mit diesem jungen Kerl.»

Selma glaubte noch immer, dass es Philip Junior war, der wusste, wo die Bilder versteckt waren, und versuchte erneut ihr Glück. «Mit Philip Junior?»

Charlotte reagierte sofort und unwirsch. «Was hast du bloss mit diesem Philip Junior, tss, tss.»

«Wer war der Kerl dann?», fragte Selma nun etwas gereizt.

«Er nannte keinen Namen. Aber er hatte zerzauste Haare und ein Tattoo.»

«Das hast du bereits vor Kurzem erwähnt. Aber du erinnerst dich nicht an das Tattoo.»

«Natürlich erinnere ich mich an das Tattoo.»

«Ach ja?»

«Ja.» Charlotte schaute zu Tom und sagte: «Es war Tom.»

«Mama, bitte!»

«Ach, Selmeli, seit du schwanger bist, hast du keinen Sinn mehr für Humor. Das sind die Hormone, Liebes. Das sind die Hormone. Als ich mit dir schwanger war, war es nicht so schlimm. Aber bei Elin. Dominic-Michel ist fast durchgedreht mit mir. Er hat sich meistens über mich ...»

«Maman!» Selma war nun wirklich sauer. «Das Tattoo!»

«Ich habe dir doch schon gesagt, dass ich mich nicht daran erinnere.»

Tom schnupperte an der Tür des Industriegebäudes 640, verlor aber schnell das Interesse und zog zu einer Betongrube.

«Hier standen früher die Tanks», erklärte Marcel. «Darin wurden die Grundsubstanzen für die Medikamentenproduktion gelagert. Habe ich gelesen.»

«Du weisst ja wieder Sachen», stellte Selma trocken fest.

Tom zog weiter an der Leine und führte Selma, Charlotte, Elin und Marcel um das Gebäude 640 herum. Auch da gab es eine Türe. Tom schnupperte daran. Er wedelte mit dem Schwanz.

«Tom riecht etwas», sagte Selma. «Hast du hier mit diesem jungen Mann das Gebäude betreten?»

«Das weiss ich nicht mehr.»

Selma versuchte, die Türe zu öffnen, aber auch sie war verschlossen. Sie schaute durch ein schmutziges Fenster in das Gebäude: Plattenboden mit einigen weissen Strichen, kahle weisse Wände, sonst alles leer. Sie ging ums Eck, grosse, orange Lüftungsrohre ragten aus dem Boden. Der Gehweg war mit Pflanzen überwuchert.

Ein richtiger Lost Place, ein verlassener Ort.

Selma schaute durch ein weiteres Fenster ins Innere und entdeckte eine riesige Halle. Leer. Wieder weisse Striche auf dem Boden. «Schleuse» stand da geschrieben und eine Tafel warnte: «Wenn die gelbe Warnleuchte blinkt, darf dieser Raum nur in vorgeschriebener Schutzausrüstung betreten werden.»

Selma war es unheimlich, sie ging zurück zu den anderen.

«Maman», meldete sich nun Elin. «Dein kleiner Scherz mit dem Tom-Tattoo ... Hatte der junge Mann einen Hund tätowiert? Einen Wolfshund? Oder einen richtigen Wolf?»

Charlotte blickte auf den Boden, schüttelte den Kopf. «Ich weiss nicht. Das wäre mir aufgefallen, daran könnte ich mich erinnern, Selma liebt doch Wölfe und hat sogar ein Buch über sie veröffentlicht.»

«Bist du sicher, dass es kein Wolf war, Maman?»

«Nein, ich weiss es nicht mehr, es könnte schon ein Wolfstattoo gewesen...» Sie hielt inne, sagte dann: «Es könnte aber auch ein Löwe oder ein Totenkopf gewesen sein. Ich erinnere mich einfach nicht.»

Selma nahm Charlotte in die Arme. «Egal, wir wissen jetzt immerhin, wo die Bilder versteckt sind. Na ja, wir haben einen Verdacht. Einen ziemlich konkreten Verdacht. Das ist ein gewaltiger Fortschritt.»

«Wir sollten sie holen! Die Bilder sind mehrere Millionen wert. Und wenn sie noch lange in diesem Keller bleiben, gehen sie kaputt. Da nützt auch der süsse Duft nichts.»

«Der süsse Duft? Warum sollte es in einem Keller eines Industriegebäudes süss duften?»

«Ja, warum sollte es das?»

«Maman?»

«In einem Keller riecht es doch nicht süss», murmelte Charlotte.

«Würde ich auch meinen.»

«Aber es roch süss! Warum?»

«Keine Ahnung, sag du es uns.»

Charlotte überlegte lange. Schnupperte wie Tom. «Ich hab's!»

«Was hast du?»

«Den Duft.»

«Und, wie roch es wirklich? Nicht süss? Eher chemisch? Bissig und giftig? Ich habe tatsächlich das Gefühl, es riecht hier ein bisschen so. Das Giftzeugs im Boden scheint endlos zu strahlen und zu stinken.»

«Nein, es roch angenehm und vertraut. Es roch nach Zimt.»

«Nach Zimt?», fragte Selma fassungslos.

«Ja, nach Zimt.»

«In diesem Industriegebäude roch es nach Zimt?»

«Ob es in diesem Gebäude nach Zimt roch, weiss ich nicht mehr. Aber da, wo die Bilder waren, roch es nach Zimt.»

«Dann sind die Bilder also doch in einer Backstube versteckt. Warum sagst du dann, dass dir dieses Gebäude bekannt vorkommt?»

«Ach Kinder, werdet bloss nie so alt wie ich. Man verblödet nur.»

27

Jonas war nackt. Bis auf seine Füsse. Die steckten noch immer in seinen Cowboystiefeln. Er ging in der Höhle hin und her und schaute in jedes Erdloch.

«Jonas, suchst du etwas?»

«Oh, du bist wach?», murrte Haberer.

«Was suchst du?»

«Nichts.»

«Natürlich nicht.»

«Ich suche einen Stiefelknecht», sagte Haberer verlegen.

Philippa musste schallend lachen. «Du bist mir vielleicht ein Cowboy! Ein Bild von einem Mann. Was für ein toller Kerl. Aber du kannst deine Stiefel nicht ...»

«Du machst dich lustig, was? Weil ich die Boots nicht ausziehen kann ohne Stiefelknecht.»

«Bleib so, bitte, du bist umwerfend sexy.» Wieder lachte Philippa drauflos. «Und jetzt komm zu mir zurück. Mit den Stiefeln.»

Jonas Haberer ging zurück zu Philippa, küsste sie und streichelte sanft ihre Brüste.

«Ich mag dich wirklich, Jonas», flüsterte Philippa.

«Ich dachte, du liebst mich?»
«Okay, ich liebe dich. Aber ...»
«Aber was?»
«Was hast du für eine Geschichte, was ist mit Selma?»
«Was soll mit Selma sein?»
«Liebst du sie auch?»
«Philippa, wie kommst du denn darauf? Bist du etwa eifersüchtig?»
«Ach, Jonas, du und Selma, da ist doch etwas, oder?»
«Ja, da ist etwas. Aber da war leider nie, also da war nie ...»
«Leider?»
«Nein, nein, nicht leider, da war einfach nie etwas.»
«Bitte?»
«Selmeli könnte meine Tochter sein.»
«Was nichts ändert.»
«Was woran nichts ändert?»
«Dass du sie liebst.»
«Philippa. Selma ist schwanger.»
«Was ebenfalls nichts ändert.»
«Du hast ja in allem recht. Aber mein Selmeli ist meine ... was weiss ich ... Seelenverwandte?»
Philippa lachte wieder laut.
«Okay, dann ist sie eben nicht meine Seelenverwandte.»
«Wenn du jünger wärst, dann ...»
«Ja, dann. Aber ich bin nicht jünger. Und ich liebe dich wirklich. Aber es ist ...» Haberer stockte.
«Es ist kompliziert?»
«Ist es das? Erklär's mir, Philippa. Du bist eine Frau voller Geheimnisse.»
«Was möchtest du wissen?»
«Diese Höhle. Wer weiss davon?»
«Niemand. Nur ich. Mein Sohn natürlich. Und jetzt du.»
«Oh.»

«Ich vertraue dir.»

«Und warum?»

«Erstens, weil ich dich liebe. Und zweitens, weil ich dich liebe. Und drittens, weil du ein guter Mensch bist.»

«Bin ich das?»

«Ich denke ja. Wenn nicht, dann ist es nicht mein Problem.»

«Nicht?»

«Nein. Dann ist es dein Problem.»

«Ach ja? Und es würde dich nicht kümmern?»

«Doch.»

«Dann wäre es also doch dein Problem.»

Philippa kicherte und drückte Jonas einen dicken Kuss auf den Mund.

«Was soll dieses Versteck?», fragte Haberer.

«Was hast du wirklich gesucht?», fragte Philippa zurück. «Vergiss die Version mit dem Stiefelknecht. Sie war nicht besonders originell. Also, was hast du gesucht?»

«Ich weiss es nicht.»

«Du weisst es nicht?»

«Nein.»

«Nein?»

«Irgendetwas halt. Als guter Journalist sucht man immer etwas.»

«Weil man nie jemandem traut? Weil man auch jenen nicht traut, denen man trauen könnte oder trauen wollte?»

«Ja. Also früher, als ich noch nicht alt und verbraucht war, war das im Journalismus so. Heute ist das leider etwas anders. Journalisten sind heute zu leichtgläubig. Ich habe noch gelernt, alle und alles zu hinterfragen.»

«Auch Menschen, die man mag? Oder sogar liebt?»

«Diese Fragen gefallen mir nicht, Mylady.»

«Schau unter dem Bett nach.»

Jonas Haberer beugte sich über die Matratze und holte eine

kleine Kiste hervor.

«Öffne sie.»

Haberer machte die Kiste auf. Goldmünzen lagen darin. Viele, sehr viele Goldmünzen. Und mehrere Bündel Tausendernoten.

«Philippa, was soll das?»

«Eiserne Reserve. Man weiss ja nie.»

«Man weiss was nie?»

«Was so passiert.»

«Was passiert denn so?»

«Tierschutz ist sehr...»

«Tierschutzterror meinst du, Mylady!»

«Tierschutzterror?»

«Na ja, vielleicht ein bisschen überspitzt formuliert, aber...»

«Wir führen Krieg», unterbrach Philippa. «Also bin ich gewappnet.»

Haberer schaute Philippa mit offenem Mund an.

Philippa lachte. Und sagte nach einer Weile: «Du hältst mich für verrückt? Was denkst du? Die Alte hat einen Knall?»

«Die Alte habe ich nicht gedacht...»

«Aber den Knall! Den hast du gedacht, was?» Wieder lachte Philippa. Dann sagte sie ernst: «Du weisst gar nicht, wie gefährlich die Fleischlobby ist. Die rabiaten jurassischen Bauern, pah, das ist gar nichts. Wer Tiere tötet, tötet auch Menschen.»

«Wer Tiere tötet, tötet auch Menschen», wiederholte Haberer. «Was für ein geiler Satz. Er könnte von mir sein.»

«Oh, der Cowboy ist ein Literat! Na los, was liegt noch in der Kiste?»

«Schlüssel.» Die meisten waren angeschrieben: Ranch 1, Ranch 2, Haus Ranch, Keller Ranch, Haus Basel Gotthelfstrasse, Haus Basel Arnold-Böcklin-Strasse, Haus Gellert, Haus St. Alban. Dann gab es Schlüssel, die ziemlich alt aussahen. Einige hatten sogar Schlüsselbärte. Sie waren in krakeliger Schrift gekennzeichnet: Château de Polline I, Château de Polline II, Château de Polline III, Castle I, Castle II. «Ziemlich viele Häuser und Châteaus», kommentierte Haberer.

«Tja, man erbt so einiges.»

«Schön.»

«Es geht. Die meisten davon sind sehr teuer im Unterhalt und praktisch unverkäuflich. Wer will sich schon ein altes Schloss antun?»

«Das weiss ich nicht. Ist nicht meine Liga.»

«Mein Sohn sollte sich um die Châteaus kümmern. Er hat die Hauptschlüssel, das hier sind nur Reserveschlüssel. Wie gut er sich tatsächlich darum kümmert, weiss ich allerdings nicht. Vielleicht hat er sie auch schon viel zu billig verhökert.»

«Bitte?»

«Ach, es geht doch immer nur um Geld. Aber lassen wir das. Hast du noch andere Schlüssel gefunden?»

«Ja, zwei.»

«Zwei. Wie sehen sie aus?»

«Einigermassen modern.»

«Okay.»

«Sie haben keine Etikette.»

«Wo führen sie hin?»

«Ja, wo führen sie hin?»

«Ich weiss es nicht.»

«Du weisst es nicht?»

«Ich habe sie, wie die Schlüssel zu den Châteaus und Castles, von meinem Vater.»

«Dann gehören sie wohl zu irgendeiner dieser Liegenschaften.»

«Das könnte sein.»

«Du weisst es nicht?»

«Nein. Ich habe es nicht überprüft. Zudem sind einige dieser Landgüter ja schon lange nicht mehr in meinem Besitz. Zum

Glück! Ich konnte sie noch zu guten Preisen verkaufen. Aber heute, mit all den Vorschriften und Gesetzen und dem restriktiven Denkmalschutz, nein, das ist sehr schwirig geworden. Wie gesagt, niemand will sich das antun. Und vor allem will niemand einen angemessenen Preis dafür zahlen.»

«Seltsam, alle Schlüssel sind angeschrieben, bis auf zwei.»

«Du bist ein wahrlich heller Kopf, Haberer!» Philippa lachte.

Jonas Haberer blieb ernst: «Warum sind zwei Schlüssel nicht angeschrieben?»

«Keine Ahnung.»

«Dann führen sie ...» Haberer hielt inne.

«Dann führen sie ...?»

«Dann führen die beiden Schlüssel vielleicht zu diesen wertvollen Bildern.»

«Oh ja, das könnte sein. Ich bin sogar davon überzeugt. Wertvoll ist übrigens nur der Vorname. Die Gemälde sind millionenschwer.»

«Jesusmariasanktjosef, äh, entschuldige, Jesusmaria – undjosef. Ich werde es mir nicht merken können.»

«Das macht nichts.» Philippa streichelte Haberers Arm. «Mein Vater war dement. Er hat vergessen zu sagen, wo diese Schlüssel hinführen.»

«Und du hast es bis heute nicht herausgefunden?»

«Leider nein.»

«Ein weiteres Geheimnis, Lady Philippa.»

«Wirst du es lösen, Cowboy?»

«Ich verspreche es dir.»

28

«Könntest du bitte wie jeder vernünftige Mensch die Schuhe ausziehen und nicht den ganzen Dreck dieser Stadt in der Wohnung verteilen?», schnauzte Selma Marcel an. «Zudem waren wir auf giftigem Boden und werden nun wegen deiner Schuhe alle krebskrank. Meinst du, du begreifst das noch, bevor unser Kind geboren wird? Ist das eventuell möglich, Herr Professor?»

«Willst du nun ernsthaft diese berüchtigte Paardebatte über nicht ausgezogene Schuhe führen? Und gleich noch über herumliegende Socken und Unterhosen diskutieren? Oder willst du mir signalisieren, dass du frustriert bist und Gesprächsbedarf hast? Und seit wann nennst du mich Professor?»

«Ach, leck mich mit deinem geschwollenen Gelaber, du Klugscheisser.» Selma stapfte ins Schlafzimmer und knallte die Tür zu.

Oh ja, sie war frustriert. Und wie! Sie legte sich aufs Bett. Die ganze Sache mit den verschollenen Bildern. Charlottes wirre Erinnerungen an ein Industriegebäude und den Zimtgeruch. Komplett unbrauchbare Hinweise. Sie sollte das Olivier erzählen. Der Kommissär würde sie auslachen. Sie sollte die Sache auf sich beruhen lassen. Es gab keine Hinweise darauf, dass der Überfall auf Charlotte irgendetwas mit den ominösen Bildern zu tun hatte.

Es klopfte an der Tür. Marcel trat ein.

Selma packte die Bettdecke und drehte sich weg.

«Wie riecht es hier drin?», fragte Marcel.

«Nach alten Socken», murrte Selma.

«Findest du? Ich habe den Wäschekorb heute Morgen geleert.»

«Sehr nett. Vielen, vielen, vielen Dank. Du bist einfach perfekt.»

Marcel liess sich nicht provozieren. «Also, wie riecht es hier drin?»

«Wie soll es schon riechen? Nach Schlafzimmer halt.»

«Wie riecht ein Schlafzimmer?»

«Verschlafen vielleicht?» Selma drehte sich um und warf die Bettdecke zu Boden. «Bist du beleidigt, nur weil ich dich wegen der Schuhe angeblafft habe?»

«Ja.»

«Oh, der Herr ist also beleidigt.» Selma ärgerte sich je länger, je mehr über sich selbst und hoffte, dass Marcel möglichst schnell einlenken würde. Sonst müsste sie es tun ...

«Ich meine die Frage ernst, Selma. Sie könnte uns in der Sache mit Charlotte und den Gemälden weiterbringen.»

Selma stellte fest, dass sich Marcel tatsächlich bemühte, die Kurve zu kriegen.

«Excusé wegen der Schuhe.»

Er gibt alles, dachte Selma.

«Also, wie riecht es in unserem Schlafzimmer?»

«Sagte ich doch schon. Nach Schlafzimmer.»

«Und wie riecht Schlafzimmer?»

«Marcel, bitte!»

«Ich rieche Lavendel.»

«Lavendel?» Selma schnupperte. «Ich rieche keinen Lavendel.»

«Aber es hat mal nach Lavendel gerochen. Wir haben einige Lavendelduftkerzen gezündet und uns geliebt.»

«Wir wollen das jetzt nicht vertiefen, oder?»

«Dass wir uns geliebt haben? Oder den Lavendelduft?»

«Beides.»

«Ich möchte bloss sagen, dass für mich dieses Schlafzimmer nach Lavendel duftet, für dich nach alten Socken.»

«Das war ein Scherz, Klugscheisser.»

«Dann beschreib doch diesen Schlafzimmergeruch.»

«Den kann man nicht beschreiben.»

«Versuche es.»

«Muffig?»

«Das Fenster steht offen. Es kann nicht muffig riechen.»

Selma setzte sich auf. «Worauf willst du hinaus?»

Marcel ging zu Selma und ergriff ihre Hand. «Liebste, ist dir schon einmal aufgefallen, dass wir alles, was wir sehen, gut beschreiben können. Mit Geräuschen tun wir uns schon schwerer. Aber bei den Gerüchen sind wir totale Analphabeten.»

«Stimmt. Das ist mir schon bei einer Weinverkostung mit meinem Stiefvater Dominic-Michel aufgefallen. Da behauptete er felsenfest, der Wein habe eine Himbeernote, und ich fand, er schmecke und rieche nach Lakritze.»

Tom schlich ins Schlafzimmer. Er beschnupperte Selma. Dann Marcel. Er setzte sich.

Und furzte.

«Tom!», sagte Selma gespielt empört.

«Es stinkt», meinte Marcel.

«Und wie.»

«Tom scheint es nicht zu stören», stellte Marcel fest.

«Aber mich.»

«Ist dir schon mal aufgefallen, dass fremde Fürze stinken, die eigenen aber nicht? Oder nicht so arg wie die fremden.»

«Und ist dir schon aufgefallen, liebster Marcel, dass das Niveau unserer Paardiskussion immer tiefer sinkt? Da waren die Schuhe heilig dagegen.»

«Ich finde, die alten Socken waren bisher unser Beziehungstiefpunkt.»

Selma lachte.

«Aber Toms Furz trifft den Kern.»

Tom furzte nochmals. Und leckte Selmas Hand.

«In unserer zivilisierten Gesellschaft können wir Gerüche nur rudimentär beschreiben», erklärte Marcel. «Einfach gesagt: Unser Geruchssinn ist völlig verblödet. Wir sind so auf unsere Augen fokussiert, dass wir den Geruchssinn vernachlässigen. Alles ist aufs Sehen trainiert. Wir gucken ins Handy, werden mit Texten, Bildern und Videos zugemüllt, riechen aber nichts mehr. Wir riechen praktisch nur noch, wenn es entweder irgendwo sehr gut duftet oder wenn es wirklich stinkt.»

«Wenn Tom furzt.»

«Zum Beispiel. Wenn er nicht furzt, riecht er nach Hund. Einfach nach Hund. Obwohl genaugenommen jeder Hund anders riecht. Sonst würden sich Hunde ja nicht beschnuppern.»

«Können wir nun nach dieser philosophischen Betrachtungsweise wieder auf Charlottes Zimtgeruch zurückkommen?»

«Charlotte erinnert sich an das Industriegebäude mit der Nummer 640 und an den vertrauten, süsslichen Zimtgeruch. Dort lagern die Gemälde.»

«Das passt aber nicht zusammen.»

«Für uns vielleicht nicht. Für Charlotte schon. Weil wir Gerüche sehr individuell empfinden und nur schwer beschreiben können.»

«Und was willst du mir damit sagen?»

«Es könnte durchaus sein, dass Charlottes bildhafte Erinnerung an das Industriegebäude und ihre Erinnerung an den Zimtgeruch übereinstimmen. Obwohl sich für uns Aussenstehende daraus keine Logik ergibt.»

«Kann der Herr Psychologe das auch noch einigermassen verständlich formulieren?»

«Der Furz stinkt oder stinkt nicht. Himbeere kann auch Lakritze sein. Ein Industriegebäude riecht nach ...?»

«Zimt. Je nach dem, was wir damit verbinden.» Selma überlegte. «Das heisst, die Gemälde lagern tatsächlich in diesem Gebäude im Klybeck, obwohl es dort nicht nach Zimt riecht.»

«Wenn es so wäre, würde mich das nicht überraschen.»

Sie schwiegen eine Weile. Dann fragte Marcel: «Findest du wirklich, dass unser Schlafzimmer nach alten Socken riecht?»

29

Herakles der Vierte galoppierte voraus. Der Hengst zeigte, was in ihm steckte. Sehr zum Leidwesen von Jonas Haberer.

«Falls wir diesen Ritt überleben», schrie Haberer, «werde ich dich zu Salami verwursten, du blöder Gaul.»

Herakles schnaubte.

Sie kamen aus dem Wald. Herakles galoppierte auf eine Trockenmauer zu.

«Lieber Freund!», schrie Haberer. «Ich habe das nicht so gemeint mit der Salami. Lassen wir die Spielchen, okay?»

Herakles schnaubte erneut und galoppierte noch schneller.

«Diese verdammte Mauer ist zu hoch für ...»

Aber da hatte sich Herakles mit den Hinterläufen bereits vom Boden abgestossen und flog über die Mauer.

Haberer hielt sich mit den Armen am Hals des Pferdes fest. «Jesusmariasanktjosef!», schrie er. «Jesusmaria – und – josef!»

Dann spürte er, wie Herakles hart die Hufe aufsetzte. Und wunderte sich, dass er nicht auf dem Boden lag. Sondern sich immer noch auf dem Pferderücken befand.

«Alter, du hast es echt drauf», lobte er Herakles den Vierten, als dieser endlich vom Galopp in den Schritt wechselte. «Wir machen aus Valentina Salami, einverstanden.»

Herakles wieherte. Haberer lachte und tätschelte das Pferd.

Philippa schloss mit Valentina de Polline der Siebten auf und strahlte. «Meine Reitstunden scheinen zu fruchten. Ich gratuliere dir.»

«Hast du dem Gaul befohlen, dass er durchbrennen soll?»

«Natürlich nicht.»

«Aber wie du siehst, der Cowboy und der Gaul verstehen sich. Wo sind wir überhaupt? Ich habe komplett die Orientierung verloren. Wie immer, wenn ich auf dem Pferd hocke. Weil ich mich so auf das Reiten konzentrieren muss. Gibt es Pferde mit Navi?»

Philippa lachte. «Ja, Herakles hat ein Navi. Er findet immer nach Hause. Und er findet immer mich. Und ich hoffe, er wird auch dich immer finden. Er mag dich. Er hat Spass mit dir. Er wollte dir mit seinem Galopp beweisen, wie stark er ist.»

«Macho halt.»

«Wie sein Reiter!»

«Papperlapapp.»

«Du hast die Prüfung bestanden.»

«Welche Prüfung?»

«Den Husarenritt. Herakles akzeptiert dich jetzt. Nun bist du ein richtiger Cowboy.»

«Whiskey, ich brauche Whiskey, sonst bin ich kein richtiger Cowboy.»

Philippa lachte wieder laut. «Labe dich erst einmal an der wunderschönen Landschaft hier in den Freibergen. Ist sie nicht viel betörender als das giftige Feuerwasser?»

«Du weisst gar nicht, wie viele Vitamine im Whiskey stecken», entgegnete Haberer und schaute um sich. «Grüne Fichten, grüne Wiesen», knurrte er dann. «Wie gehabt. Schön.»

«Ach, Jonas, dieses wundervolle Abendlicht. Die klare Luft. Die vielen Pferde auf den Weiden. Ein Paradies.»

Philippa lenkte Valentina dicht neben Herakles und reichte Haberer die Hand.

Er ergriff sie, ein Schauer fuhr durch seinen Körper, ein wohliger. Und ja, die Landschaft, sie war wirklich wunderschön.

«Wir reiten zusammen in den Sonnenuntergang.» Philippa drückte Haberers Hand.

Wieder durchfuhr Haberer ein Schauer. Ihm wurde kalt und heiss. Sein Herz pochte wild. Tränen kullerten über seine Backen. Auch er drückte Philippas Hand und sagte leise: «Ich habe das noch nie gesagt und nicht damit gerechnet, dass ich es jemals sagen würde. Ich bin glücklich. Ich bin so verdammt glücklich.»

30

Es war eine heisse und schwüle Nacht. Für eine Spätfrühlingsnacht zu heiss und zu schwül. Selma sass am Küchentisch, zu ihren Füssen lag Tom und schnarchte leise.

Selma konnte nicht schlafen. Deshalb sass sie am Laptop und recherchierte. Sie las Artikel und Berichte zur Geschichte des Basler Klybeckareals. Selma versuchte, vor allem möglichst viel über das Gebäude 640 herauszufinden, was sich als ziemlich schwierig erwies. Es war eines der jüngeren Gebäude im Klybeck, wurde Ende der 1980er-Jahre in Betrieb genommen und galt damals als wegweisende Industrieanlage. Darin wurden dreissig Jahre lang einige der erfolgreichsten Medikamente der Welt hergestellt. Hier wurde Basels Wandel von der Chemie- zur Pharmastadt vollendet. Hier entstand unermesslicher Reichtum. Für die Pharmabranche, für Basel.

Doch wie die Chemie wurde auch die Medikamentenherstellung in ferne Länder verlagert. Da brauchte es den Superbau nicht mehr. Im Mai 2017 war Schluss. Ein Teil des Gebäudekomplexes war seither zurückgebaut worden. Die Tanks waren weg, aber die Stützen und die Auffangbecken standen noch da. Innen war der Bau hohl.

War er das wirklich?

Oder barg er ein Geheimnis? Diente er als Lagerort für äusserst wertvolle Gemälde?

Selma fand in dieser Nacht keine Hinweise darauf, dass Philippas Vater Philip de Polline je in diesem Bau gearbeitet hatte. Es war ein Produktions-, kein Forschungsstandort. Zumindest offiziell.

Und inoffiziell?

Gab es geheime Labore im Keller des Gebäudes?

«Warum nicht?», flüsterte Selma. «Warum eigentlich nicht?» Wenn der Bau 640 damals zu einer der modernsten Industrieanlagen gezählt hatte – warum sollte da nicht mehr dahinterstecken? Dank des Geldregens herrschte Aufbruchstimmung! Selma war überzeugt: In Bau 640 befanden sich Labors, die nur ganz wenigen Menschen zugänglich waren. Sie gehörten zum Reich des berühmten Doktors Philip de Polline. Nur logisch, dass er hier seine privaten Schätze untergebracht hatte.

«Ich muss mit meiner Mutter in dieses Gebäude», sagte sich Selma und klappte den Laptop zu. «Aber wie?»

Sie sah auf den Rhein hinunter.

«Wer hat die Schlüssel? Doktor Werner, Philip de Pollines Protegé? Vielleicht. Er muss jemanden beauftragt haben, Mama die Bilder zu zeigen. Um sich selbst nicht in Gefahr zu bringen? Um nicht gesehen zu werden? Um keine Spuren zu hinterlassen? Weil er wusste oder ahnte, dass die Gemälde von den Nazis gestohlen worden waren? Also engagierte er einen hübschen Mann mit Tattoo und zerzausten Haaren. Und es war nicht Philip Junior.»

Tom stellte sich auf die Hinterbeine, stützte sich auf dem Fensterbrett ab und hielt die Nase in die Luft.

«Und es roch nach Zimt. Was meinst du, Tom?»

Tom wedelte mit dem Schwanz.

Selma ging in die Küche und holte aus ihrem hängenden Gewürzkorb Zimt. Tom roch kurz daran, drehte sich dann aber ab.

«Okay, du magst den Zimtgeruch nicht. Dann wirst du uns keine grosse Hilfe sein. Also muss Charlotte tatsächlich mit zum Bau 640. Wie machen wir das bloss?»

Tom schaute sie an und wedelte.

«Ist das ein Fall für Lenas Freund Olivier? Kommissär Olivier Kaltbrunner?»

Tom wedelte nicht.

«Oder doch eher für unseren Freund Jonas?»

Tom starrte nur.

«Jonas. Der verrückte Jonas. Ich denke, das ist ein Fall für Jonas Haberer.»

Jetzt wedelte Tom.

Selma schnappte ihr Handy. Es war kurz nach drei Uhr morgens. Haberer nahm nicht ab. Sie schrieb eine Nachricht. «Wir brauchen deine Hilfe. Einbruch in ein hermetisch abgeriegeltes, leerstehendes Industriegebäude. Ich denke, dort lagern die verschwundenen Bilder der Familie De Polline. Bist du dabei?»

Sie legte das Smartphone beiseite, wollte gerade ins Bett gehen, da surrte das Gerät. Haberer rief an. «Jonas?»

«Einbrechen? Genau mein Ding. Ist aber wahrscheinlich gar nicht nötig.»

«Warum schläfst du nicht?», fragte Selma.

«Alt und verbraucht. Und verliebt. Herzrasen. Zu wenig Alkohol. Schrecklich.»

«Nein. Schön. Philippa ist toll.»

«Eine Gutmenschin wie du.»

«Ich bin keine Gutmenschin. Warum müssen wir nicht einbrechen?»

«Weil ich weiss, wo die Schlüssel sind.»

«Oh?»

«Wann?»

«So schnell wie möglich.»

«Übermorgen soll Philippas Grossaktion stattfinden.»

«Passt. Die ist ja auch in Basel. Dann morgen.»

«Morgen schon? Du bist ja schlimmer als ich.»

«Gute Nacht, Jonas.»

Selma schickte noch ein Zwinker-Emoji und schlich dann zu Marcel ins Bett.

Sie grübelte. Was sollte das in Basel für eine Grossaktion

werden? Metzgereien besprayen? Den Schlachthof blockieren? Ein Gebäude einer Pharmaunternehmung in die Luft sprengen?

Selma stand wieder auf und ging in die Küche. Sie blickte auf den Rhein. Auf die riesigen Türme und Gebäude der Basler Pharmaindustrie.

«Oh Gott, sie will doch nicht...»

Selma verwarf den Gedanken sofort. Nein, so etwas passte nicht zu Philippa. «Sie rettet Tiere, bei all ihren Aktionen ging es immer nur darum, Tiere zu retten.»

Sie erinnerte sich an das Gespräch mit Philippa. Dass Selma die Geschichte ihres Grossvaters Hjalmar Hedlund erzählen sollte. Warum? Er war Forscher und einer der Begründer der Basler Pharma...

«Tierversuche», flüsterte Selma. «Es geht definitiv um Tierversuche. Philippa will Versuchstiere retten. Mäuse, Ratten, Meerschweinchen, Kaninchen. Dafür gibt es diese leeren Gehege im Tiergnadenhof. Logisch.» Jetzt war alles klar.

Selma schrieb noch eine Nachricht an Haberer. «Es geht um Versuchstiere.» Dann ging sie zurück ins Bett.

Als sie am nächsten Morgen vom Hundespaziergang am Rhein zurückkam, öffnete im zweiten Stock Lea die Wohnungstür. Lea umarmte Selma.

«Süsse, kommst du auf einen Kaffee?»

«Ich weiss nicht, ich sollte...»

«Komm schon.»

«Okay, ich bringe nur schnell Tom nach oben.»

«Kommt herein, alle beide. Oli ist auch da. Und Nazima. Nazima ist ganz vernarrt in Hunde.»

«Nazima?»

Nazima war Oliviers Stieftochter. Auch seit der Scheidung pflegte er immer noch einen engen Kontakt zu ihr und erzählte oft von ihr. Sie war eine junge, grosse Frau mit dunklem Teint und feinen Gesichtszügen. Und liebte Hunde. Tom legte sich auf den Boden, strampelte und liess sich von Nazima den Bauch kraulen.

Lea servierte Kaffee. «Du bist an einer heissen Story. Deshalb machst du dich rar. Das muss sich ändern, Süsse. Ich werde Patentante deines Kindes. Und ich werde eine sehr engagierte Patentante sein.»

«Das glaube ich sofort. Und das freut mich.»

«Hm, hm, so, so», machte Olivier Kaltbrunner. «Eine heisse Story. Geht es etwa um die Sache mit deiner Mutter?»

Selma trank Kaffee, stellte die Tasse ab. «Ja.»

«Das Bild, für das deine Mutter eine Expertise erstellen sollte? Oder die Bilder? Selma, worum geht es?»

«Oli, ich kann dir nichts darüber berichten. Du bist Kommissär, ich will dich nicht in Verlegenheit bringen. Alles deutet auf einen gewöhnlichen Raubüberfall hin. Hast du gesagt.»

«Wir sind unter uns. Wir sind Freunde. Ich fürchte nur ...» Er nahm seine goldumrandete Brille ab.

«Du fürchtest was?»

«Goppeloni, Selma! Wir machen uns Sorgen. Ich mache mir Sorgen. Wenn es um Kunst geht, um richtig grosse, berühmte Kunst, um Werke, bei denen etwas faul ist, dann ist das nicht Sache einer Journalistin, sondern der Staatsanwaltschaft.»

«Und warum?»

«Weil es um zu viel Geld geht und deshalb zu gefährlich ist.» Olivier Kaltbrunner setzte seine Brille wieder auf.

Selma dachte an den Satz ihrer Mutter: Die Bilder würden sie oder sonst jemanden ins Grab bringen ...

«Und wenn es um Raubkunst geht», warf Nazima ein, «wird es noch gefährlicher.»

Nazima? Was wusste denn Oliviers Stieftochter davon, fragte sich Selma.

«Wir hatten das Thema gerade an der Uni. Sorry, Selma, ich

studiere Jus und interessiere mich für Kunst und Kunsthandel. Wir leben schliesslich in Basel. Der grossen Kunststadt. Kunst und Pharma. Dicke Geschäfte.»

«Und da willst du mitmischen?», fragte Selma etwas provokativ.

«Ja. Aber nicht in der Pharma. Im Kunsthandel. Da braucht es gute Anwältinnen.»

«Selbstbewusst, deine Tochter», sagte Selma und schaute zu Olivier.

«Selma, sieh es mal so», sagte Olivier. «Du erbst ein millionenschweres Bild, willst es verkaufen, lässt von einer Kunsthistorikerin eine Expertise erstellen, und diese kommt zum Schluss, dass dein Bild Raubkunst ist und dir gar nicht gehört.»

«Dann ist dein Bild keinen Rappen mehr wert, weil du es den rechtmässigen Eigentümerinnen und Eigentümern zurückgeben musst», ergänzte die angehende Anwältin.

«Und weil das für die vermeintlichen Erben der Bilder einen ungeheuren Verlust darstellt...» Olivier hielt inne, nahm seine Brille wieder ab.

«... werden sie zu Mördern», brachte Selma Olis Gedanken zu Ende.

31

«Die beiden Schlüssel, die ich gestern in deiner Höhle gefunden habe... Ich glaube, ich weiss jetzt, wohin sie führen», sagte Jonas Haberer beim Frühstück auf Philippas Ranch.

«Jonas, du bist schnell! Hast du die ganze Nacht gegrübelt?», fragte Philippa. «Warst du gar nicht im Bett?»

«Egal. Also. Möchtest du wissen, wohin sie führen?»

«Natürlich. Aber jetzt muss ich in den Stall. Leg dich doch noch etwas hin.»

«Philippa!», sagte Haberer ungehalten und stand auf. «Es ist dringend. Die Schlüssel öffnen die Türen zu deinen Bildern. Und ich weiss, wo diese versteckt sind!»

«Jesus!», rief Philippa auf Englisch. «Du bist ein Genie! In einer einzigen Nacht löst du das Rätsel um die zwei Schlüssel und die verschwundenen Bilder?»

«Das war gar nichts. Normalerweise rette ich in einer Nacht die Welt.»

Philippa lachte schallend.

Und Jonas Haberer musste mitlachen. Wie immer. Diese Frau und ihre Fröhlichkeit waren einfach umwerfend.

«Wie bist du daraufgekommen, Cowboy?»

«Tja, ich habe meine Vögelchen, die zwitschern mir manchmal etwas zu.»

«Und das Vögelchen heisst Selma, richtig?»

«Ich habe sie ausgebildet. Ich habe sie gross gemacht.»

«Natürlich, my dear.» Philippa lächelte ihn an.

«Da gibt es nichts zu grinsen ... Okay, sie ist schon fast so gut wie ich.»

«Oder vielleicht besser?»

«Können wir jetzt die verdammten Schlüssel holen? Warum haben wir sie nicht gestern gleich mitgenommen?»

«Weil ich leider nicht geahnt habe, dass mein Cowboy auch ein Meisterdetektiv ist. Und weil die Schlüssel dort am besten versteckt sind.»

«Bitte, Philippa, können wir jetzt gehen?»

«Du schon. Ich gebe dir den Schlüssel zu meinem Versteck. Wo die beiden anderen Schlüssel sind, weisst du ja.»

«Im Prinzip ja. Wenn ich das Loch wiederfinde.»

«Meine Höhle meinst du?»

«Deine Höhle natürlich, Mylady.»

Philippa nahm den Schlüssel hervor und wollte ihn Haberer geben.

«Das wird nichts bringen», murrte Haberer. «Ich weiss nicht, wo deine Höhle ist.»

«Bitte? Wir waren doch dort.»

«Ja, aber ... ich konnte mich nicht auf den Weg konzentrieren. Ich musste mich an Herakles festhalten. Und dich anschauen.»

«Aha.»

«Begleitest du mich, bitte?», fragte Haberer kleinlaut.

«Und wer mistet den Stall aus?»

«Deine Angestellten.»

«Papperlapapp, wie der Cowboy zu sagen pflegt. Ich hole die Schlüssel. Und du hilfst im Stall!»

«Philippa!»

Philippa führte Haberer in den Stall, rief zwei Mädchen, die am Ausmisten waren, etwas zu, holte aus einem Schrank einen Overall und Stiefel und überreichte sie Haberer. Dann sattelte sie ihr Pferd Valentina und ritt davon.

Die beiden Mädchen musterten ihn, flüsterten etwas auf Französisch, kicherten und drückten Haberer eine Mistgabel in die Hand. Danach führten sie die edlen Pferde auf die Weide. Jonas Haberer trat in eine leere Pferdebox. Und stand in der Scheisse.

«Jonas, altes Haus, was wird das denn?», rief plötzlich jemand.

Jonas Haberer drehte sich um und entdeckte Pole, der eigentlich Paul hiess und Mitglied der Motorradgang war, die Haberer als Sicherheitsdienst engagiert hatte. «Statt Maulaffen feilzuhalten, könntest du mir beim Ausmisten helfen.»

«Was für Affen?»

«Maulaffen feilhalten ist eine Redewendung, du intellektueller Tiefflieger. Sie bedeutet: untätig herumstehen.»

«Ich war nicht untätig. Deine Lady ist im Galopp davongerauscht.»

«Sie hat einen Auftrag. Beobachtet ihr uns? Dafür bezahlen wir euch nicht.»

«Dann interessiert es dich auch nicht, dass letzte Nacht ein Pick-up mehrmals zur Ranch gefahren und auch im Wald gesehen worden ist?»

«Aha», murrte Haberer und watete durch den Mist zu Pole. Es schmatzte unter seinen Füssen.

«Ein Pick-up mit französischen Nummernschildern. Am Steuer sass ein ziemlich seltsamer Kauz.»

«Hast du Fotos?»

«Klar.» Pole zeigte die Bilder auf seinem Handy.

Haberer nahm Pole das Smartphone aus der Hand und schaute sich die Fotos genauer an. Eine Aufnahme interessierte ihn besonders. Sie zeigte den Kerl durch das offene Beifahrerfenster von der Seite, wie er konzentriert nach vorn schaute. Er hatte wilde, zerzauste Haare. Sein rechter Arm war gut zu sehen, denn er hielt mit der rechten Hand das Lenkrad. Da er ein kurzärmliges Shirt trug, erkannte Jonas auf dem Oberarm ein Tattoo. Es zeigte einen Hund. Oder einen Wolf.

«Isegrim», flüsterte Haberer.

«Was?»

«Vergiss es. Wenn du die Maulaffen nicht kennst, dann kennst du auch Isegrim nicht. Isegrim ist der Fabelname für den Wolf. Aber du weisst vermutlich auch nicht, was eine Fabel ist.»

«Hältst du mich für blöd?»

«Ja. Aber das macht nichts. Ich gebe dir einen Tipp, Pole: Eine Fabel hat nichts mit einem Falafel zu tun, und man kann sie nicht essen. Ruf mich an, wenn du oder einer deiner Töfflibuben den Kerl oder das Auto nochmals seht.»

«Töfflibuben? Du nennst uns Töfflibuben? Arrogantes Arschloch.» Pole stapfte davon.

Jonas Haberer zückte sein Telefon und rief Selma an.

«Jonas, ich wollte dich auch gleich anrufen. Die Sache mit

den Bildern ... ich weiss nicht ... ziemlich gefährlich. Wir sollten die Sache vielleicht abblasen. Oder Oli in unseren Plan einweihen.»

«Den Goppeloni-Kommissär? Was ist denn mit dir los?»

«Ich weiss nicht recht», druckste Selma herum. Sie wollte ihm nicht sagen, dass sie Oli und seine Stieftochter getroffen und die beiden ihr ins Gewissen geredet hatten.

«Isegrim», sagte Haberer.

«Isegrim? Was ist mit ihm? Das ist doch der Typ, der an der spektakulären Aktion in Basel beteiligt ist und auf den du eifersüchtig bist? Der Typ, der mit dir und Philippa Versuchstiere retten will? Hast du meine Nachricht erhalten?»

«Ja. Ich denke auch, dass Philippa sich mit der Pharmabranche anlegen will. Darum wundert es mich, dass der Typ hier und nicht in Basel ist.»

«Er ist bei euch im Jura? Bist du also doch eifersüchtig?»

«Papperlapapp. Er ist hier. Aber er versteckt sich.»

«Du hast ihn gesehen?»

«Nicht direkt. Spielt aber keine Rolle. Komischer Kauz, zerzauste Haare, Hund- oder Wolfstattoo auf dem rechten Oberarm.»

«Wolfstattoo auf dem rechten Arm?»

«Ja. Wir sollten ihn im Auge behalten.»

«Meine Mutter sprach von einem Kerl, der zerzauste Haare und ein Tattoo hatte.»

«Was für ein Tattoo?»

«Sie kann sich nicht erinnern. Sie meinte, es zeige Tom. Aber dann sagte sie, das sei ein Scherz.»

«Es ist ein Wolfstattoo. Isegrim. Deine Mutter hat Isegrim getroffen. Er hat ihr die verschwundenen Bilder gezeigt.»

«Meinst du? Isegrim ist doch ein radikaler Tierschützer und kein ...»

«Kunsthändler?», fiel Haberer Selma ins Wort. «Oder Verbrecher? Terrorist? Bei aller Liebe zu Philippa, Selmeli: Philippas Aktionen sind meist kriminell. Dazu braucht es die geeigneten Leute. Profis, keine Amateure.»

«Ich weiss nicht, Jonas. Und vor allem, wie hängt das zusammen? Das würde bedeuten, dass Philippa Isegrim auf meine Mama angesetzt hat ... Moment, nein, es gibt ja noch Philip Junior. Der war auch irgendwie involviert. Er war dabei, oder doch nicht ... Ach, Mama hat so ein Wirrwarr im Kopf.»

«Isegrim war garantiert dabei.»

«Das weisst du ganz sicher?»

«Ich spüre es ...»

«Im Urin?»

«Wie kommst du drauf?»

«Du spürst es immer im Urin, Jonas!»

«Genau. Da läuft irgendetwas gewaltig schief. Und das gefällt mir gar nicht.»

«Was meint Philippa?»

«Bis jetzt gar nichts. Ich glaube, sie holt gerade die Schlüssel zu dem geheimnisvollen Keller, in dem wir die verschwundenen Gemälde vermuten. Jedenfalls ist sie davongeritten.»

«Okay! Gibst du mir Bescheid, wenn du in Basel bist? Holst du mich ab? Dann diskutieren wir nochmals ...»

«Sorry, Kleines, Philippa kommt gerade herangaloppiert. Ich melde mich.»

«Notfall!», schrie Philippa.

Haberer eilte ihr entgegen. «Was ist passiert?»

Philippa stoppte ihr Pferd. Eine Staubwolke wirbelte hoch. Sie band Valentina die Siebte an einen Pfahl und schrie: «Emilie, Sophie!»

Die beiden Mädchen, die die Pferde auf die Weide geführt hatten, kamen angerannt.

«Versorgt Valentina», sagte Philippa auf Französisch. «Bitte. Ich muss weg. Wir müssen weg.» Sie zog Jonas am Ärmel.

«Was ist los?», fragte Haberer irritiert.

«Können wir dein Auto nehmen? Es ist ein Notfall.»

«Was ist passiert?»

«Fohlen, Jonas. Es werden Fohlen abgeschlachtet! Jonas, kannst du dir das vorstellen?»

«Fohlenfleisch soll ganz vorzüglich ... Nein! Ein Scherz, Philippa! Los, komm!»

«Hol dein Auto, Jonas. Ich hole Geld.»

Haberer jagte seinen Panzer über die Strassen der jurassischen Freiberge und hielt sich an keine einzige Verkehrsregel. Philippa lotste ihn.

«Dein Fahrstil gefällt mir», sagte Philippa. «Fährst du immer so?»

«Jeden gottverdammten Tag, Mylady. Ich bin ein Grossstadt- und ein Asphaltcowboy. Schon vergessen?»

«Ich liebe dich.»

«Ich liebe dich auch, Philippa.»

«Maria hat mich informiert.»

«Maria? Marcels verpeilte Mutter?»

«Ja. Ich habe ihr meine Nummer gegeben. Kürzlich. Beim Familientreffen. Wir beide setzen uns schliesslich für den Tierschutz ein.» Philippa schaute immer wieder auf die Karte in ihrem Handy. «Ich hoffe, wir kommen noch rechtzeitig.»

«Hast du die Schlüssel?»

«Welche Schlüssel?»

«Zu den geheimnisvollen Katakomben in Basel. In denen die Gemälde gelagert sind.»

«Nein. Marias Anruf kam vorher. Ich hole sie später. Die Fohlen sind wichtiger.»

Obwohl Haberer das eigentlich anders sah, sagte er nichts.

Sie verliessen die Hauptstrasse und bogen in eine schmale Landstrasse ein. Haberer gab Vollgas. «Ich wusste gar nicht, dass in der Schweiz Pferde und Fohlen für den Fleischkonsum gemästet werden.»

«Werden sie auch nicht. Pferdefleisch stammt meistens von alten oder verletzten Tieren. Das Fohlenfleisch von ausrangierten Jungtieren, die sich nicht fürs Reiten eignen. Ich hätte schon viele meiner Tiere auf den Schlachthof bringen können. Pferdefleisch ist übrigens ein kulinarisches Erbe der Schweiz. Wusstest du das? Wie Glarner Alpkäse oder Walliser Roggenbrot. Was für ein Irrsinn! Das meiste Pferde- und Fohlenfleisch kommt allerdings aus dem Ausland. Horror!»

Haberer schwieg. Er konzentrierte sich auf die Strasse. Sie führte durch Wälder und über kleine Hügel.

Philippa kontrollierte auf ihrer Karte die Route. Plötzlich sagte sie: «Jetzt rechts!»

Haberer riss das Steuer herum, der Panzer schlingerte, doch Haberer konnte ihn auffangen.

Sie erreichten einen Bauernhof. Ein Lastwagen stand vor dem Stall.

Haberer stoppte. Philippa sprang aus dem Panzer und rannte zum Lastwagen. Haberer folgte ihr.

«Verdammt, die Fohlen sind schon im Transporter!»

Philippa ging zum Bauernhaus, klopfte und trat ein.

Haberer blieb beim Lastwagen, linste durch die Aluminiumverschläge und sagte zu den Fohlen: «Heute ist euer Glückstag. Philippa rettet euch.»

Doch dann hörte er Gepolter, Türen knallen, Schritte.

«Ich zahle euch das Doppelte», schrie Philippa auf Französisch. «Bar. Ihr müsst es nicht einmal versteuern.» Sie wedelte mit Hunderternoten.

Doch die beiden Männer, denen Philippa hinterherlief, liessen sich nicht beeindrucken. Auch nicht, als Philippa sie an den Ärmeln packte.

Jonas Haberer ging zu seinem Wagen und holte die Pistole aus dem Handschuhfach. Er trug immer noch den Stalloverall und steckte die Waffe in eine der grossen Taschen. Dann stellte er sich vor die Fahrertüre des Lastwagens.

Der Chauffeur schrie: «Aus dem Weg!»

«Gibt es ein Problem?», fragte Haberer und staunte über sich selbst. Sein Französisch, das er so lange nicht mehr gebraucht hatte, war tatsächlich wieder präsent.

«Mach Platz und schaff mir die Alte vom Hals!»

«Das geht nicht.»

«Wie, das geht nicht?»

«Wir laden die Fohlen vom Laster. Dann kannst du fahren.»

«Du spinnst wohl.»

Der Chauffeur schubste Haberer zur Seite, öffnete die Türe und kletterte in den Camion. Er startete den Motor.

Haberer stellte sich vor den Lastwagen.

Der Chauffeur rollte auf ihn zu. «Aus dem Weg!», schrie er aus dem offenen Fenster.

Haberer blieb stehen.

Doch der Fahrer stoppte nicht.

Haberer sprang zur Seite.

Der Chauffeur liess den Motor aufheulen.

Haberer nahm die Pistole aus seinem Overall und schoss in den Vorderreifen.

«Merde! Merde! Merde!», schrie der Chauffeur.

Die Fohlen auf der Ladefläche stampften aufgeregt. Philippa versuchte, sie zu beruhigen.

Haberer ging zur Hinterachse und schoss nochmals in einen Pneu. Die Fohlen wieherten.

«Wir holen die Polizei», rief nun der Bauer und zückte das Handy.

«Machen Sie das», sagte Philippa. «Wir rufen den Veterinär. Ich gehe davon aus, dass der Fohlenhandel rechtmässig ist und die Tierhaltung und der Transport sämtlichen Normen des Tierschutzgesetzes entsprechen.»

Der Bauer drehte sich ab, verwarf die Hände und ging ins Haus. Philippa folgte ihm.

Der Lastwagenfahrer telefonierte aufgeregt. Mit seinem Disponenten, vermutete Haberer.

Nach fünf Minuten kamen Philippa und der Bauer zurück.

«Ausladen!», brüllte der Bauer.

32

Die vier Buschauffeure sassen am späten Nachmittag im Aufenthaltsraum der Basler Verkehrs-Betriebe im provisorischen Betriebshof Klybeck und schimpften lautstark über ihre Dienstpläne. Einer meinte, sie würden immer schlechter. Ein anderer fand, nein, sie seien etwas besser geworden in diesem Jahr. Der dritte behauptete, dass es früher aber noch sehr viel besser gewesen sei. Und der vierte – das war Marcel – sagte, dass der Job unter dem Strich doch recht okay sei, auch wenn die Dienstzeiten teilweise wirklich doof seien.

«Ja, da hast du schon recht», meinte der Kollege, der neben Marcel sass. Marcel war sich nicht sicher, wie er hiess. Giuseppe oder Giovanni?

«Es könnte einfach noch besser sein», meinte darauf Erkan. Diesen Namen hatte sich Marcel merken können.

«Aber der Kaffee ist günstig und ordentlich», sagte René trocken.

Darauf lachten alle.

René kannte Marcel ziemlich gut. Er war Fernfahrer gewesen, bevor er zu den Basler Verkehrs-Betrieben gekommen war. Er hatte ihm schon Fotos gezeigt von seinem Renault-Lastwagen. René fuhr Renault. Dank dieser Eselsbrücke konnte sich Marcel den Namen merken.

Marcel war ein bisschen neidisch auf René. Er hätte auch gerne als Fernfahrer gearbeitet. Aber nicht unbedingt mit einem Renault-Truck. Er schwärmte für Scania oder Volvo. Hauptsache schwedisch. Tage- oder gar wochenlang unterwegs sein, nur er und seine Maschine, doch, das würde ihm gefallen. Oder besser: Das hätte ihm gefallen. Seit er Selma kannte und liebte, war das kein Thema mehr.

Warum eigentlich nicht?

Weil er Angst hatte, dass Selma das nicht verstehen und ihn deshalb verlassen würde?

Ja, so war das. Und jetzt, da Selma schwanger war, getraute er sich nicht einmal mehr, davon zu träumen. Oder nur noch ganz selten.

Selma wusste nicht, ahnte nicht einmal, dass Marcel von langen Touren mit einem Lastwagen träumte. Er hatte ihr nie davon erzählt. Das war sein kleines Geheimnis.

Vielleicht würde er mit seiner Familie irgendwann einmal mit einem Wohnmobil durch die Lande fahren. Aber er war sich nicht sicher, ob Selma für Camping zu begeistern war. Egal. Selma hatte sicher auch ihre kleinen Geheimnisse und Träume. Alles war gut. Er war glücklich mit Selma, freute sich auf das Kind. Alles nicht selbstverständlich. Schliesslich hatte er den Krebs und seine Odyssee im Bavonatal überlebt.

«Wow!», machte plötzlich René und riss Marcel aus seinen Gedanken. «Schaut euch diese fette Karre an.»

Die vier Buschauffeure schauten zum Fenster hinaus und sahen, wie ein dunkler Pick-up über den Hof fuhr.

«Ein Franzose», sagte Giovanni oder Guiseppe.

«Warum weisst du das?», fragte Marcel.

«Das Nummernschild.»

«Ach so», meinte Marcel. «Ist es ein Kollege von uns?»

«Nicht dass ich wüsste», sagte René. «Dieses Auto wäre mir bestimmt aufgefallen. Diesen dicken Ford habe ich noch nie bei uns gesehen.»

Auch Marcel hatte den Pick-up noch nie gesehen.

Der Mini-Truck verschwand hinter der Buswaschanlage und der Werkstatt.

«Leute, ich muss los, auf den 33er.» Erkan verabschiedete sich.

Kurz darauf ging auch Giovanni oder Giuseppe oder wie auch immer er hiess. Er musste auf die Linie 42.

«Und du, Marcel, wo musst du hin?», fragte René.

«Auf den 46er. Aber erst später.»

«Okay. Wir sehen uns. Ich sollte auch langsam los.»

Marcel begleitete René zu dessen Bus. Sie sprachen noch eine Weile über die Fernfahrerei. Als sie den Bus 8104 erreicht hatten, drehte Marcel um und entdeckte plötzlich den Pick-up wieder. Er stand an der Stirnseite des Industriebaus 640. Ein Typ hievte gerade eine Sackkarre von der Ladefläche. Der Kerl war nicht allzu gross und hatte zerzauste Haare. Er verschwand hinter dem Gebäude.

Marcel ging nochmals in den Aufenthaltsraum. Er holte sich am Automaten einen Kaffee und nahm einen Schluck. So gut schmeckte die Brühe nun auch wieder nicht. Aber günstig war sie tatsächlich.

Er schlürfte den Kaffee und checkte seine Mails. Hocherfreut nahm er zur Kenntnis, dass sich etliche Klienten zu einer Psychotherapie anmelden wollten. Er beantwortete die Mails und schlug Termine vor.

Aber dann war es höchste Zeit. Er musste auf Tour. Marcel ging zu seinem Bus, bemerkte, dass er eine Türstörung hatte, geriet in Stress, konnte das Problem aber lösen und fuhr schliesslich mit fünf Minuten Verspätung los.

Plötzlich brauste der Pick-up heran. Marcel musste bremsen. Der Kerl mit den zerzausten Haaren warf irgendetwas zum Fenster hinaus, bog links ab, gab Vollgas und verschwand hinter anderen geparkten Bussen.

Marcel fuhr wieder an.

Einige Fahrgäste beschwerten sich später über die Unpünktlichkeit.

Kurz darauf nervte sich Marcel über Velofahrende, die sich nicht an die Vorschriften hielten. Auch Autofahrer ärgerten ihn. Irgendwann regte ihn einfach alles auf.

Und so vergass Marcel die Sache mit dem Pick-up.

33

Es nachtete bereits ein, als Jonas Haberer und Philippa Miller-de-Polline endlich mit den geretteten Fohlen den Bauernhof verlassen konnten. Die Aktion hatte Stunden gedauert.

Nachdem sich der Bauer bereit erklärt hatte, die Fohlen statt an den Metzger an Philippa zu verkaufen – zum dreifachen Preis –, musste der Chef des Chauffeurs überzeugt werden, dass Letzterer die Fohlen nicht zum Schlachthof, sondern auf die De-Polline-Ranch transportierte. Zum doppelten Preis. Hinzu kam die Bezahlung des Reifenservices und zweier Pneus.

«Danke, Jonas», sagte Philippa völlig erschöpft, als sie in Haberers Panzer sassen und nach Hause fuhren.

«Wofür? Dass du zwei LKW-Reifen bezahlen musstest? Meine Aktion war vielleicht ein bisschen rabiat.»

«Rabiat? Ich würde sagen, dein Handeln war entschlossen. Das gefällt mir. Ich bin auch so.»

«Ja, das bist du tatsächlich, Philippa.»

Haberer musste langsam fahren und immer wieder in den Rückspiegel schauen, denn er lotste den Chauffeur mit den Pferden.

«Danke auch, dass du alles mitmachst.»

«Ach, weisst du, wenn es um Tiere geht ...»

Philippa lachte schallend los.

Haberer schaute sie irritiert an.

«Cowboy, du bist wirklich grandios. Du gibst dein letztes Hemd für Menschen, die du magst. Das ehrt dich. Aber du solltest mehr zu dir schauen. Du brauchst mehr Zeit für dich.»

Sie erreichten die Dorfeinfahrt von Les Breuleux. «Wenn ich Zeit für mich habe, hocke ich in der Pingpong-Bar und lasse mich volllaufen. Das ist die Wahrheit. Keine schöne Wahrheit.»

«Meine Tür steht dir offen.»

«Deine Haustür oder die Tür zu deinem Her ...»

«Nicht aussprechen, Cowboy!»

Haberer lenkte den Wagen auf den grossen Platz der De-Polline-Ranch und hielt an. Er dirigierte den Chauffeur vor den Stall. Mehrere Mitarbeitende kamen herbeigeeilt und halfen, die Fohlen vom Lastwagen in den Stall zu bringen.

Als der Lastwagenchauffeur wegfahren wollte, ging Haberer zu ihm und drückte ihm eine Hunderternote in die Hand. «Nimm die Sache nicht persönlich und sauf einen Whiskey.»

Der Chauffeur bedankt sich, murrte etwas, was Haberer aber nicht verstand, kletterte in die Kabine und fuhr davon.

Jonas Haberer ging zu Philippa. Sie sah ziemlich erschöpft aus. Trotzdem fragte Haberer: «Die Schlüssel zu den Gemälden – wäre es möglich, die noch zu holen?»

«Unbedingt! Das habe ich total vergessen. Warum hast du das nicht früher gesagt?»

«Die Fohlenaktion war wichtiger. Wollen wir zusammen hin? Mein Panzer fährt querfeldein.»

«Nein, nein, ein Ausritt mit Valentina tut mir gut, da kann ich entspannen. Zudem müssten wir mit dem Auto einen grossen Umweg machen. Dein Panzer und deine Fahrkünste in Ehren, aber den Weg durch den Wald schafft ihr nicht.»

«Wenn du dich da nur nicht täuschst. Wie du siehst, hat meine Karre etliche Kampfspuren.»

«Ich reite gleich los und hole die Schlüssel. Du schaust im

Stall zum Rechten. Ich bin gleich wieder da. Und ich bin dir wirklich dankbar, dass du dich um die verschollenen Bilder kümmerst. Ich brauche sie nämlich. Ich brauche das Geld. Ich muss dringendst Isegrim bezahlen. Er hat sich für die Aktion in Basel in Unkosten gestürzt.»

«Warum?»

«Es gab Probleme mit dem Sprengstoff.»

«Mit dem was?»

«Sprengstoff. Ich muss sehr viel drauflegen. Auch auf sein Honorar.»

«Was soll das werden? Wozu braucht Isegrim Sprengstoff?»

«Wer befreien will, muss erst einbrechen.»

«Jesusmariasanktjosef, du willst Versuchskaninchen ...»

«Vergiss es, Jonas, du brauchst nicht alles zu wissen. Aber ja, Tierschutz ist ein hartes Geschäft.»

Haberer überlegte, ob er Philippa sagen sollte, dass die Tööfflibuben einen Typen rund um die Ranch gesichtet hatten, auf den Isegrims Beschreibung zutraf. Er liess es bleiben und fragte stattdessen: «Dieser Isegrim, wer ist das eigentlich?»

«Keine Ahnung.»

«Ach ja? Keine Ahnung?»

«Ein Cowboy, wie du.»

«Aha.»

«Eifersüchtig?»

«Sollte ich?»

«Nein. Du hast keinen Grund dazu.»

«Ich bin nicht eifersüchtig. Hat der Kerl auch einen richtigen Namen?»

«In einer anonymen Organisation braucht es keine Namen. Das ist sicherer.»

«Okay, Mylady. Und wo hast du den Kerl aufgegabelt?»

«Ich habe ihn überhaupt nicht aufgegabelt. Er wurde für mich aufgegabelt.»

«Aha.»

«Zufrieden?»

«Nein.»

«Jonas, er hat einmal meinem Sohn geholfen. Keine Ahnung wobei. Ich will es auch nicht wissen. Mein Sohn und seine Geschäfte, das ist wohl eine, wie soll ich sagen, etwas kuriose Angelegenheit. Philip Junior ist eben eher ein Miller, kein De Polline. Du weisst, was ich meine?»

«Nein. Aber es geht um dubiose Geschäfte, oder?»

«Ich befürchte es. Vielleicht ging oder geht es auch nur, und ganz seriös, um die Verwaltung all der Liegenschaften, die im Familienbesitz sind oder waren. Jedenfalls habe ich meinen Sohn gefragte, ob er jemanden kenne, der für spezielle Dinge zu haben sei...» Philippa stockte.

«Für kriminelle Dinge...»

«Was wir tun, ist nicht kriminell», sagte Philippa vehement. «Es geht um Tierschutz. Was alle anderen tun, ist kriminell.»

«Ansichtssache.»

«Nein, Jonas, nein!»

«Okay. Deine Angelegenheit. Also hast du Isegrim in deinem Team aufgenommen.»

«Philip Junior hat ihn mir empfohlen. Er sei der Mann fürs Grobe. Er engagiere ihn manchmal als Bodyguard. Oder für Spezialeinsätze.»

«Personenschutz? Wozu braucht dein Sohn Personenschutz? Ist er so berühmt?»

«Ich weiss es nicht. Ich kenne seine Geschäfte nicht. Aber wenn ich denke, dass du, mein lieber Jonas, ebenfalls Beziehungen zu Personenschützern hast und meine Ranch von ihnen bewachen lässt, finde ich das alles noch im grünen Bereich, oder?»

«Punkt für dich», murrte Haberer.

«Isegrim brauchte tatsächlich einen Job, einen lukrativen Job. Und er hat Verbindungen.»

«Zu Sprengstofflieferanten.»

«Zum Beispiel. Jedenfalls hatte er den Job auf dem Mont Soleil erfolgreich erledigt.»

«Kann man so sagen. Bumm-bumm-Isegrim.»

Philippa lachte wieder ihr herzerfrischendes Lachen.

Diese Frau konnte wirklich nichts erschüttern, stellte Haberer bewundernd fest. «Dein Sohn hat seltsame Freunde, was?»

Jetzt schaute Philippa Jonas ernst an. «Ja, das hat mich auch irritiert. Aber was Philip Junior alles treibt, will ich gar nicht wissen.»

«Soll ich mich mal ein bisschen umhören?»

«Du meinst, ich soll dich beauftragen, meinen Sohn auszuspionieren? Nein, nein. Solange er sich an die Spielregeln der Familie hält ...»

«Wie lauten denn die Spielregeln?»

«Man kennt seinen Familienstand, arbeitet fleissig und setzt sich für gute Zwecke ein.»

«Und das macht dein ...»

«Also, was ist, Cowboy?», unterbrach Philippa. «Du Stall, ich Schlüssel?»

«Was soll ich im Stall? Ich bin nicht der Chef.»

«Cowboy, du bist mein Mann, okay. Meine Angestellten sind sich dessen bewusst.»

Haberer wurde es sturm im Kopf, alles drehte sich. Was hatte Philippa eben gesagt? Mein Mann?

«Alles klar, Cowboy? Du bist plötzlich so blass.»

«Alles klar, Mylady. Ich bin ... nur ... also ... mal wieder ... etwas unterhopft.»

Philippa lachte erneut und ging zu den Pferdeboxen. Kurz darauf ritt sie mit Valentina de Polline der Siebten davon.

Zwei Stunden später hatte Jonas Haberer weder ein Bier noch einen Whiskey getrunken, sondern tigerte in den Stallungen herum und wartete auf Philippa. Er schaute den Pferden, die nicht auf der Weide, sondern in den Boxen waren, beim Fressen oder Dösen zu, schlenderte zum Tiergnadenhof, dann zu den vor der Schlachtung geretteten Fohlen, streichelte sie, war für einen kurzen Moment beruhigt. Aber dann war er gleich wieder in grösster Sorge um Philippa und ging deshalb zurück zum Stall der Freiberger Zucht. Carmel, die Corgi-Hündin, begleitete ihn auf Schritt und Tritt.

«Was ist los?», fragte Haberer die Hundedame, die ihn aber nur mit grossen Augen anschaute. «Wo bleibt Philippa?»

Kurz vor Mitternacht wurde Haberer endlich erlöst.

Philippa betrat den Stall. «Ach, hier bist du, Jonas! Immer noch am Arbeiten?»

«Verdammt, was ist passiert? Ich habe mir Sorgen gemacht.»

«Mir geht es gut.»

«Was heisst das?»

«Ich habe in meiner Höhle dies und das erledigt und aufgeräumt und dabei die Zeit vergessen. Hier sind die Schlüssel.» Philippa übergab Haberer die beiden Schlüssel, die er unter dem Bett in Philippas Panikraum entdeckt hatte.

«Kommst du mit auf Bildersuche?»

«Nein», antwortete Philippa kurz angebunden.

«Es geht um deine Bilder. Um Geld für die Organisation.»

«Ich komme nicht mit», sagte Philippa gereizt.

Das hatte Haberer bei Philippa noch nie erlebt. «Was ist los mit dir, Mylady?»

«Nichts. Ich bin bloss müde.»

Carmel stieg an Philippa hoch.

Und wurde endlich von Philippa begrüsst und gestreichelt. «Na, Kleine, hast du alles im Griff? Du bekommst später eine Belohnung.»

Carmel jaulte und wedelte mit dem Schwanz.

Dann sagte Philippa zu Haberer: «Deine Rockerkumpels sind auf dem Posten, oder?»

«Ich denke schon. Müssen wir uns ...»

«Müssen wir nicht. Und sorry für meine lange Abwesenheit.»

«Schon okay.»

«Danke, dass du gewartet hast. Aber los jetzt, Cowboy, es ist spät, fahr schon, fahr durch die Nacht.»

Haberer war irritiert. «Ich soll jetzt noch fahren? Ich dachte ...»

«Die Bilder, Cowboy, schon vergessen?»

«Die finde ich auch morgen noch.»

«Fahr jetzt», sagte Philippa energisch.

«Schmeisst du mich raus?»

Philippa umarmte Haberer und drückte ihn an sich. «Nein, das ist kein Rausschmiss. Ich möchte einfach allein sein.»

«Okay, Mylady.»

«Mach dir keine Sorgen, deine Töfflibuben sind ja da.»

«Howgh», sagte Haberer, löste sich von Philippa und ging davon. Doch nach wenigen Schritten drehte er sich um. «Wo ist dein Pferd?»

Philippa strich sich mit den Händen durch ihre Haare. «Auf der Weide», sagte sie zögernd. «Ja, auf der Weide. Bei Herakles und den anderen. Den Sattel und das Zaumzeug habe ich irgendwo hingeschmissen, hole ich morgen, wenn es hell ist.»

«Okay, Mylady, ich bin dann mal weg.»

Carmel winselte.

Haberer schaute nicht zurück. Er verliess den Stall, stapfte über den Hof, setzte sich in seinen Panzer und versicherte sich, dass die Pistole an ihrem Platz war. Dann fuhr er los.

Jonas Haberer spürte irgendetwas. Zu Selma hätte er gesagt, er spüre es im Urin. Was natürlich völliger Quatsch war. Er spürte, dass mit Philippa etwas nicht stimmte. Sie war müde. Erschöpft. Es war ein langer Tag gewesen.

Sie war verändert.

Nein, nicht wegen dem langen Tag.
Es musste etwas geschehen sein. In ihrer Höhle.
Aber ihre Ansage war deutlich. Sie wollte allein sein.
Das galt es zu respektieren. Auch von Jonas Haberer.
Obwohl es vermutlich falsch war.

34

Beinahe wäre Jonas Haberer in die Wiege gefallen. Selma schlug die Hände vors Gesicht. Doch Haberer krallte sich im letzten Moment an Arvid Bengt fest. Dieser konnte den Sturz zwar nicht verhindern, aber Haberer so umlenken, dass er aufs Parkett knallte.

Tom trottete zu ihm und leckte ihm übers Gesicht.

«Ich lebe noch, Tom. Ich lebe tatsächlich noch. Aber genau so stelle ich mir meinen Tod und die entsprechenden Schlagzeilen in sämtlichen Blödmedien vor: Starreporter von Wiege erschlagen! Er hat mehrmals die Welt gerettet.»

Charlotte kicherte. Sie sass am grossen Tisch im Wohnzimmer, der als Esstisch diente, sofern Besuch da war, normalerweise aber Selmas Arbeitsplatz war.

Arvid Bengt half Haberer auf die Beine.

«Hast du dich verletzt?», fragte Selma.

«Natürlich nicht. Ich bin jetzt ein richtiger Cowboy. Ich habe trainiert, wie man fällt. Also vom Pferd.» Er ging zur Wiege. «Jesusmariasanktjosef! Geht es noch kitschiger? Eine blaue Wiege mit gelben Sternchen. Soll das Kind Astronom oder Astronautin werden?»

«Von mir aus, solange es nicht in den Journalismus will», sagte Selma. «Arvid Bengt hat die Wiege gerade aus der Mansarde geholt. Wir konnten ja nicht wissen, dass der Obertrampel gleich zur Tür hereinkommt und darüber stolpert.»

«Der Obertrampel hat eine wichtige Mission.» Haberer zog Philippas Schlüssel aus dem Hosensack und präsentierte sie den anderen. «Wann geht es los?»

Selma schaute auf ihr Smartphone. «In genau einundzwanzig Minuten.»

Haberer versorgte die Schlüssel wieder und griff in die rechte Innentasche seines Vestons.

«Jonas, du hast doch nicht etwa…»

«Ein Cowboy hat sein Schiess…»

«Jonas!», unterbrach Selma laut. Und hoffte, dass ihre Mutter und ihr Vater nichts mitbekommen hatten.

«Der Cowboy mit dem Schiesseisen», murmelte Charlotte amüsiert. «Ein echter Kerl.»

«Ja, Mama, ein echter Kerl. So sehr Kerl, dass er wegen einer Wiege fast zu Tode stürzt. Bist du bereit?»

«Bereit wozu?»

«Maman!» Selma war genervt. Sie hatte es ihr schon mehrmals erklärt. «Die Bilder! Wir suchen die Bilder.»

«Natürlich, Liebes. Die Bilder, wegen denen noch jemand zu Tode kommt. Gerade wäre es fast passiert.»

«Mama, ein echter Kerl stirbt nicht.»

«Ja, da hast du wohl recht, Selmeli.»

«Und wie recht du hast, Selmeli», wiederholte Haberer und klopfte Arvid Bengt auf die Schulter. «Alter Schwede, du hältst hier die Stellung. Zusammen mit Tom. Unterschätze diesen Auftrag nicht, er ist gefährlich. Wenn unsere Mission schiefgeht, sind wir alle in Gefahr. Wenn wir in zwei Stunden kein Lebenszeichen von uns geben, dann ruf den Goppeloni-Kommissär an. Nein, entschuldige, das bringt nichts, wir sollten nicht mit Dilettanten zusammenarbeiten. Pack lieber dein Schwert ein, Wikinger, und rette uns.»

Charlotte stand auf, lachte und umarmte Jonas Haberer. «Wir sind heute in Hochform, was?»

«Das will ich meinen, Lotte.»

«Aber das Gehen fällt mir immer noch schwer. Kannst du mir behilflich sein, Jonas?»

«Es ist mir eine Ehre!»

Charlotte hakte sich bei Haberer ein und verliess mit ihm langsam, aber frohgemut Selmas Wohnung.

«Mama scheint es definitiv besser zu gehen», stellte Selma fest und umarmte ihren Papa. «Wir werden die Bilder finden. Mama wird sich an alles erinnern. Und dann hast du ganz bald deine Charlotte in bester Gesundheit zurück.»

«Sag sowas nicht, Selma. Ich liebe sie auch so.»

«Ach, Papa!»

Kurz nach vierzehn Uhr stiegen Selma, Charlotte und Jonas Haberer an der Haltestelle Universitätsspital beim Totentanz in den 33er-Bus, den Marcel steuerte. Sie fuhren über die Mittlere Brücke zum Claraplatz. Dort war Endstation. Der Bus musste ins Depot Klybeck zum Aufladen der Akkus. Alle Leute stiegen aus. Bis auf Selma, Charlotte und Haberer. Marcel gab wieder Schub.

«Warum siehst du eigentlich so lädiert, so kaputt aus?», fragte Selma Haberer leise.

«Schlecht geschlafen.»

«Oh, natürlich. Die junge Liebe geht einem alten Mann an die Substanz.»

«Papperlapapp. Im Auto.»

«Bitte? In eurem Alter? Wie verwegen ist das denn!»

«Ich habe im Auto gepennt. Allein.»

«Philippa hat dich rausgeschmissen? Was hast du angestellt?»

«Nichts. War ein harter Tag. Wir haben Fohlen gerettet. Dann war Philippa erschöpft und seltsam drauf. Sie wollte allein sein. Da habe ich mich vom Acker gemacht. Und seither nichts mehr von ihr gehört.»

«Frauen müssen manchmal allein sein.»

«Ich weiss nicht. Ich habe ein ungutes Gefühl.»
«Warum?»
«Da stimmt etwas nicht.»
«Was sollte nicht stimmen?»
«Weiss ich nicht, Selma», antwortete Haberer besorgt.
«Ruf sie an.»
«Wen?»
«Philippa!»
«Papperlapapp. Sie will allein sein.»
«Jetzt will sie vielleicht nicht mehr allein sein. Also ruf sie an.»
«Vergiss es. Wir haben Wichtigeres zu tun.»

Als sie das Klybeckareal erreichten, duckten sich die Passagiere wegen der Überwachungskameras. Marcel fuhr zum grossen Tor, dieses öffnete sich. Dann parkte Marcel den Bus auf den vorgeschriebenen Parkplatz und fuhr den Stromabnehmer hoch, um die Akkus des Elektrobusses aufzuladen.

Alle stiegen aus.

Dass sich unbefugte Personen auf dem Areal befanden, würde niemandem auffallen. Das Gelände war zwar hermetisch abgeriegelt und nur mit persönlichem Batch zugänglich – aber wenn man einmal drin war, kümmerte sich niemand mehr darum. Wie Marcel schon erklärt hatte. Vor allem tagsüber. Da liefen viele Leute auf dem Areal herum.

Selma, Charlotte und Haberer gingen zum Bau 640. Marcel verabschiedete sich. «Ich warte im Aufenthaltsraum für uns Busfahrer auf euch.» Dass er nicht mitgehen würde, war so vereinbart. Schliesslich trug er die Busfahreruniform. Wäre er in Bau 640 eingedrungen, wäre dies dann doch aufgefallen. Einem Kollegen, einer Kollegin, einem Chef oder einer Chefin. Oder sonst jemandem.

Er marschierte Richtung Pausenraum, drehte aber plötzlich um und rannte zu Selma zurück: «Du, da ist noch etwas», keuchte er.

«Ja?»

«Ich habe gestern oder vorgestern oder... egal, ich habe kürzlich einen Pick-up vor diesem Bau gesehen. Ich dachte, der Fahrer sei ein Arbeiter. Der war in diesem Bau.»

«Wie hat er ausgesehen?»

«Was soll ich sagen. Er war nicht allzu gross. Und er hatte zerzauste Haare.»

«Isegrim», sagte Haberer.

«Hatte er ein Wolfstattoo am rechten Oberarm?», fragte Selma.

«Sorry, darauf habe ich nicht geachtet. Kennt ihr den Mann?»

«Nicht wirklich», antwortete Selma. «Er könnte etwas mit den Gemälden zu tun haben.»

«Mist, das habe ich nicht gewusst, dann hätte ich natürlich besser aufgepasst.»

«Kein Problem, Marcel, hast du sonst noch etwas beobachtet?»

«Nein. Doch! Der Kerl hatte eine Sackkarre dabei. Und später raste der Pick-up quer über den Platz, gerade, als ich losfahren wollte.»

«Hatte er etwas geladen?»

«Mist, das weiss ich nicht. Er schmiss etwas zum Fenster hinaus. Aber frag mich nicht was. Ich war im Stress und musste ausfahren.»

«Marcel, du hast das doch beobachtet! Also hast du dir dabei auch etwas gedacht.»

«Was soll ich denn dabei gedacht haben?»

«Was hat der Kerl rausgeschmissen?»

«Ich weiss es nicht und habe darüber auch nicht nachgedacht.»

«Du bist doch Psychologe. Also denkst du immer über alles nach.»

«Ich bin vielleicht Psychologe. Aber auch Busfahrer. Und als Busfahrer konzentriere ich mich auf ganz andere Dinge. Und ich bitte dich, dies zu respektieren.»

«Okay», sagte Selma kleinlaut. «Bis später.» Sie drückte ihm einen flüchtigen Kuss auf die Wange.

«Viel Glück.»

Selma, Charlotte und Haberer stapften zum Bau 640. Haberer nahm die Schlüssel hervor und versuchte, die Eingangstür auf der Stirnseite des Gebäudes zu öffnen.

Doch die Schlüssel passten nicht – auch nicht zu den anderen Türen auf dieser Seite.

Die drei gingen um das Gebäude herum. Dort gab es einen Velounterstand, eine kleine Türe und mehrere grosse Tore.

Doch Philippas Schlüssel passten auch hier nicht.

Selma wurde nervös.

«Was machen wir hier?», fragte Charlotte.

«Die Bilder suchen. Die wertvollen Gemälde. Du hast doch gesagt, wir müssten sie aus diesem Loch holen, sonst würden sie kaputtgehen.»

«Aber offensichtlich sind wir am falschen Ort.»

«Nein, da hinten hat es noch weitere Türen.» Selma zeigte auf einen anderen Eingang, der mit Pflanzen überwuchert war.

Jonas Haberer nahm wortlos seine Pistole aus der Tasche, hielt sie am Lauf und schlug den Griff mit voller Wucht gegen die Glasscheibe eines Tores.

Glas splitterte.

«Jonas!», zischte Selma.

Haberer schlug weiter darauf ein, bis ein grosses Loch klaffte. «Wir wollen hier doch keine Wurzeln schlagen, oder?»

Er griff durch das Loch an die Innenseite des Torschlosses, öffnete es und konnte das Tor aufwuchten.

«Ladies», sagte er, machte einen Hofknicks und eine einladende Geste. «Nach Ihnen.»

Sie traten in eine riesige, leere Halle mit einem ockerfarbenen Plattenboden und weissen Kacheln an den Wänden.

«Willkommen im Milliardenreich der Pharmaindustrie», flüsterte Selma ehrfürchtig. «Hier wurde einst richtig viel Geld gescheffelt. Bis die Bosse merkten, dass man in Billiglohnländern noch mehr Geld scheffeln kann.»

«Geht es auch ein bisschen weniger pathetisch?», knurrte Haberer.

«Riecht ihr das?», fragte Charlotte. «Riecht ihr das?»

«Was riechst du, Mama?»

Charlotte schloss die Augen und schnüffelte.

Selma und Haberer taten es ihr gleich. «Es riecht nach abgefucktem Industriemüll», meinte Haberer.

«Nein. Es duftet nach Zimt. Wir müssen da lang. Wir müssen in den Keller.»

Haberer verdrehte die Augen, sagte aber nichts.

Sie verliessen die grosse Industriehalle und gelangten in einen Vorraum. In jenen Vorraum, der mit «Schleuse» angeschrieben war und den Selma bei ihrem ersten Besuch durchs Fenster gesehen hatte.

Dann standen sie vor einer Treppe, die nach oben führte. Nicht aber in den Keller. Es gab auch einen breiten Warenlift mit grossen Türflügeln und massiven Griffen.

Haberer drückte auf den Knopf.

«Spinnst du?», sagte Selma. «Wir fahren sicher nicht mit dem Lift. Was, wenn er stecken bleibt?»

«Selmeli, er ist sowieso nicht in Betrieb. Wir müssen zu Fuss gehen. Aber wie? Ich sehe keine Treppe, die hinab führt. Wir müssen doch in den Untergrund, nicht wahr, Charlotte?»

«Ja, an diesen düsteren Ort. An diesen düsteren, aber sehr vertrauten und wohlriechenden Ort.»

Neben dem Lift gab es eine Tür.

Haberer steckte einen von Philippas Schlüsseln hinein.

Er passte.

Haberer konnte die Tür öffnen.

«Jesusmariasanktjosef, Heiliger Vater im Himmel, wir sind am richtigen Ort!»

35

Selma knipste die Taschenlampe an, ging langsam die Treppe hinunter. Nach einigen Tritten blieb sie stehen, drehte sich um und beleuchtete die Stufen. «Schaffst du das, Mama?»

«Ich weiss nicht, ich...» Sie hielt sich am Handlauf fest, wollte den ersten Tritt nehmen, zögerte. «Ach was, geht ihr allein. Das ist mir zu gefährlich. Ich warte hier oben. Jetzt sollte es ja kein Problem mehr sein, die Bilder zu finden.»

Weit gefehlt. Im Untergeschoss gab es mehrere lange Gänge und unzählige Türen, die alle verschlossen waren. Haberer versuchte, einige mit einem der Schlüssel zu öffnen, doch er hatte kein Glück.

«So werden wir nie fertig», sagte Selma. «Vor allem gibt es noch ein zweites Untergeschoss.»

«Habe ich gesehen», murrte Haberer. «Vermutlich noch ein drittes und viertes.» Wieder versuchte er, eine Türe zu öffnen, wieder erfolglos. «So eine gottverdammte Scheisse!»

«Mach einfach weiter.»

«Ich habe eine bessere Idee. Mach mir Licht.»

Klack – klack – klack. Die Schritte hallten durch das ganze Gebäude.

«Was hast du vor?»

Haberer ging die Treppe hinauf, nahm Charlotte auf die Arme und trug sie in den Keller hinunter.

Charlotte quietschte wie ein Mädchen. «Falls mich Arvid Bengt in der Hochzeitsnacht auch so rüpelhaft über die Schwelle trägt, dann wird das nichts mit...»

«Maman!», unterbrach Selma. «Hochzeitsnacht? Echt jetzt? Aber egal. Konzentriere dich jetzt! Was riechst du?»

«Es riecht ... wie soll ich sagen ... nach alten Socken?»

«Das hat kürzlich schon jemand gesagt. Toll! Ganz toll. Vielleicht rieche ja ich nach alten Socken.»

«Ist doch wahr», wehrte sich Charlotte. «Hier unten riecht es wie in der Waschküche, wenn man schmutzige Wäsche einfüllt.»

«Aber dieser vertraute, wohlriechende Duft, von dem du immer erzählst. Was ist mit ihm, woher kommt er? Oben hast du ihn doch gerochen.»

«Auch auf der Treppe. Aber in diesem Gang nicht.»

Haberer hievte Charlotte wieder hoch und stieg mit ihr in das zweite Untergeschoss hinab. Selma leuchtete mit der Taschenlampe.

«Oh ja, schon besser», sagte Charlotte, als Haberer sie zurück auf die Füsse gestellt hatte. Langsam ging sie von Tür zu Tür.

«Und? Riechst du etwas?»

«Nein.»

«Merde», flüsterte Selma.

«Merde!», wiederholte Charlotte und schlug sich an den Kopf. «Wenn nur meine Birne wieder funktionieren würde.»

«Mama!» Selma nahm ihre Mutter in den Arm.

Haberer versuchte, mit den Schlüsseln die Türen zu öffnen, aber er hatte auch hier keinen Erfolg. Am Ende des langen Ganges donnerte er an die Türen und fluchte.

Selma erinnerte sich an das Gespräch mit Elin. Ihre Schwester sprach von unterirdischen, geheimen Labors. Waren sie hier? Wohl kaum. Gab es ein drittes Untergeschoss? Nein. Die Treppe führte nicht weiter hinunter.

Klack – klack – klack. Haberer stapfte wütend durch den Gang zurück zu Selma und Charlotte. «Darf ich bitten, Madame? Ich trage dich nach oben. Hier sind wir falsch.»

Haberer wollte Charlotte hochheben, doch sie wies ihn ab.
«Warte, Jonas. Ich glaube, wir sind hier richtig. Jetzt rieche ich es ganz genau.» Sie zeigte auf die Lifttür. «Da.»

«Mama, das ist der Lift.»

Charlotte drückte den Liftknopf. Aber es passierte nichts. Der Lift war schliesslich ausser Betrieb.

Haberer klopfte an die Flügeltüren des Lifts. Sie schepperten. Er klopfte stärker. Sie schepperten noch lauter. Dann packte er einen der massiven Griffe und riss mit voller Wucht daran.

Haberer fiel nach hinten und knallte mit dem Po auf den Betonboden.

«So eine verdammte Scheisse!», brüllte er. «Immer diese Scheisse, Selma! Mit dir erlebt man nur Scheisse. Mein Arsch hat von der blöden Reiterei schon wehgetan, jetzt tut er noch mehr weh.»

«Aber die Lifttür ist offen», sagte Charlotte trocken. «Riecht ihr es jetzt? Zimt!»

«Der Lift riecht nach Zimt?», fragte Selma und schnüffelte. «Ich rieche nur... doch, süsslich... leicht süsslich... mit viel Fantasie... mit sehr viel Fantasie.»

«Wir waren in einem Lift. Jetzt erinnere ich mich. Mit dem Lift sind wir ganz nach unten gefahren.»

«Mama, der Lift ist schon lange ausser Betrieb. Es gibt hier gar keinen Strom. Alles ist abgeschaltet.»

«Trotzdem, in diesem Lift war ich schon einmal. Und danach ging es nochmals eine Treppe hinunter.»

Selma betrat den Lift vorsichtig und sah auf der Schalttafel, dass er nur bis ins U2 fuhr. Also genau dahin, wo sie jetzt waren. «Gehen wir davon aus», erklärte Selma und ordnete ihre Gedanken, «dass es tatsächlich dieses Gebäude und dieser Lift waren. Nehmen wir an, er war in Betrieb oder konnte in Betrieb genommen werden. Ihr seid also in die Tiefe gefahren. Genau genommen ins U2, hierher. Aber wo ist nun die Treppe, die noch weiter hinunterführt? Hier gibt es keine Treppe. Fazit: Wir sind falsch.»

«Sind wir nicht», sagte Charlotte vehement. «Wir stiegen direkt vom Lift aus eine Treppe hinunter.»

«Vom Lift aus? Maman, vom Lift aus ging es eine Treppe hinunter? Eine Treppe im Lift. Merkst du eigentlich, was für Unsinn du da redest?»

«Ja, ja, die alte Mutter ist übergeschnappt, klar, Selmeli. Es wird wirklich Zeit, dass du sie in ein Altersheim steckst. Und Arvid Bengt gleich mit. Es wird nicht mehr lange dauern, dann ist er genauso gaga wie die alte Schachtel.»

«Maman, hör auf mit diesem Blödsinn.»

«Dann hör auf, mir zu sagen, dass ich Unsinn erzähle. Wenn ich sage, dass vom Lift aus eine Treppe in ein weiteres Untergeschoss hinabführte, dann war das so.»

«Es tut mir leid, aber ...»

«Moment mal, Ladys!» Haberer stand stöhnend auf und hielt sich den Po. Er betrat nun ebenfalls den Lift und stampfte. Es klang hohl. «Wir müssen die Bodenplatte des Lifts öffnen. Hat jemand einen Vierkantschlüssel?»

«Marcel. Marcel hat einen an seinem Schlüsselbund der Basler Verkehrs-Betriebe.»

«Dann hol ihn her.»

Selma nahm das Telefon, sah aber, dass sie keinen Empfang hatte, und eilte nach oben.

Nach rund zehn Minuten kam sie mit Marcel zurück. Dieser kniete sich auf den Liftboden und öffnete die Vierkantschrauben. Zusammen mit Haberer klappte er den Boden auf.

«Jesusmariasanktjosef», flüsterte Haberer. «Es gibt tatsächlich eine Treppe. Wer kommt denn auf so eine hirnrissige Idee?»

«Die beste Tarnung», sagte Selma. «Wer vermutet unter einem Lift eine Treppe? Niemand. Und sie führt uns sicher zu diesem düsteren, aber wohlriechenden Ort.»

«Natürlich», sagte Charlotte. «Riecht ihr den Duft?»

«Ich rieche nichts», meinte Haberer.

«Doch, doch.» Selma ging auf die Knie, hielt den Kopf in die Tiefe und schnupperte. «Doch, ganz eindeutig. Süsslich. Oder ätzend. Ich würde sagen, es riecht nach Lösungsmitteln.»

«Wir müssen nur da hinunter», sagte Charlotte.

«Bist du sicher? Wenn das ein geheimes Labor ist ... Also, ich weiss nicht ... Was da wohl alles herumliegt? Das ist vermutlich die reinste Gifthölle.»

«Papperlapapp!» Haberer nahm Charlotte wieder auf den Arm, trug sie behutsam hinunter und stellte sie vor der Stahltüre am Ende der Treppe auf die Füsse. Die Tür war angeschrieben mit «Labor 236. Betreten nur mit Schutzausrüstung gemäss Vorschrift ‹Hochsicherheitslabor›.»

«Da drinnen sind die Bilder», behauptete Charlotte.

«Du weisst es? Oder du riechst es?» Haberer drückte vorsichtig den Türknauf. Die Tür war verschlossen.

«Jonas, bitte. Ich rieche es. Und ich weiss es. Das ist die Tür! Labor 236.»

«Daran kannst du dich erinnern?»

«Ja.» Charlotte hüstelte. «Nein. Aber jetzt mach schon, schliess sie auf.»

Haberer zückte die Schlüssel, steckte einen in das Schloss und wollte ihn gerade umdrehen.

«Jonas!», rief Selma, rannte die schmale Treppe hinunter und hielt Haberer am Arm fest. «Ist das eine gute Idee? Wir wissen wirklich nicht, was hier drinnen gelagert wird.»

«Die verdammten Bilder natürlich.»

«Und was noch? Giftige Chemikalien? Fässer? Strahlende Atomabfälle? Siehst du das Warnschild?»

«Bleib locker, Selmeli. So schlimm wird es nicht sein. Ich erwarte eher ein paar verweste Leichen. Die sollen auch einen süsslichen Geruch von sich geben.»

«Oh Gott!»

«Das war ein Scherz.» Haberer lachte laut. Sein gekünsteltes Lachen hallte in mehreren Echos nach.

Es klang dämonisch.

«Marcel!», rief Selma nach oben. «Was meinst du? Sollen wir hineingehen?»

Marcel stieg nun ebenfalls die Treppe hinab. «Passt der Schlüssel überhaupt?»

Selma liess Haberers Arm los. Haberer drehte den Schlüssel. Die Tür öffnete sich.

Selma leuchtete den Raum ab. Er war riesig. Bilder sah sie aber auf den ersten Blick keine.

Aber ein Labor. Gekachelte Wände, gekachelte Tische, gekachelte Gestelle, Edelstahlwaschtröge, Stahlschränke. Elin hatte recht gehabt. Es gab diese geheimen Labors.

Sie ging hinein. Die anderen folgten ihr. Sie durchsuchten das ganze Labor. Öffneten alle Schränke.

Keine Chemikalien, kein Atomabfall, keine Leichen – keine Bilder. Nichts.

«Wir sind am falschen Ort, Mama.»

«Sind wir nicht. Hier drin riecht es nach Zimt.»

«Nach Zimt?»

«Ja! Riechst du das nicht?»

«Nein. Es riecht nach ... keine Ahnung ... nach Labor.»

«Nach Lösungsmitteln», sagte Haberer. «Süsslich ...»

«Sag ich doch», meinte Charlotte. «Süsslich. Es riecht nach Zimt.»

«Zimt ist doch weihnächtlich, Mama. In diesem Labor riecht überhaupt nichts weihnächtlich.»

«Da irrst du dich», sagte Charlotte. «Da irrst du dich.»

Selma verstand nicht. Haberer verdrehte die Augen.

«Nein, Jonas, ich bin nicht verrückt. Ich habe genau gesehen, dass du mit den Augen gerollt hast. Hier drin sind oder waren die Bilder.»

Haberer ging durch den Raum und kontrollierte nochmals alle Schränke. Marcel folgte ihm und leuchtete mit seiner Handy-Taschenlampe.

Plötzlich erinnerte sich Selma an das Gespräch mit Marcel über Gerüche. Über die unterschiedliche Wahrnehmung von Gerüchen. Über die Interpretation von Gerüchen. Über die Erinnerung an Gerüche... «Mama, du bist ganz sicher, dass wir im richtigen Labor sind?»

Charlotte antwortete nicht.

«Der Schlüssel hat gepasst», warf Haberer ein.

«Aber es gibt vielleicht noch weitere Räume, zu denen der Schlüssel passt.»

«Nein», sagte Charlotte vehement. «Ich erinnere mich.» Sie zeigte auf den grossen Schrank. «Da drin waren die Bilder. In Holzkisten. Skandalös, wertvolle Gemälde so zu lagern. Der Mensch, dem die Bilder gehören, versteht nichts von Kunst. Aber davon muss man ausgehen. Wahrscheinlich ein dummer Kunstdieb. Denn einige der Bilder, mindestens drei oder vier oder auch fünf, gehörten ihm garantiert nicht. Das war Raubkunst, die jüdischen Familien gestohlen worden war. Im Dritten Reich. Diese verdammten Nazis. Verrückt, dass uns diese Zeit immer noch verfolgt. Die Bilder bringen noch jemanden ins Grab.»

«Das hast du schon mehrmals gesagt. Sie bringen dich ins Grab, hast du prophezeit.»

«Mich oder sonst wen, was spielt das für eine Rolle? Jedenfalls sind sie jetzt weg.» Charlotte schnupperte: «Sag mal, Selmeli, riechst du es nicht?»

«Nein.»

«Natürlich nicht. Wie kannst du auch? Mein Vater Hjalmar arbeitete in einem solchen Labor. Er hat mich oft mitgenommen.» Sie zeigte auf den grossen Experimentiertisch. «Auf so einem Tisch kochte und dampfte es in den Reagenzgläsern.

Manchmal explodierte auch etwas. Das war lustig. Aber es war auch oft langweilig. Papa kritzelte irgendwelche Zahlen und Tabellen auf ein Blatt Papier, und ich musste mucksmäuschenstill sein. Ich sass dann da auf einem hohen Stuhl und habe gemalt. Aber dann gab es frische Zimtschnecken, die meine Mutter gebacken hatte. Wir assen immer Zimtschnecken. Das war herrlich.»

Jetzt begriff Selma endlich den Zusammenhang. Charlotte assoziierte Zimtgeruch mit einem Labor – Marcel hatte recht. Mal wieder. «Wir sind am richtigen Ort, Mama», flüsterte Selma. «Aber die Bilder sind weg.»

«Ja, die Bilder sind weg. Ich erinnere mich ganz genau. Hier war ich schon einmal. Für das Gutachten. Und ich wusste sofort, dass es sich bei den Gemälden und Zeichnungen um Raubkunst handelte. Und das sagte ich auch sofort. Ich sagte klar, dass ich dies in meiner Expertise erwähnen müsse. Aber der Kerl reagierte nicht. Ich sagte es dann später auch noch François. Und ich fragte ihn, was er mit diesen Bildern wirklich zu tun habe. Er...» Sie stockte.

«Was hat er?»

«Er fragte mich, ob ich sicher sei. Ich sagte ja. Dann wollte er wissen, ob ich das in mein Gutachten schreiben würde. Das bejahte ich ebenfalls. Und teilte ihm mit, dass wir diese Bilder und Zeichnungen den Behörden melden müssten. Darauf meinte er, ich solle noch warten, auch mit dem Gutachten. Und ich solle niemandem davon erzählen. Deshalb wollte ich mit dir darüber reden, Selmeli.»

«Okay. Und was passierte dann?»

«Dann... das weiss ich nicht mehr... Dann wurde ich überfallen... Selma, ich muss das Gutachten noch schreiben. Das habe ich vergessen. Erinnerst du mich daran?»

«Ja, Mama. Erinnerst du dich an den Mann, der dir die Bilder zeigte?»

«Den hübschen Mann, meinst du, Selmeli? Ja, es war ein

hübscher Mann mit zerzausten Haaren und einem Tattoo. Ein Naturbursche. Ein Kerl.»

«Nein, ich meine den hübschen Mann, den du bei Philippas Gartenparty wiedererkannt hast. Philippas Sohn Philip Junior.»

«Ja, der begleitete mich, aber nicht bis hierher. Hier war ich mit dem anderen hübschen Kerl. Jenem mit den zerzausten Haaren und dem Tattoo.»

«Dem Wolfstattoo?»

«Ja, ich denke, ja.»

«Isegrim», murmelte Haberer. «Der Kerl, der kürzlich hier war und von Marcel gesehen worden ist.»

«Isegrim?», fragte Charlotte. «Er heisst Isegrim? Wie der Wolf in der Fabel?»

«Nein. Philippa nennt ihn so. Philippa ist übrigens die Besitzerin der Bilder.»

«Oh, dann hat sie die Bilder geholt? Das ist gut. Ich hoffe, sie lagert die Bilder jetzt richtig, klimatisiert. Und vor allem sicher. Bis sie sie den rechtmässigen Besitzerfamilien übergeben kann. Sie muss sie bewachen lassen. Menschen töten für solche Gemälde.»

«Mama, warum sagst du das immer wieder?»

«Ich bin Kunsthistorikerin. Glaube mir, Kunstraub ist ein weitverbreitetes Verbrechen. Ein sehr blutiges Verbrechen. Und diese Bilder, die ich gesehen habe, sind Millionen wert. Picasso, Van Gogh ... Aber natürlich nur, wenn sie einem wirklich gehören. Wenn es sich um Raubkunst handelt, dann sind sie nichts wert. Kein Händler würde sie jemals anfassen. Auf dem Schwarzmarkt allerdings sind sie noch mehr wert. Mit Bildern werden Waffen gekauft. Oder Drogen. Oder Menschen. Menschenhandel! Ach, ihr Lieben, ihr wisst gar nicht, was heute mit Kunst alles angestellt wird. Schrecklich.»

«Philippa hat die Bilder nicht geholt», sagte Haberer. «Ganz sicher nicht. Aber wer dann? Isegrim?»

«Oder Philippas Sohn.»

Da hörten sie Schritte.

Haberer bedeutete ihnen, sich hinter dem Labortisch zu verstecken.

Selma nahm ihre Mutter am Arm und half ihr, sich auf den Boden zu setzen. Dann löschte sie die Taschenlampe.

Die Schritte kamen näher.

Selma, Charlotte, Marcel und Haberer getrauten sich kaum zu atmen.

Haberer ging in die Hocke, holte seine Pistole aus der Jackentasche und zielte auf den Eingang.

Plötzlich wurde er geblendet.

«Keine Bewegung!», rief Haberer. «Ich schiesse. Lampe aus. Sofort. Ich schiesse.»

Die Lampe blieb an.

«Lampe aus!», schrie Haberer. «Ich schiesse!»

Die Lampe ging nicht aus.

Haberer schoss.

36

Er hatte danebengeschossen. Absichtlich. Aber die Lampe blendete ihn nicht mehr. Sie lag auf dem Boden und beleuchtete die Betondecke.

Haberer verliess sein Versteck hinter dem Labortisch und ging zu der Person, die neben der Lampe unter dem Türrahmen lag, zitternd.

«Sieh mal an.» Haberer hielt der Gestalt die Pistole vors Gesicht. «Klein, hässlich, runde Brille, aber ein Gott in Weiss. Unser werter Doktor. Na, Franz, was soll das werden?»

«Kannst du bitte die Pistole herunternehmen?», bat François Werner mit schwacher Stimme.

«Oh, wir duzen uns nun. Das finde ich gut. Macht die Sache einfacher.» Haberer stand auf und steckte die Pistole in die Jackentasche. Dann half er Doktor Werner auf die Beine.

Auch Charlotte richtete sich auf, ordnete ihre Frisur. «François, was machst du hier?»

«Meine Bilder retten.»

«Deine Bilder?», fragte Selma erstaunt.

«Ja. Meine. Es sind auch meine Bilder. Also einige davon.»

«François, was soll das?», fragte Charlotte. «Davon hast du mir gar nie erzählt.»

«Warum hätte ich das tun sollen? Du wolltest ja nie etwas von mir wissen. Wie Philippa.» Er schaute zu Haberer. «Sie steht offenbar mehr auf schiesswütige, primitive Cowboys als auf gebildete und kultivierte Männer.»

«Papperlapapp, Doktor Franz, du lenkst ab. Die Bilder gehören Philippa. Wo sind sie?»

Doktor Werner schwieg.

«Ja, wo sind sie, François?», hakte Selma nach und leuchtete ihm mit ihrer Taschenlampe ins Gesicht. «Kannst du das alles erklären?»

«Ja, Selma, natürlich.»

«Dann fang an.» Selma tastete nach Marcels Hand und drückte sie.

«Philip Junior hat mich angerufen. Er ist gerade auf einem Segelturn in der Ägäis. Aber das wisst ihr sicher.»

«Nein, wissen wir nicht. Weiter!»

«Irgendetwas mit den Gemälden stimme nicht, sagte er.»

«Philip Junior?», fragte Selma. «Er wusste also, wo die Bilder sind, und hat es seiner Mutter gegenüber verheimlicht.»

«Ich glaube, er wollte seine Mutter davor beschützen, das ganze Vermögen auszugeben.»

«Wo sind die verdammten Bilder?», unterbrach Haberer, nahm die Pistole wieder hervor und zielte auf Doktor Werner.

«Ich habe keine Zeit. Den Rest kannst du uns später erzählen. Oder gleich Oli, dem Kommissär.»

«Warum soll ich das einem Kommissär erzählen?»

«Weil das alles oberfaul ist. Also, was ist mit den Bildern?»

«Philip Junior hat einen Transponder mit einem GPS-Sender an die Kiste, in denen die Gemälde lagern, angebracht. Also ein Gerät, das Alarm schlägt, wenn es bewegt wird.»

«Und dieser Transponder hat Alarm geschlagen?»

«Ja, gestern offenbar. Aber Philip Junior konnte mich erst vor einer Stunde erreichen, weil er auf hoher See keine Verbindung...»

«Wo sind die vermaledeiten Bilder also jetzt?», unterbrach Haberer.

«Keine Ahnung. Der Sender gibt kein GPS-Signal mehr ab.»

«Haberer fuchtelte mit der Pistole vor Doktor François Werners Nase herum. «Selma, ruf Oli, er soll herkommen. Wie es aussieht, wurden hier millionenschwere Gemälde geklaut. Und unser Franz hängt da mitten...»

«Moment», mischte sich nun Charlotte ein. «Was ist los, François? Was ist passiert?»

«Doktor de Polline ... war mein Mentor», stotterte Doktor François Werner.

«Das wissen wir. Also?»

«Er hat mir vertraut.»

«Blabla», machte Haberer.

«Kannst du endlich die Pistole wegstecken? Bitte.»

«Pass mal auf, du Scharlatan. Du erklärst hier nun kurz und knapp, was Sache ist, dann stelle ich eine Diagnose und entscheide, ob du direkt ins Jenseits oder in den Knast befördert wirst oder allenfalls als freier Mann hier herauskommst.» Er steckte die Pistole wieder ein.

«Doktor de Polline hat die Bilder nach dem Tod seiner Frau hier gelagert. Ich war damals sein Assistent, hatte also Zugang zu diesem geheimen Labor, in dem wir ziemlich gefährliche Experimente durchgeführt haben. Unter anderem mit tödlichen Viren.»

«Blabla», machte Haberer erneut.

«Moment», mischte sich Selma ein. «Gefährliche Experimente? Und da lagerte Philip de Polline seinen Schatz? Ziemlich verrückt, der Herr Doktor!»

«Nein. Explodieren konnte hier unten nichts. Gefährlich geworden wäre es nur, wenn die Viren irgendwie nach draussen gelangt wären. Und nochmals nein: Philip de Polline war überhaupt nicht verrückt. Er war ein Genie!» Doktor Werners Augen funkelten. Die Bewunderung für seinen ehemaligen Chef war ihm anzusehen. «Dieses Versteck war in seinen Augen genial. Besser als jeder Tresor einer Bank oder eines Kunstlagers. Denn dieses Labor ist oder war nicht nur erdbebensicher, sondern praktisch keinem Menschen bekannt. Nicht einmal die Geschäftsleitung wusste im Detail davon. Nur gerade die Leute, die hier arbeiteten. Das waren fünf Leute. Und denen vertraute er.»

«Also auch dir, François?

«Ja. Auch mir.» Doktor Werner schloss die Augen und lächelte.

«Oh, der eine Gott in weiss träumt vom anderen Gott in weiss», sagte Haberer schnippisch. «Geht die Geschichte jetzt vielleicht weiter?»

François Werner schaute Haberer grimmig an. «Ich verliess die Forschung, eröffnete meine eigene Praxis, im Haus von Doktor Philip de Polline. Ich vergass die Sache mit den Bildern. Jahre später wurden Philip de Pollines Projekte storniert. Seine Mitarbeitenden wurden in anderen Abteilungen eingesetzt oder pensioniert. Er selbst werkelte noch einige Jahre für sich weiter, auch als er längst in Rente war. Man liess ihn gewähren, weil er sich für die Faba AG so verdient gemacht hatte. Ja, er war der alte, seltsame Mann, der in diesem Bau noch ein Büro hatte und sich die meiste Zeit irgendwo im Keller aufhielt. Leider wurde er dement. Er war mein Patient. Aber ich konnte nichts für ihn tun. Er starb schliesslich, ziemlich einsam übrigens. Seine Leistung hat nie jemand öffentlich gewürdigt. Weder die Faba AG, für die er sich aufopferte, noch die Stadt.»

«Mir kommen die Tränen.»

«Jonas!», fauchte Selma.

«Vor etwa einem Jahr fragte mich sein Enkel, ob ich vielleicht eine Ahnung hätte, wo die Kunstsammlung seines Grossvaters sei. Ich hätte doch mit ihm zusammengearbeitet. Er habe alles abgecheckt, recherchiert, aber er komme nicht weiter. Er habe lediglich zwei Schlüssel von seinem Grossvater erhalten, mit dem Hinweis, dass er sie sicher aufbewahren solle. Für schlechte Zeiten.»

«Zwei Schlüssel?» Haberer räusperte sich laut. «Wie Philippa. Der alte Forscherstar hatte also zwei Sets mit zwei Schlüsseln, und diese vererbte er an seine Tochter und seinen Enkel. Er vergass aber in seinem Gaga-Zustand zu erwähnen, wohin diese Schlüssel führten. Vermutlich wusste er es selbst nicht mehr. Aber du, werter Doktor Franz, wusstest es natürlich.»

«Nein. Aber ich hatte eine Ahnung. Denn nun erinnerte ich mich an die Bilder in diesem Labor.»

«Und du miese, kleine Laborratte hast dem Enkel einen Deal vorgeschlagen.»

«Nein. Er war es, der mir einen Deal vorschlug. Ich dürfe mir ein, zwei oder drei Bilder aussuchen, wenn ich ihn zu den Gemälden führe. Je nachdem, wie viele wir finden würden. Und vorausgesetzt, ich sage seiner Mutter Philippa nichts. Ich führte ihn dann in dieses Labor. Und wir beide staunten, dass die Bilder tatsächlich noch da waren. Er gab mir daraufhin seine Schlüssel mit der Begründung, dass er viel im Ausland unterwegs sei und sich nicht um die Bilder kümmern könne, falls mal etwas wäre. Ich solle regelmässig nach ihnen schauen. Das habe ich auch getan.»

«Bingo! Und wie gut du das getan hast!»

«Moment, Moment», sagte Selma. «Dieses Gelände ist hermetisch abgeriegelt. François, wie kommst du überhaupt hierher? Du brauchst einen Batch.»

Doktor François Werner griff in den Hosensack und zeigte seinen Batch. «Ich bin Mitglied einer Historikerkommission, die sich um schützenswerte Industriebauten kümmert. Ich bewarb mich um die Mitgliedschaft, als ich von den Gemälden erfuhr. Das war kein Problem. Denn ich kenne diese Gebäude bestens und bin vertrauenswürdig. Deshalb habe ich Zutritt. Dieses Areal ist übrigens eines der wichtigsten ehemaligen Industriegebiete Basels.»

«Das ist uns bekannt», sagte Selma barsch. «Erstaunlich, dass die Bilder nie entdeckt wurden. Auch nicht, als dieser Bau geräumt wurde. Und selbst dann nicht, als der Boden auf Schadstoffe untersucht wurde.»

«Das hat mich auch gewundert. Von diesem geheimen Labor wussten nur wenige. Die meisten sind längst verstorben. Ich war ja mit Abstand der jüngste Forscher. Von diesem Labor gab es auch keine Pläne. Wie gesagt, nicht mal die Chefs der damaligen Faba AG wussten davon. Geschweige denn die Bosse der Nachfolgefirma. Dass ihr dieses Labor entdeckt habt… Wie habt ihr es überhaupt gefunden?»

«Dank Charlottes Nase», sagte Selma.

«Wie das?»

«Eine andere Geschichte.»

Marcel sah demonstrativ auf sein Handy. «Ich muss in einer halben Stunde mit meinem Bus ausfahren. Wir müssen verschwinden. Sonst kommt ihr hier nicht mehr raus. Zumindest nicht ohne schlüssige Erklärungen. Ihr wisst, das Gelände wird überwacht.»

«François hat ja einen Batch», sagte Selma.

«Mit den Batchs kann man einmal hinein und einmal hinaus. Dann sind sie für einige Zeit gesperrt.»

«Wie geht es jetzt weiter?», fragte Doktor François Werner.

«Ich habe nichts Unrechtes getan.»

«Das werden wir sehen, du Quacksalber», sagte Haberer. «Warum hast du Charlotte in diese Misere hineingeritten?»

«Philip Junior und ich wollten die Bilder verkaufen. Dazu brauchten wir ein Gutachten einer Sachverständigen: Charlotte. Als sie zum Schluss kam, dass es sich bei den meisten Bildern um Raubkunst handelt, wussten wir, dass die Gemälde für uns wertlos sind und den rechtmässigen Besitzern zurückgegeben werden müssen. Das war für uns völlig in Ordnung.»

«War es nicht, mein lieber François», meldete sich Charlotte zu Wort. «Du sagtest mir deutlich, dass ich schweigen und das Gutachten nicht sofort schreiben soll. Und dann ... ja dann ... Ich weiss nicht mehr, was dann geschah. Wurde ich dann nicht ...»

«Doch, dann wurdest du niedergeschlagen und beraubt», sagte Selma. «Was für ein Zufall ...»

«Selma!», rief Doktor Werner empört. «Du willst doch nicht etwa andeuten, dass ich mit diesem Überfall irgendetwas zu tun hatte? Das war ein Raubüberfall! Charlotte wurde bestohlen. Man hat ihr Portemonnaie doch gefunden. Das war ein brutaler Raubüberfall, Selma!»

«Woher weisst du von dem Portemonnaie?», fragte Haberer.

«Aus den Medien.»

«Du Trottel! Das stand nicht in den Medien. Das weisst du, weil du der Täter bist.»

«Nein!», schrie Doktor Werner. Er war völlig ausser sich, fuchtelte mit den Armen und zitterte. Das irritierte nicht nur Selma, sondern auch Charlotte und Marcel. Haberer richtete die Pistole erneut auf Doktor Werner.

«Seid ihr alle von Sinnen? Ich bin Arzt! Ich bin ein guter Arzt, ein angesehener Arzt. Ja, ich bat Charlotte, nichts von Raubkunst in ihr Gutachten zu schreiben. Ihr wisst ja, der Verkauf wäre für eine gute Sache gewesen. Für Philippas Tierschutzorganisation. Ich hätte den Erlös der Bilder dafür gespendet. Philip Junior ebenso.»

«Du redest dich hier um Kopf und Kragen, Alter.» Haberer schlug Doktor Werner seine Pranke auf die Schulter. «Wir sind nicht von der Polizei. Und im Moment weiss die Polizei auch noch nichts von den Bildern, die du verscherbeln wolltest, Franz. Aber nun wurden die Bilder ja gestohlen. Von wem wohl?»

«Wie meinst du das?»

«Na ja, so viele Schlüssel wird es nicht geben. So viele schlaue Menschen wie dich und mich auch nicht. Schlaue Menschen, die dahinterkommen, wo das ultraperfekte Versteck liegt.»

«Mama hat die Bilder gefunden», korrigierte Selma. «Nicht du.»

«Ich habe die Schlüssel entdeckt. Schlüssel sind immer die Schlüssel zum Erfolg. Jesusmariasanktjosef, bin ich heute wieder poetisch.» Haberer schlug seine Pranke nochmals auf Doktor Werners Schulter. «Also, ich habe die Gemälde nicht geklaut. Aber vielleicht du oder Philip Junior. Oder gibt es ein drittes Schlüsselset?»

«Nein. Doktor Philip de Polline hatte nur Schlüssel für seine Tochter und seinen Enkel. Das war ihm wichtig.»

«Das ist gut. Da es hier nämlich keine Einbruchspuren gibt, bleibt der Kreis der Verdächtigen klein. Er ist auf drei beschränkt. Auf dich, weil du die Schlüssel hast. Und auf Philip Junior, weil er von dir die Schlüssel bekommen würde. Und auf mich, weil ich seit wenigen Stunden ebenfalls Schlüssel habe. Ich denke, damit sollte sogar unser Starschnüffler Olivier Kaltbrunner zurechtkommen.» Haberer lachte drauflos.

Charlotte räusperte sich. Zuerst leise. Dann laut.

Schliesslich hörte Haberer auf zu lachen.

«Es gibt einen vierten Verdächtigen, wenn ich das in meiner kranken Birne richtig zusammenkriege.»

«Mama, wie redest du denn? Verlierst du die Contenance?»
«Ja, vielleicht. Aber das ist jetzt nicht wichtig. Wichtig ist zu wissen, dass ich weder mit Jonas noch mit François noch mit Philip Junior in diesem Loch war. Ich wiederhole mich ungern. Aber: Ich war mit einem hübschen Mann mit zerzausten Haaren und einem Tattoo hier unten.»

«Isegrim», flüsterte Haberer.

«Er nannte mir seinen Namen nicht.»

«Aber er hatte zerzauste Haare?», wiederholte Marcel. «Und er fuhr einen Mini-Truck, oder?»

«Was ist das?», fragte Charlotte.

«Ein grosses Auto, das aussieht wie ein kleiner Lastwagen.»

«Nein. Wir gingen zu Fuss. Er nahm mich an der Haltestelle des 8er-Trams in Empfang. Wir gingen zu einer Pforte, der Kerl zückte einen Ausweis oder sonst etwas ...»

«François' Batch», warf Selma ein.

«... und sagte zu diesem Wachmann, nein, es war eine Frau, eine Wachfrau, oder wie sagt man das?»

«Egal, Mama.»

«Er sagte, ich sei seine charmante Begleiterin und er wolle mir etwas zeigen. Das fand ich sehr nett. Verrückt, dass ich mich jetzt wieder daran erinnere. So war das. Dann marschierten wir lange und erreichten schliesslich dieses Gebäude.»

«Sprach dieser nette Mann Französisch?», fragte Marcel.

«Nein, das wäre mir aufgefallen. Er sprach ... Hochdeutsch.»

«Der Kerl kürzlich mit den zerzausten Haaren ... Mir fällt gerade ein: Der Pick-up hatte französische Nummernschilder. Und als er vor meinem Bus durchbrauste, warf er etwas aus dem Fenster. Das muss der Transponder gewesen sein. Der wurde sicher überfahren und zerstört. Deshalb gibt er kein GPS-Signal mehr ab. Das muss dieser ... wie nennt ihr ihn?»

«Isegrim ...», flüsterte Haberer. «Französische Nummernschilder?» Haberer zückte sein Handy, scrollte durch die Galerie und fand das Bild, das Pole auf der Ranch von einem «komischen Kauz mit Pick-up und französischen Nummernschildern» gemacht hatte. Er zeigte das Bild Marcel.

«Ja, das ist das Auto.»

Haberer packte Doktor Werner am Kragen. «Macht Isegrim die Drecksarbeit für euch? Wie heisst er wirklich?»

«Ich weiss nicht, wovon du sprichst.»

Haberer liess Doktor Werner los, wurde nervös. «Philippa», flüsterte er. «Verdammt!»

«Jonas, was ist?», fragte Selma aufgeregt. «Was ist mit dir? Du zitterst ja!»

«Philippa! Sie ist in Gefahr. Verdammt! Ich muss hier raus.» Haberer rannte die Treppe hoch. «Übergib den Franz unserem Goppeloni-Kommissär Oli», schrie er zurück.

Klack – klack – klack.

Was ist denn jetzt los?, fragte sich Selma. Es wurde ihr kurz schwindlig. War das wegen der Aufregung? Oder wegen des Babys? Sie legte ihre Hände auf den Bauch. «Kleines, ich muss noch etwas klären», flüsterte sie. «Danach bin ich ganz für dich da, versprochen.»

37

Jonas Haberer stand vor dem Gebäude 640 und versuchte, Philippa zu erreichen.

«Scheisse!», fluchte er laut.

Er versuchte es nochmals.

Doch Philippa nahm seine Anrufe nicht entgegen.

Selma, Charlotte, Marcel und Doktor Werner hatten nun ebenfalls das Erdgeschoss erreicht und traten ins Freie.

Selma atmete tief durch. Es ging ihr wieder gut. Sie rief Olivier Kaltbrunner an.

«Selma, ich bin gerade in einer Besprechung. Ich rufe ...»
«Nein, du musst herkommen», unterbrach Selma. «Sofort.»
«Sofort?»
«Ja, die Bilder sind gestohlen worden. Und wir haben ...»
Sie stockte.
«Was, Selma?»
Selma schaute zu Doktor Werner. «Wir haben jemanden.»
«Goppeloni, Selma! Was weisst du?»
«Das kann ich dir grad schlecht sagen.»
«Ihr habt also jemanden, der verdächtig ist? Der mit den gestohlenen Gemälden zu tun haben könnte?»
«Ja, Oli. Und mit dem Überfall auf meine Mama. Komm jetzt hierher.»
«Wer ist ‹wir›?»
«Egal. Komm jetzt, bitte.»
«Seid ihr in Gefahr?»
Selma zögerte. «Nein, ich denke nicht.»
«Okay. Ich komme. Wohin?»
«Klybeckareal. Dort, wo die Busse der Basler Verkehrs-Betriebe stehen.»
«Da kommt er ohne Batch nicht hinein», mischte sich Marcel ein. «Er soll via Klybeckstrasse ins Areal einfahren. Dort hat es Sicherheitspersonal.»
«Ich hab's mitbekommen!», sagte Olivier. «Bin unterwegs.»
Jonas Haberer, der etwas abseits stand, versuchte weiter, Philippa zu erreichen. Immer noch ohne Erfolg. Dann erhielt er von ihr eine Nachricht. «Ich kann gerade nicht telefonieren. Planänderung. Unsere Aktion startet heute Nacht. Sei um Mitternacht in Basel am Wettsteinplatz.»
«Was?», fluchte Haberer. Und rief Philippa erneut an. Doch auch jetzt ging sie nicht ans Telefon. «Scheisse!», brüllte er.
Selma rannte zu ihm. «Was ist los, Jonas? Warum fluchst du so?»

«Vergiss es, Selma», antwortete Haberer unwirsch. «Ich muss hier schnellstmöglich raus.»

«Was ist los? Ist etwas mit Philippa?»

«Ich weiss nicht, ich muss einfach weg, bitte!»

«Marcel!», rief Selma. «Musst du nicht mit dem Bus ausfahren?»

Marcel spurtete zu Selma und Haberer. «Doch, ich sollte, aber ich kann mich bei der Leitstelle ...»

«Nein, Liebster, fahr aus und nimm Jonas mit. Er muss dringend weg.»

«Ich kann dich ... euch jetzt doch nicht alleine lassen.»

«Doch, wir kommen klar. Olivier ist sicher gleich hier.»

«Okay», sagte Marcel. «Dann los.»

Marcel ging mit Jonas Haberer zu seinem Bus, machte ihn startklar und fuhr los. Beim Ausgang öffnete sich das grosse Tor. Niemand nahm den blinden Passagier Haberer zur Kenntnis.

«Was ist los?», fragte Marcel, als sie das Areal verlassen hatten.

«Kann ich dir nicht sagen», knurrte Haberer.

«Warum nicht?»

«Lass mich einfach irgendwo raus. Du willst mit dieser ganzen Scheisse nichts zu tun haben, glaube mir.»

Kommissär Olivier Kaltbrunner wurde sofort von Doktor François Werner in Beschlag genommen und zugetextet. Er wisse nichts über die Bilder. Er habe nur Philip de Polline geholfen. Es sei um eine Expertise gegangen. Er selbst habe die Bilder nie gesehen. Olivier blieb gelassen und verwies Doktor François Werner erst einmal an zwei Polizisten, die sich um ihn kümmerten.

Dann ging Olivier zu Selma und Charlotte. «Ihr wisst, dass ich diesen Fall nicht übernehmen kann.»

«Nein, wissen wir nicht», sagte Charlotte. «Nur weil du mit Selmas bester Freundin liiert bist?»

«Genau. Lea ist meine Lebenspartnerin, sie wohnt in eurem Haus, ich ebenfalls mehr oder weniger. Zudem bin ich mit euch befreundet. Es tut mir leid.»

«Schon gut», sagt Selma.

«Wo ist Marcel?»

«Er musste mit dem Bus ausfahren.»

«So, so, hm, hm. Aber er ist in die Sache ebenfalls involviert?»

«Nein ... nicht wirklich ...»

«Wie seid ihr auf dieses Gelände gelangt, habt ihr eine Zutrittsberechtigung?»

«Marcel hat uns mitgenommen.»

«Mitgenommen. Heimlich?»

«Na ja, also ...»

«Heimlich also. Das ist nicht besonders ...»

«Oli, ich bitte dich», unterbrach Charlotte. «Da wurden Bilder im Wert von Millionen – Millionen, mein Lieber! – gestohlen, und du willst uns zwei Frauen verhaften, nur weil wir keine Zutrittsberechtigung zu diesem Areal haben? Darf ich mich vielleicht setzen, Herr Kommissär?»

«Natürlich, Charlotte, natürlich.» Olivier Kaltbrunner öffnete die Beifahrertür seines Dienstwagens.

Charlotte machte es sich bequem. «Selmeli, könntest du vielleicht Arvid Bengt anrufen und ihm mitteilen, dass ich etwas später nach Hause komme. Oder gar nicht. Ich bin entweder im Knast oder im Altersheim.»

«Du bist weder im Knast noch im Altersheim, Mama», sagte Selma. «Du bist in der Rehaklinik.»

«Ja, ja, schon gut. Warum ist Jonas eigentlich so plötzlich verschwunden? Ist etwas mit seinem Liebchen?»

«Jonas?», fragte Olivier Kaltbrunner schockiert. «Habe ich richtig gehört: Jonas war auch hier?»

«Ja», gab Selma kleinlaut zu.

«Jesusmariasanktjosef.»
«Das ist Haberers Text.»
«Ich weiss.»

Jonas Haberer versuchte an diesem späten Nachmittag immer wieder, Philippa anzurufen. Ohne Erfolg. Er selbst nahm die vielen Anrufe von Selma und Olivier Kaltbrunner nicht entgegen.

Er rief auch mehrmals auf der Ranch an. Aber er bekam immer nur den Bescheid, dass Philippa nicht da sei. Er fragte, ob sie sich auf dem Weg nach Basel befände, doch darauf bekam er keine Antwort.

Sollte er in den Jura fahren?

Nein, was sollte er dort? Philippa war sicher auf dem Weg nach Basel oder mit den letzten Vorbereitungen für die grosse Tierrettungsaktion beschäftigt, die in wenigen Stunden stattfinden sollte. Da Isegrim an diesem Einsatz beteiligt war, würde er ihn treffen. Was sollte er ihm sagen? Sollte er ihn zur Rede stellen? Andererseits: Falls Isegrim die Bilder tatsächlich gestohlen hatte, wäre er wohl längst über alle Berge.

Philippa! Er musste Philippa erreichen. Aber sie nahm auch jetzt seine Anrufe nicht entgegen.

«Verdammte Scheisse!», brüllte Haberer. Die Passanten schauten ihn entsetzt an. Haberer lächelte. «Alles gut. Ich bin kein Amokläufer. Noch nicht...» Daraufhin machten die Leute einen grossen Bogen um ihn.

Als es einnachtete, überlegte sich Haberer, ob er sich in den einschlägigen Kleinbasler Kneipen besaufen sollte. Doch er entschied sich dagegen, hockte im Buswartehäuschen am Wettsteinplatz und hoffte auf ein Lebenszeichen von Philippa.

Es kam keines. Und seine Anrufe und Textnachrichten blieben unbeantwortet. Haberer lief tatsächlich beinahe Amok.

Kurz vor Mitternacht war es endlich so weit. Haberer erhielt von Philippa eine Nachricht: «Wir sind bereit. An der Kirchgasse steht ein blauer Pick-up. Der Schlüssel liegt auf dem rechten Hinterreifen. Fahr den Pick-up Richtung Grenze.»

Zu welcher Grenze? Und vor allem: Welchen Pick-up? Der Pick-up dieses seltsamen Vogels, der kürzlich auf der Ranch herumgeisterte? Isegrim? Der die Gemälde geklaut hatte?

Haberer erhielt von Philippa einen GPS-Standort. Allmendstrasse, kurz vor der Grenze nach Deutschland, nahe am Rheinufer.

«Und ganz in der Nähe ist auch der Friedhof», murmelte Haberer. «Entweder man flüchtet über die Grenze oder endet auf dem Friedhof. Was für eine Scheissaktion. Warum mach ich das? Und wer und wo ist dieser verdammte Isegrim?»

«Du fährst den Wagen so nahe ans Gebäude wie möglich und wartest», bekam Haberer die nächste Anweisung. «Du bleibst im Wagen. Wir werden Labortiere retten und zum Pick-up bringen. Okay?»

Haberer zögerte mit der Antwort.

Das alles kam ihm seltsam vor. Warum bekam er nur trockene Anweisungen? Keine flapsigen Bemerkungen, Emojis? Kein «My dear», kein «Cowboy»? War Philippa im Kampfmodus? Er kannte das von Selma und auch von sich selbst: Wenn es um eine Story ging, war er ein anderer. Selma ebenfalls. Warum sollte Philippa unter Adrenalin nicht auch anders kommunizieren. Er hatte sie nun schon zweimal bei einem Tierrettungseinsatz erlebt. Da war sie nicht mehr die charmante, fröhliche Lady, sondern resolut, zielstrebig, kurzangebunden.

«Warum mach ich das?», fragte er sich nochmals und gab sich die Antwort selbst: «Weil ich Philippa liebe. Ich alter Idiot!»

Schliesslich schrieb er zurück: «Lass uns telefonieren.»

«Kann nicht. Bin schon im Labor. Mach, was ich dir sage.»

«Was für eine verdammte Scheisse!», fluchte Haberer jetzt laut. «Liebe ist Scheisse!»

Auch jetzt schauten ihn die wenigen Passanten, die noch unterwegs waren und auf einen Bus oder ein Tram warteten, irritiert und verängstigt an.

«Arschlöcher», maulte Haberer und stand auf. Auf dem Handy schaute er nach, wo die Kirchgasse war. Richtung Wettsteinbrücke, dann rechts. Den blauen Pick-up mit französischen Nummernschildern und den überbreiten Reifen sah er sofort. Das war eindeutig Isegrims Mini-Truck. Der Kerl war also tatsächlich irgendwo hier. Wahrscheinlich bei Philippa im Labor. Haberer fand den Schlüssel auf dem Reifen. Er setzte sich in den Wagen, suchte den Lichtschalter, fand ihn und fuhr los. Er folgte dem GPS-Signal, das ihm Philippa gegeben hatte. Es lotste ihn auf die Grenzacherstrasse. Haberer erreichte das Firmengelände des Basler Pharmakonzerns Roche. Er verlangsamte. Rechts der erste riesige Turm. Links der zweite. Und weitere grosse, schneeweisse Gebäude.

Plante Philippa wirklich eine Befreiungsaktion von Labortieren dieses Weltkonzerns? Legte sie sich mit den ganz Grossen dieser Branche an?

Das GPS-Signal führte ihn weiter. Richtung Deutschland.

Haberer war etwas erleichtert.

Er kam an einem Sportplatz vorbei. Kurz darauf hatte er das Ziel erreicht. Ein Firmengelände auf der linken Seite. Haberer stoppte. Er sah eine grosszügige Einfahrt, ein Stahltor, dahinter einen vierstöckigen Büro- oder Gewerbebau mit Glasfassade. Das Areal war mit einem hohen Zaun mit Zacken obendrauf geschützt. Kein Firmenschild, keine Beschriftung, nichts. Haberer zögerte. Wo sollte er parken? Bei der Einfahrt vor dem Tor? Dann würden sicher ein oder mehrere Scheinwerfer aufleuchten. Vermutlich war er auch schon längst von einer Überwachungskamera erfasst worden.

Jonas Haberer schaltete die Warnblinker ein und überlegte. Er sollte den Wagen so nah wie möglich bei diesem Gebäude abstellen und im Wagen bleiben.

Das war ihm nicht geheuer.

Aber er hielt sich an Philippas Anweisungen und fuhr in die Einfahrt direkt vors Tor.

Wie erwartet ging ein greller Scheinwerfer an. Nach einigen Sekunden erlosch dieser wieder.

Jonas Haberer schrieb: «Ich bin da.»

«Gut», kam zurück. «Bleib im Auto und lass den Motor laufen. Wir sind in wenigen Minuten da.»

Jonas Haberer hielt sich auch an diese Anweisung.

Aber er war nicht Herr der Lage. Das passte ihm überhaupt nicht.

«Und?», tippte er aufgeregt ins Handy. «Was jetzt?»

Es kam nichts zurück.

Jetzt machte Haberer doch den Motor aus.

Einige Sekunden.

Dann setzte er sich über die nächste Anweisung hinweg und verliess den Pick-up.

Der Scheinwerfer am Gebäude ging wieder an. Haberer blieb stehen. Er versuchte, ruhig zu atmen.

Als das Licht ausging und sich Jonas Haberer an die Dunkelheit gewöhnt hatte, ging er zum Tor.

Wieder der Schweinwerfer. Dann wurde es wieder dunkel.

Jonas Haberer schaute konzentriert durch das Stahltor zum Gebäude.

Alles war ruhig. Kein Licht. Von einer Befreiung von Labortieren war nicht das Geringste zu sehen.

«Mylady», textete er. «Ich bin am falschen Ort. Bitte melde...»

Grelle Blitze. Ein entsetzlicher Knall.

Jonas Haberer hechtete zur Seite, robbte auf allen Vieren Richtung Strasse, stand auf und überquerte diese. Er sah, dass der Pick-up lichterloh brannte.

Noch ein fürchterlicher Knall.

Eine Druckwelle. Glas zersplitterte. Der Pick-up flog durch die Luft. Einzelteile wurden weggeschleudert. Alles landete schliesslich scheppernd auf dem Asphalt.

Haberer hechtete in ein Gebüsch, rollte einen Abhang hinunter und blieb liegen.

Noch ein Knall.

Ein Feuerball.

38

Nachdem sich Haberer vom Schock etwas erholt hatte und wieder klar denken konnte, wurde ihm bewusst: Das war eine Falle! Wenn er die Anweisungen von Philippa befolgt hätte, wäre er im Pick-up sitzengeblieben. Und wäre jetzt Hackfleisch.

Aber warum hätte Philippa das gewollt? Sie liebte ihn doch!

Vorsichtig schaute er um sich. Er lag auf Schotter. Zwei, drei Meter weiter unten plätscherte Wasser. Es war der Rhein. Jonas Haberer lag auf einem Uferweg.

Er dachte an das letzte Treffen mit Philippa auf der De-Polline-Ranch. Sie war verändert gewesen, seltsam, irgendwie durch den Wind. Plante sie wirklich seinen Tod? Warum? Nein, es musste irgendetwas passiert sein. Etwas, das nicht einmal Philippa im Griff hatte. Ausgerechnet sie, die doch immer alles im Griff hatte. Ein Drama. Er hätte es wissen sollen. Aber die ganze Aktion mit den verschollenen und wiederaufgetauchten Gemälden hatte ihn abgelenkt. Das war ein Fehler.

Jonas Haberer blieb liegen, rappelte sich aber so weit auf, dass er durch die Büsche auf das Firmengelände sehen konnte. Grosse Teile der Glasfassade waren zersplittert. Im Innern des Gebäudes blinkten gelbe Warnlampen. Das massive Eingangstor war auf der rechten Seite aus der Angel gerissen worden und lag völlig verdreht am Boden. Vom Pick-up war nicht mehr viel zu erkennen. Das Wrack lag mitten auf der Strasse. Überall Einzelteile, die brannten. Mehr konnte er nicht sehen.

Dann hörte er aufgeregte Stimmen: «Oh Gott!» – «Ruf die Feuerwehr, die Polizei, den Rettungswagen!» – «Da muss jemand ins Tor gefahren sein.» – «Wo ist der Fahrer?»

Haberer vermutete, dass die Menschen aus den nahegelegenen Häusern durch die Detonation aus dem Schlaf gerissen worden und herbeigeeilt waren.

Er stand auf, klopfte den Dreck von seinen Kleidern und überlegte, was er tun sollte. Auf die Polizei warten? Abhauen?

Philippa! Was war mit Philippa?

Obwohl er hätte tot sein können, ja tot sein müssen!, funktionierte sein Gehirn bereits wieder im Habererschnelldenkmodus. Philippa war gestern Nacht verändert gewesen, sie hatte ihn fortgeschickt. Warum? Traf sie noch jemanden? Nein. Was war mit ihrem Pferd? Hatte sie Valentina de Polline die Siebte nach dem Ritt von ihrem Versteck tatsächlich direkt auf die Weide gebracht, den Sattel irgendwo ... Nein! Das war nicht Philippa! Hatte sie einen Reitunfall gehabt? Verletzt schien sie nicht gewesen zu sein. War in ihrem Versteck etwas vorgefallen? War ihr Sohn Philip Junior plötzlich aufgetaucht? Aber warum? Nein, nein, nein. Der war auf einem Segelturn, war selbst überrascht worden vom Diebstahl der Bilder und hatte Doktor Werner geschickt.

Isegrim!

Wenn er die Bilder gestohlen hatte, dann musste Isegrim die Schlüssel zum Bau 640 gehabt haben. Und zwar Philippas Schlüssel. Aus ihrem Versteck. Vermutlich hatte ihn Philippas Sohn eingeweiht. Warum auch immer ...

«Isegrim», sagte Haberer laut.

Dann spürte er einen Arm, der ihn von hinten umklammerte. Und kurz darauf etwas Kaltes an seiner Kehle.

Ein Messer!

«Hier bin ich», flüsterte Isegrim. «Ich komme wie gerufen, was? Warum hältst du dich nicht an Philippas Anweisungen? Du liebst sie doch.»

«Ich bin nicht der Typ, der sich an Anweisungen hält.»

«Dann haben wir ja etwas gemeinsam.»

«Was hast du denn für eine Anweisung? Mich umzubringen? Wozu?»

«Halt die Klappe, Haberer!»

«Und wer bist du? Wie lautet dein richtiger Name?»

Isegrim antwortete nicht. Er drückte das Messer noch tiefer in Haberers Kehle.

«Woher weisst du eigentlich, wer ich bin?», fragte Haberer.

«Jonas, was für eine dämliche Frage. Ich dachte tatsächlich, du seist ein Profi.»

«Ein Profi?»

«Der ganze Quatsch mit dem Tierschutz? Oder hast du dich wirklich in die Alte verknallt? Das glaubst du doch selbst nicht. Du bist scharf auf ihr Vermögen. Mach dir nichts vor. Und sie gibt alles aus, um ein paar Tierchen zu retten.»

«Wie heisst du wirklich, du kleines Arschloch? Wenn du mich eh umbringst, kannst du es mir ja sagen. Ich sterbe dann leichter.»

«Na, na, Haberer, wir wollen die Sache doch nicht eskalieren lassen.»

«Du hast das Windrad in die Luft gesprengt.»

«Saubere Arbeit, was? Aber ich muss sagen, ich bin etwas zu gut. Auch der explodierende Pick-up war nett, oder? Ein bisschen zu viel Sprengstoff. Aber ein tolles Feuerwerk. Bumm! Hat es dir etwa nicht gefallen?»

«Wo ist Philippa?»

«An einem sicheren Ort.»

«Du hast ihr Handy. Du hast mich hierher gelotst und wolltest mich töten. Was hast du mit mir vor? Umbringen? Willst du mich erpressen? Du solltest dich beeilen, denn schon bald wimmelt es hier von Polizisten.»

«Zugegeben, die Sache lief nicht nach Plan. Vor allem nicht nach Philip Juniors Plan. Der feine Herr will sich ja die Hände nicht schmutzig machen. Das will er nie. Auch nicht bei seinen Geschäften. Ach ja, was meinst du, Haberer, wie würde Philippa reagieren, wenn sie wüsste, dass ihr Sohnemann ihre Weingüter in Frankreich längst chinesischen Geschäftsleuten versprochen hat und er sie endlich übergeben sollte? Wie er wohl seine Mama überzeugen wird? Und wer hält die Chinesen davon ab, ihm an den Kragen zu gehen? Ich werde es nicht mehr tun. Denn jetzt schlage ich dir einen Deal vor.»

«Oh, da bin ich mal gespannt. Ich mag Deals. Wenn etwas dabei herausspringt.»

«Du gefällst mir. Ich habe die Bilder. Und statt sie Philippas Sohn für ein Trinkgeld zu geben, verhökern wir die Bilder. Also du. Du bist doch ein guter Verkäufer. Und ein Bluffer. Was man so über dich liest, Haberer! Du verkaufst ja die eigene Grossmutter.»

«Ich habe keine.»

«Räum einfach diese alte Kunsthistorikerin endgültig aus dem Weg. Du hast doch Zugang zu ihr. Sie ist eh schon gaga. Leider noch nicht ganz. Dieser Doktor war ja nicht in der Lage, im Spital ihr Flämmchen auszulöschen.»

«Dann warst du es also, der Charlotte niedergeschlagen hat! Und Doktor Werner sollte ihr dann im Spital den Rest geben?»

«Ein Amateur. Und so etwas nennt sich Arzt. Er hätte doch bloss die Geräte so einstellen sollen, dass der alten Dame das Hirn trockengelegt worden wäre. Er ist ein Weichei. Leider konnte die Dame rechtzeitig notoperiert werden. Philip Junior ist übrigens ebenfalls ein Totalversager. Deshalb hat er mich für den Überfall auf die Kunstdame engagiert. Ich habe befürchtet, dass die ganze Scheisse an mir hängen bleibt.»

«Dann haben wir tatsächlich etwas gemeinsam. An mir bleibt nämlich ebenfalls die ganze Scheisse hängen.»

«Also, Haberer: Wir machen uns nun aus dem Staub und verticken diese hässlichen Pferdebilder. Deal?»

«Pferdebilder?»

«Ja, alles Pferdebilder.»

«Wie hast du die Bilder gestohlen? Mit Philippas Schlüsseln aus ihrem Versteck? Und wie bist du auf das Areal gekommen? Woher hattest du einen Batch?»

«Ach, Haberer, fleissige Handwerker, die zu einem dringenden Einsatz müssen, kommen überall hin. Aber du stellst mir zu viele Fragen. Also: Haben wir einen Deal?»

Haberer überlegte kurz. Und lancierte den Gegenangriff, obwohl ihm überhaupt nicht wohl war dabei. «Okay. Deal.»

«Geht doch. Wieder ganz der alte Haudegen. All die schlimmen Sachen, die man über dich hört, stimmen also.»

«Sie sind noch viel schlimmer. Frag Selma, die Reporterin. Aber gut, Isegrim, ich verticke dir die Bildchen. Das ist für mich ein Klacks. Ich kenne genügend raffgierige Menschen. Die bezahlen auch für Raubkunst eine Menge. Was springt für mich raus?»

«Achtzig zu Zwanzig.»

«Achtzig für mich?»

«Umgekehrt. Du willst doch leben, mein Freund.»

Haberer spürte wieder die Klinge an seinem Hals. Trotzdem sagte er: «Unter Fünfzig-Fünfzig läuft nichts. Ich bin Geschäftsmann.»

«So gefällst du mir besser. Machen wir Siebzig-Dreissig.»

«Sechzig-Vierzig?»

«Deal.»

«Nur wenn du mir sagst, mit welchen Schlüsseln du die Bilder geklaut hast.»

«Du weisst es doch.»

«Ich weiss es?»

«Na, Schlüssel, Erdloch, Philippa ... Dämmert's?»

Haberer musste sich zusammenreissen. Was hatte dieser Scheisskerl Philippa angetan? Er hätte es am liebsten aus ihm herausgeprügelt. Messer hin oder her.

Jonas Haberer kochte. Aber er riss sich zusammen.

Er zitterte. Nicht vor Angst. Vor Wut. Nein, er würde den Kerl, der Charlotte zusammengeschlagen hatte, nicht mit Schlagermusik in einer Höhle zudröhnen und verrecken lassen! Nein, er würde ihn mit blossen Händen erwürgen. Langsam. So, dass er spüren konnte, wie das Leben aus diesem Mistkerl entwich.

Nun waren Sirenen der Polizei und der Feuerwehr zu hören.

Das war Jonas Haberer aber gerade egal. Die Polizei ging sicher davon aus, dass es sich um einen Verkehrsunfall handelte. Nicht um einen Terroranschlag. Also würden die Beamten die Unfallstelle absichern und nicht gleich die ganze Gegend nach Attentätern absuchen. Sie würden das Wrack untersuchen, um den vermeintlichen Unfallfahrer zu retten.

«Also, Isegrim, warum hast du gewusst, dass Philippa die Schlüssel zu diesem geheimen Labor hat, und wie bist du an sie herangekommen?»

«Wenn dir diese Information so wichtig ist, machen wir doch Fünfunddreissig zu Fünfundsechzig.» Der Druck der Klinge auf seinen Hals wurde wieder stärker.

«Einverstanden, auf eine Million mehr oder weniger kommt es nicht an. Wir beide können sowieso das Leben in Saus und Braus geniessen. Also?»

«Philip Junior sagte es mir. Scheinbar vertraute er dem alten Doktor Werner nicht. Und da der noble Herr in der ganzen Welt unterwegs ist, sollte ich ein bisschen auf seine Mutter aufpassen. Hat auch geklappt. Ich finde, ich habe meine Tierschützerrolle ganz gut gespielt. So wie du deine als feuriger Liebhaber.» Isegrim lachte.

Haberer musste sich erneut zusammenreissen.

«Was hast du mit Philippa gemacht? Wo ist sie, verdammt nochmal?»

Weitere Polizeiwagen düsten mit Sirene und Blaulicht heran.

«Wir sollten abhauen.» Isegrim packte das Messer weg.

Haberer drehte sich um, musterte den Mann mit den zerzausten Haaren und dem Wolfstattoo auf dem rechten Oberarm und streckte ihm die Hand entgegen.

Isegrim schaute verdutzt drein.

«Na, was ist? Geschäftspartner beschliessen ihre Deals mit einem Handschlag.»

Isegrim reichte Haberer die Hand.

Jonas Haberer ergriff sie, drückte zu, verdrehte sie nach rechts. Isegrim, der einen Kopf kleiner war als Haberer, jaulte auf, ging zu Boden. Haberer holte mit der linken Hand seine Pistole aus der Jackentasche und schoss in die Luft.

Isegrim riss sich los, robbte auf allen Vieren davon, stand auf und rannte auf dem Uferweg davon. Haberer nahm die Pistole in die rechte Hand und schoss erneut.

Aber nicht in die Luft.

Richtig zielen konnte er zwar nicht. Dazu war er zu aufgeregt. Und es war auch zu dunkel. Aber das war ihm alles egal. Er schoss einfach. Immer wieder. Es schoss seine ganze Wut heraus. Auch als Isegrim plötzlich schrie, hörte er nicht auf.

Er hörte erst auf, als er von hinten von jemandem zu Boden geworfen und überwältig wurde.

«Verdammte Scheisse, Jonas, was soll das?»

Olivier Kaltbrunner lag auf ihm.

«Oli, was ist denn mit dir los? Verdammte Scheisse? Ich dachte, Goppeloni sei das einzige Fluchwort, das du über die Lippen bringst.»

«Was machst du hier?»

«Deine Arbeit. Ich denke, da vorn liegt irgendwo ein kleiner, mieser Verbrecher, den ich zur Strecke gebracht habe.»

Isegrim schrie um Hilfe.

«Du solltest dich um ihn kümmern und ihn festnehmen. Er hat die Bilder geklaut, Charlotte und Philippa überfallen und mich fast getötet.»

Polizistinnen und Polizisten rannten herbei.

«Eine zweite Person muss da vorn irgendwo liegen», befahl Kommissär Kaltbrunner. «Ich habe hier alles im Griff.»

«Danke, Kommissär Zufall», sagte Haberer, als die Polizisten weg waren. «Kannst du mich jetzt bitte loslassen? Ich habe nämlich noch etwas zu erledigen.»

«Jonas, so einfach geht das nicht. Du hast auf einen Menschen geschossen.»

«Das Arschloch lebt noch, sonst würde er nicht so jammern.»

«Jonas, ich muss dich verhaften.»

«Papperlapapp. Ich mach für dich die Drecksarbeit und du verhaftest mich? So ein Quatsch. Ich muss zu Philippa. Ich glaube, es geht um Leben und Tod. Also, alter Freund, lass mich gehen, ich halte dich auf dem Laufenden. Versprochen.»

«Jonas, das kann ich nicht.»

«Was bist du nur für ein erbärmlicher Hosenscheisser!», schrie Haberer. «Ich habe dich noch nie verarscht. Also lass mich die Sache zu Ende bringen, okay? Danach stelle ich mich.»

«Was hast du vor, Jonas? Das ist garantiert ein Fall für die Polizei!»

«Nein. Und falls doch, dann rufe ich dich an.»

«Dein Ehrenwort, Jonas? Ich riskiere meinen Job, meine Existenz.»

«Mein verdammtes Ehrenwort!»

«Okay.» Olivier Kaltbrunner stieg von Jonas hinunter.

Haberer stand auf und umarmte Olivier. «Danke. Wenn die Sache vorbei ist, lassen wir uns in deinem geliebten Basel volllaufen. Ist das ein Wort?»

«Das ist ein Wort.»

Jonas Haberer stapfte davon. Als er auf der Strasse stand, drehte er sich um und schrie: «Was ist das eigentlich für eine Bude, die dieser Isegrim in die Luft sprengen wollte?»

«PharmaPet heisst die Firma», schrie Kaltbrunner zurück. «Züchtet Labortiere. Wird streng vom Veterinäramt kontrolliert.»

«Alles klar, Oli. Wir sehen uns. Wenn nicht in diesem, dann im nächsten Leben.»

Klack – klack – klack.

39

Er rief Selma im Minutentakt an.

Aber sie nahm nicht ab.

Jonas Haberer stiefelte am Sportplatz Rankhof vorbei, dann am Tinguely Museum und machte erst bei den beiden Türmen des Pharmakonzerns Roche Halt. Aber nicht wegen der Türme. Ein grosses geschwungenes Ofenrohr, das mitten aus der Strasse ragte, lenkte ihn von seiner Sorge um Philippa und seinem Ärger über Selma ab. Natürlich war das Ofenrohr keine Fehlplanung, sondern ein Kunstwerk.

«Jesusmariasanktjosef!», murmelte Haberer. «Warum bin ich nicht Künstler geworden und verdiene mich mit solchem Mist dumm und dämlich? Oder Kunsthändler. Verkaufstalent habe ich ja. Ich verkaufe schliesslich die dümmsten und seichtesten Storys, warum also nicht die dümmste und seichteste Kunst? Es wäre rentabler!»

Dann stapfte er weiter und versuchte erneut, Selma zu erreichen.

Ohne Erfolg.

«Was für eine verdammte, vermaledeite Scheisse!», fluchte Haberer laut. «Die Frau kapiert es einfach nicht! Reporterin ist man vierundzwanzig Stunden an dreihundertfünfundsechzig Tagen!»

Klack – klack – klack.

Seine Füsse brannten.

Haberer stapfte über den Wettsteinplatz, den Claraplatz, über die Mittlere Brücke und erreichte den Totentanz. Vor Selmas Haus stand sein Panzer, am Scheibenwischer klemmte eine Parkbusse.

Haberer zerriss sie. «Spielt jetzt auch keine Rolle mehr. Ich komme eh in den Knast.»

Er setzte sich in den Wagen, liess den Motor aufheulen und hupte. Mehrmals. Dann stieg er aus und klingelte an sämtlichen Türglocken des Hauses «Zem Syydebändel». Nach einer Weile ging im ersten Stock das Licht an. Kurz darauf erschien Arvid Bengt im Hauseingang.

«Jonas! Was ist los? Es ist halb drei Uhr morgens.»

«Notfall. Weck Selmeli. Sie muss zu einem Einsatz. Tenue Berg. Verstanden? Schnell.»

Arvid Bengt liess die Tür offen und eilte in den dritten Stock.

Haberer wartete.

Er hupte nochmals. Lange.

Jetzt gingen auch in den anderen Häusern Lichter an, Fenster wurden geöffnet und Leute schrien: «Was soll das!? Wir rufen die Polizei!»

«Ich bin die Polizei», schrie Haberer. In seinem Zustand war ihm alles egal. Es war ihm egal, was die Leute dachten. «Ein extrem gefährliches Labor ist explodiert, tödliche Viren sind entkommen. Geht in die Keller, setzt die Schutzmasken auf und lasst euch sofort impfen!»

«Was?» – «Echt?» – «Schliesst die Fenster!» – «Ein Virus!»

Haberer hupte nochmals.

Endlich erschien Selma und setzte sich, ohne ein Wort zu sagen, in den Wagen. Haberer gab Vollgas. Mit quietschenden Reifen donnerte er durch die Stadt auf die Autobahn.

«Willst du gar nicht wissen, worum es bei diesem Einsatz geht?», fragte Haberer.

«Doch, eigentlich schon, aber ich weiss nicht, ob du überhaupt reden kannst. Dein Adrenalin kocht über. Ich nehme an, es geht um Philippa. Aber ich weiss nicht, wie ich helfen kann.»

«Selmeli, wir haben uns in den vergangenen Jahren so oft gegenseitig aus der Scheisse gezogen ... Also ich dich natürlich öfters als du mich. Aber egal. Das spielt jetzt keine Rolle. Du bist der einzige Mensch, dem ich restlos vertraue.»

«Sollte das nicht Philippa sein?»

«Das dachte ich auch. Das denke ich eigentlich noch immer. Und doch bin ich mir nicht sicher. Wenn sie mich verarscht hat, okay, dann ist es so. Aber wenn nicht ... wenn nicht ... Dann schwebt sie entweder in Lebensgefahr oder ...?»

«Oder was?»

«Sie ist bereits tot.»

Haberer erzählte in Kurzform, was in den letzten Stunden passiert war. Er endete mit den Worten: «Falls dieser Isegrim meinen Kunstschuss überlebt, muss unser Goppeloni-Kommissär nur noch aus ihm herausprügeln, dass er deine Mutter überfallen und in die unendlichen Weiten des Irrsinns geschlagen hat. Das dürfte sogar Oli hinkriegen, alles andere habe ich für ihn erledigt. Übrigens wollte euer verehrter Quacksalber Doktor Werner Charlotte im Spital ins Jenseits befördern.»

«Woher weisst du das alles?»

«Der Knallkopf, dieser Isegrim, hat es mir erzählt.»

«Und warum hat er dir das erzählt?»

«Weil wir einen Deal ... egal. Was war bei euch noch los?»

«Die Polizei hat das gesamte Klybeckareal abgesperrt und

stundenlang Spuren gesichert. Sie hat den Transponder tatsächlich gefunden, er war zerstört, plattgewalzt von mehreren Bussen. Man hat Mama befragt, mich, später auch noch Marcel.»

«Und Doktor Werner?»

«Wurde verhaftet.»

Sie schwiegen eine Weile.

«Ich nehme an, wir fahren in die Freiberge, zur De-Polline-Ranch? Um Philippa zu suchen?»

«Ja.»

Kurz vor vier Uhr erreichten sie die Ranch.

«Jesusmariasanktjosef, was ist denn hier los?»

Vor dem Tiergnadenhof standen drei Kastenwagen, aus denen Menschen in weissen Schutzanzügen Tierboxen ausluden.

Haberer stoppte seinen Panzer und stieg aus. Er packte eine Frau, die eine Sturmhaube trug. «Was wird das?»

«Lassen Sie mich los! Wer sind Sie?»

«Ich bin Philippas rechte Hand», sagte Haberer. «Der Mann fürs Grobe. Alles gut gegangen?»

«Ja, alles ist glattgelaufen, besser als bei meinem ersten Einsatz auf diesem Bauernhof, als ich die verletzten Pferde fotografieren sollte.»

«Was war beim ersten Einsatz?»

«Die Chefin wurde angeschossen.»

«Ich weiss», bluffte Haberer. Nein, er wusste nur von einem Rencontre mit einem Bauern, aber dass Philippa angeschossen wurde... «Damals ging es um Pferde, oder? Der Schuss traf Philippa nur...» Er stockte und hoffte, dass die junge Frau den Rest erzählen würde.

«Ja, die Chefin bekam nur einen Streifschuss ab. Zum Glück. Sie konnte flüchten. Philippa ist eine Heldin! Die verletzten und gequälten Pferde konnten danach vom Veterinär gerettet und später auf die Ranch gebracht werden.»

«Das ist gut.» Haberer schaute in eine der Tierboxen. Er sah Ratten. «Versuchstiere?»

«Ja, aus Basel. Der Einsatz in den Laboren der Universität war viel leichter als erwartet. Keine Polizei, nichts.»

«Die Polizei war an einem anderen Ort beschäftigt. Dafür habe ich gesorgt.» Haberer klopfte der jungen Frau auf die Schulter. «Prima Arbeit. Ihr habt Tiere gerettet.»

«Ja. Wir haben Tiere gerettet.»

«Wo ist die Chefin?»

«Keine Ahnung. Wir haben seit Stunden nichts von ihr gehört.»

«Okay. Ich bin ja da. Bringt die Tiere in Sicherheit.»

Haberers Gedanken rotierten. Dann packte er nochmals den Arm der jungen Frau. «Der Einsatz sollte doch erst in der Nacht auf morgen stattfinden. Warum die Planänderung?»

«Weiss ich nicht.»

«Wer hat euch die Änderung mitgeteilt?»

«Die Chefin, per SMS.»

«Nicht Isegrim?»

«Isegrim? Noch nie gehört.»

Jonas Haberer liess die Frau los.

Für ihn war klar: Isegrim hatte den Einsatz um vierundzwanzig Stunden vorverschoben. Das bedeutete, dass Isegrim mindestens ebenso lang Philippas Handy hatte und in der Lage war, in ihrem Namen Anweisungen zu geben. Und dass er es war, ohne jeden Zweifel, der ihn in die Falle gelockt hatte. Isegrim sollte die Polizei mit dem Anschlag auf die PharmaPet vom wirklichen Tierrettungseinsatz bei den Universitätslabors ablenken – aber sicherlich keinen Menschen töten. Das hätte Philippa nie gewollt.

Haberer stapfte zu seinem Panzer und sagte zu Selma: «Dieser verdammte Isegrim wollte mich umlegen, weil ich ihm wegen der Gemälde auf die Spur gekommen bin. Aber wo ist Philippa?»

«Jonas, ich weiss es nicht.»

Haberer rannte trotz schmerzender Füsse in den Stall. Selma spurtete ihm hinterher.

Herakles der Vierte stand in seiner Box und wieherte, als er Haberer sah. Valentina de Polline die Siebte war nicht da.

Haberer schrie: «Kommt her!»

Aber niemand kam.

Haberer rannte zurück zum Tiergnadenhof. «Hat irgendjemand Valentina gesehen?»

«Nein, sie ist mit Philippa verschwunden», sagte die Frau, mit der Haberer zuvor gesprochen hatte.

«Und ihr Pappnasen sucht nicht nach den beiden?»

«Doch. Aber wir dachten, Philippas Verschwinden gehört zur Mission in Basel.»

«Scheisse!», fluchte Haberer und rannte zurück in den Stall. Seine Füsse brachten ihn schier um.

Dann führte er Herakles aus der Box und sattelte ihn.

«Was hast du vor?», fragte Selma.

«Ausreiten. Fahr mir hinterher.»

«Wohin?»

«Weiss ich auch nicht.»

Jonas Haberer tätschelte Herakles. «Alter Freund, du bringst mich jetzt zu Valentina de Polline der Siebten, zu Philippa, zu ihrem Versteck. Das kannst du doch. Philippa hat gesagt, dass du sie und Valentina immer finden würdest. Okay?»

Der Hengst trabte los. Wechselte bald in den Galopp.

Haberer krallte sich fest.

Selma hatte keine Chance, den beiden mit Haberers Panzer zu folgen.

Herakles der Vierte führte Jonas Haberer ohne Umwege ans Ziel. Er wusste tatsächlich, wo Valentina war. Und damit ziemlich sicher auch Philippa.

Valentina de Polline die Siebte lag vor dem Eingang zu Philippas Versteck und röchelte. Sie hatte tiefe Einschnitte am Hals. Blut war ausgetreten und geronnen.

Herakles beschnupperte sie, scharrte mit den Hufen, schnaubte.

Haberer gab seine Koordinaten an Selma durch und schrieb: «Sofort einen Tierarzt bestellen.»

Dann stieg er von Herakles ab und kniete sich zu Valentina. Er streichelte über ihre Nase. «Halt durch, altes Mädchen, wir kriegen das hin. Der Onkel Doktor ist unterwegs.»

Aber wo war Philippa?

«Philippa!», schrie Haberer. «Philippa!»

Er erblickte den Trichter der Doline, in der sich Philippas Versteck befand. Wovor auch immer sie sich verstecken wollte. Jeder Mensch hatte schliesslich seine Macken, sagte sich Haberer. Er ja auch. Er hatte viele Macken.

Er stellte die Taschenlampe seines Handys ein und ging zum Erdloch. Der Deckel war nicht mit Erde zugeschüttet. Seltsam. Sehr seltsam. Nach ihrem gemeinsamen Besuch hatte er ihn wieder bedecken müssen. Das machte Philippa immer. Hatte sie zumindest gesagt. Das Versteck sollte schliesslich geheim bleiben. Haberer sah auch, dass das dicke Schloss und die Kette weg waren. Beide lagen unversehrt neben dem Stahldeckel.

Er kniete sich hin. Jetzt bemerkte er, dass der Stahldeckel verbogen war. Und ziemlich schwarz. Mit Russ überdeckt.

Jonas Haberer versuchte, ihn zu öffnen. Aber das ging nicht so einfach. Die Scharniere quietschten. Auch sie waren verbogen. Alles war verbogen. Mit aller Kraft schaffte er es, die verbeulte Klappe zu öffnen. Er leuchtete mit der Taschenlampe in das tiefe Loch.

Und zuckte zusammen.

Jonas Haberer sah kein Loch. Oder zumindest kein tiefes mehr. Etwa drei Meter unter der Oberfläche lagen Betonbrocken, ineinander verkeilt. Eigentlich sollten sie den Ein- und Ausstieg sichern. Aber sie waren gebrochen und versperrten den Zugang zur Höhle – und damit auch den Ausstieg. Die Leiter war eingeklemmt und zerquetscht worden.

«Philippa!», schrie er in die Tiefe. «Philippa!»

Seine Worte hallten zurück. Trotzdem rief er weiter nach Philippa.

Keine Antwort.

Haberer untersuchte die Kette und das Schloss. «Jesusmariasanktjosef!» Kette und Schloss waren nicht mit einer Zange geknackt worden, sondern mit Sprengstoff. Sie waren genauso verbogen und schwarz wie der Stahldeckel. «Dieses verdammte Arschloch hat das Schloss gesprengt. Und Valentina verletzt. Isegrim! Hoffentlich habe ich dich richtig getroffen! Hoffentlich habe ich dein Flämmchen ausgepustet.»

Er schrie: «Philippa! Philippa! Philippa!»

Aber er bekam auch jetzt keine Antwort.

Haberer stand auf. Tigerte umher.

Herakles schnaubte.

Valentina röchelte.

Haberer fluchte wie wild. Aber es half nichts. Es half doch sonst immer. Aber in diesem Fall half es nicht.

Ein Gefühl machte sich in Jonas Haberer breit, das er nicht kannte: Verzweiflung. Pure Verzweiflung. Er spürte, wie ihm Tränen in die Augen schossen.

Er liess ihnen freien Lauf.

Dann hörte er Geräusche. Schritte. Er sah ein Licht. Selma! Selma stand plötzlich vor ihm.

«Was ist los?», fragte sie.

«Die Doline! Isegrim hat die Doline in die Luft gesprengt. Philippa ist da unten.»

«Warum sollte sie da unten sein?»

«Sie ist da unten. Wo sollte sie sonst sein? Und der Mistkerl hat Valentina verletzt!»

Selma kniete sich zu Philippas Pferd. «Du schaffst das. Der Tierarzt ist unterwegs.»

Herakles schnaubte und scharrte erneut mit den Hufen.

Haberer rief wieder nach Philippa. Dann sagte er zu Selma: «Wir müssen da runter. Philippa ist da unten! Vielleicht ist die ganze Höhle eingefallen. Mein Gott, Philippa! Sie hat möglicherweise ein Luftloch. Aber wie lange noch?»

Selma wählte den Notruf und erklärte auf Französisch, was passiert war.

Nach dem Telefonat sagte sie: «Polizei und Feuerwehr sind unterwegs.»

«Polizei und Feuerwehr? Na toll, was wollen die hier?»

«Jonas, sie kommen mit dem notwendigen Gerät. Und treiben Spezialisten auf, die sich mit Unfällen in Höhlen auskennen.»

«Verdammte Scheisse! Wir haben keine Zeit mehr. Philippa liegt seit mindestens vierundzwanzig Stunden da unten.»

«Beruhige dich, Jonas. Bist du sicher, dass Philippa da unten ist?»

Haberer setzte sich. «Sorry, Selmeli, ich war emotional, das geht gar nicht. Ein Reporter darf nicht emotional handeln und denken. Also, ich fasse zusammen ...» Er räusperte sich, spuckte auf den Boden. «Isegrim hat die Bilder geklaut. Zugang zu diesem Bau dreihundertirgendwas erhielt er mit Philippas Schlüsseln. Er wusste vom Versteck, er wusste es von Philippas Sohn. Statt das Schloss zu knacken, sprengte er es, durchsuchte das ganze Erdloch, fand die Schlüssel und fuhr nach Basel. Wahrscheinlich wusste er sogar von Philip Junior, dass Philippa die Schlüssel unter dem Bett versteckte. Wie auch immer. Nach dem Raub wollte er die Schlüssel wieder zurücklegen. Damit kein Verdacht auf ihn fiel, falls Philip Junior gegen ihn aussagen würde. Macht doch Sinn, oder?»

«Ja, macht Sinn.»

«Dann muss ihn Philippa überrascht haben, weil sie die Schlüssel für mich holen wollte. Okay?»

«Ein ziemlich erbärmlicher Zufall, was?»

«Solche Geschichten passieren. Und wir Reporter leben davon und verdienen Kohle damit.»

«So ist es. Und dann?»

«Isegrim bedrohte Philippa.»

«Kann man Philippa Angst einjagen? Ich habe sie als äusserst selbstbewusste und resolute Frau kennengelernt, die vor nichts und niemandem zurückschreckt.»

«Und sie hat vorgesorgt», ergänzte Haberer. «Mit diesem Versteck. Sie ist sich bewusst, dass man sich mit Tierschutz, wie sie ihn betreibt, viele Feinde schafft. Alles perfekt. Aber Philippa hat einen schwachen Punkt.»

«Und der wäre?»

«Tiere.»

«Tiere? Wie meinst du das?»

«Philippa ritt mit Valentina hierher. Es kam zu dieser unheilvollen Begegnung mit Isegrim. Dieser zückte sein Messer, mit dem er auch mich töten wollte. Er packte Valentina an den Zügeln und drohte, sie zu töten, falls Philippa nicht machen würde, was er wollte. Vermutlich ritzte er das Pferd auch, damit Philippa sah, wie ernst er es meinte.»

«Okay.»

«Er nahm ihr das Handy ab und erpresste ihren Entsperrungscode. Dann überreichte Philippa mir die Schlüssel, die Isegrim ihr zurückgegeben hatte. Daraufhin schickte sie mich weg. Und erfand die Geschichte, dass Valentina auf der Weide wäre. Ich verliess die Ranch. Philippa ging zurück, fand ihr verletztes Pferd. Isegrim hatte versucht, es zu töten – obwohl Philippa gemacht hatte, was er von ihr verlangt hatte. Dieser Mistkerl!»

«Das klingt schon logisch, aber warum sollte Philippa in ihr Versteck gestiegen sein?»

«Ja, warum?»

«Warum?»

«Weil Isegrim es verlangte?»

«Kann sein. Aber warum? Nein, Isegrim war nicht mehr da. Er hatte ja alles. Philippa wollte sich um ihr verletztes Pferd kümmern. Philippa, die Pferdefreundin.»

«Sie hätte den Tierarzt alarmieren können.»

«Ohne Telefon? Das hatte ja Isegrim. So konnte er die ganze Labortieraktion um eine Nacht vorverschieben und mich in die Falle laufen lassen. Wir alle glaubten doch, dass Philippa die Anweisungen gab.»

«Jonas, macht das Sinn?», fragte Selma.

Haberer überlegte.

Nach einer Weile sagte er: «Ja, es macht Sinn. Verdammte Scheisse, es macht sogar sehr viel Sinn. Philippa hat da unten eine Apotheke eingerichtet.»

«Eine Apotheke?»

«Ja, für den Notfall. Falls irgendwelche Armeen einmarschieren. Keine Ahnung. Oder falls sie vor aufgebrachten Bauern flüchten muss. Oder vor fleischfressenden Ungeheuern. Dinosauriern. Oder sonst was. Ich weiss es nicht. Egal. Sie wollte Verbandzeug und Medikamente holen. Für Valentina. Aber dann...» Haberer stockte.

«Aber dann?»

«Dann brach diese verdammte Doline ein.»

«Ausgerechnet als Philippa da unten war?»

«Ja.»

Sie schwiegen eine Weile.

«Dolinen können einbrechen. Einfach so. Erdlöcher gibt es an ganz vielen Orten. Eine kleine Erdbewegung – Pech. Oder

Isegrim hat mit einer Sprengung den Sack zugemacht. Dem Kerl ist alles zuzutrauen.»

Selma umarmte Jonas Haberer. «Wir wollen nicht mit dem Schlimmsten rechnen, oder?»

«Nein, wollen wir nicht, Selmeli. Zum Glück bist du da.»

In sehr weiter Ferne waren die Sirenen von Polizei, Feuerwehr und Ambulanz zu hören.

Jonas Haberer kniete sich erneut vor das Erdloch und schrie: «Philippa! Hilfe kommt! Philippa! Alles wird gut. Wir holen dich raus!»

Selma beugte sich nach unten und rief ebenfalls so laut sie konnte in das Erdloch: «Philippa! Philippa!»

Es kam keine Antwort.

«Philippaaa!!!»

Auch Haberer schrie: «Philippa!»

Und wieder Selma: «Philippa!»

Nichts.

Selma und Haberer warteten.

Plötzlich hörten sie ein Klopfen.

«Hast du das gehört, Selma?»

«Ja.

«Philippa, wir holen dich hier raus!»

Wieder ein Klopfen. Noch eines. Noch eines.

«Philippa! Wir ...»

«Warte, Haberer. Philippa klopft weiter.»

Dreimal kurz, dreimal lang, dreimal kurz.

«SOS», sagte Selma. «Philippa braucht Hilfe. Vermutlich ist sie verletzt.»

«Hilfe ist unterwegs», schrie Haberer. «Wir kommen!»

Dann schaute er Selma an. «Verdammt, wieso kommt denn diese Scheissfeuerwehr nicht? Die Polizei! Sind das hier auch so Dilettanten wie in Basel? Haben wir überall dummdreiste Olis bei der Polizei? Verdammte Scheisse. Scheisse!!»

«Jonas! Beruhige dich.»

«Nein, ich beruhige mich nicht.» Er schrie wieder in die Doline: «Philippa, geh vom Einstieg weg, ich komme. Hast du mich verstanden? Geh vom Eingang weg!»

Es kam ein einziges Klopfzeichen zurück.

«Sie hat verstanden, oder, Selma? Philippa hat verstanden?»

«Ich weiss nicht ...»

«Philippa! Hast du dich vom Einstieg entfernt?»

Wieder ein Klopfzeichen.

Haberer erhob sich und setzte einen Fuss auf die Leiter. Er prüfte, ob sie hielt.

Sie hielt. Haberer stieg eine Sprosse hinunter, noch eine.

«Jonas, was hast du vor?»

«Ich steige so weit hinunter, bis ich die verkeilten Betonröhren erreiche. Dann versuche ich, sie in die Tiefe zu stossen.»

«Ist das nicht viel zu gefährlich? Wir warten, bis die Feuerwehr hier ist.»

«Nein, verdammt. Ich muss etwas tun. Bis die Feuerwehrleute eingerichtet sind und kapiert haben, was zu tun ist ... ist Philippa vielleicht tot. Selma, nimm den Pferden das Zaumzeug ab und versuche, damit ein Seil zusammenzuknoten.»

Selma beeilte sich. Sie kannte sich mit Pferden nicht aus. Zudem war es Nacht. Im schwachen Licht ihrer Handylampe schaffte sie es irgendwie, das Geschirr der beiden Pferde loszubinden, zu verknüpfen und zu einem einzigen, langen Seil zusammenzufügen.

Haberer kraxelte aus der Doline heraus. «Los, binde mir das Geschirr um den Bauch!»

«Jonas, ich weiss nicht, ob das hält.»

«Papperlapapp.»

«Wollen wir wirklich nicht auf die Retter warten?»

«Nein.»

Selma war es gar nicht geheuer. Aber sie war sich auch bewusst, dass es noch dauern würde, bis die Feuerwehr diese gottverlassene Stelle finden würde und sich für den Rettungseinsatz eingerichtet hätte. Und es war klar: Philippa brauchte dringend Hilfe. Also band sie das Zaumzeug um Haberers Bauch.

Haberer stieg wieder ins Erdloch.

Selma sicherte ihn. Da sie recht gut klettern konnte, wusste sie auch, wie das geht.

«Philippa!», schrie Haberer. «Bist du in Sicherheit?»

Ein Klopfzeichen.

Haberer hielt sich an einer Sprosse der Leiter fest und stiess mit dem linken Bein gegen eines der verkeilten Betonelemente.

Er schrie.

Sonst passierte gar nichts.

Er stiess weiter dagegen. Nochmals. Und nochmals.

Beton bröckelte.

«Du verdammtes Teil, ich krieg dich!», schrie Haberer wie ein Verrückter und verpasste dem Betonelement einen weiteren Tritt.

Er schrie.

Das Betonelement löste sich. Krachte in die Tiefe. Weitere folgten.

Dann löste sich auch die lädierte Leiter, stürzte ebenfalls in die Tiefe.

Und Haberer mit ihr.

Selma stemmte sich dagegen und konnte Haberer tatsächlich halten.

«Philippa!», schrie Haberer. «Alles gut?»

Keine Antwort.

«Ich bin gleich da, Philippa!» Dann rief er zu Selma: «Kannst du mich weiter hinunterlassen?»

«Nein, Jonas, nein! Halt dich irgendwo fest, ich kann dich nicht halten!»

«Philippa! Ich bin ganz nah bei dir.»

«Ich kann nicht mehr», kam es nun aus der Tiefe zurück.
«Cowboy, ich liebe dich!»
«Ich liebe dich auch. Ich bin da!»
«Jonas!», schrie jetzt Selma. «Halt dich fest, verdammt nochmal. Ich kann dich nicht mehr halten!»

40

Selma wachte in einem Spital auf. Marcel war da. Arvid Bengt. Ihre beste Freundin Lea.
«Wo bin ich?»
«Im Spital Saignelégier», sagte Marcel.
«Unser Baby?»
«Dem geht es gut. Dir auch. Bis auf die gebrochenen Handgelenke. Aber das wird wieder.»
«Ich werde das Baby nicht halten können.»
«Dafür ist ja Marcel da», sagte Lea. «Und ich. Die Patentante.»
Selma lächelte.
«Und ich kann euch auch zur Hand gehen», meinte Arvid Bengt. «Ich bin schliesslich der Grossvater.»
Selma lächelte erneut.
Aber dann wurde sie ernst. «Haberer?»
«Fuss gebrochen, Becken irgendwie verschoben, Hande lädiert», fasste Marcel zusammen. «Sonst okay. Sagen zumindest die Ärzte. Er liegt auch hier im Spital. Aber er will niemanden sehen.»
«Niemanden?»
«Niemanden. Auch dich nicht, Liebste. Wir haben mehrmals gefragt.»
Selma schwieg.

Sie sah die Bilder vor sich, hörte die Schreie.
Dann fragte sie: «Philippa?»
Stille.
«Was ist mit Philippa? Sie hat es geschafft, oder? Sie hat es geschafft, ganz sicher.»
Marcel umarmte Selma ganz vorsichtig und flüsterte: «Nein, leider nein, sie verstarb noch in der Doline. In den Armen von Jonas. Sie hatte viel Blut verloren. Zudem hatte sie schwere innere Verletzungen. Als die Retter sie endlich erreichen konnten, war es zu spät.»
«Fuck!», schrie Selma. Und fragte dann: «Warum?»
«Die Experten der Feuerwehr meinen, dass bei der Sprengung des Stahldeckels die Betonelemente massiv beschädigt wurden. Später brachen sie ganz. Philippa hätte niemals in dieses Loch steigen dürfen. Sie stürzte in die Tiefe und wurde mit Betonbrocken zugeschüttet. Philippa soll schrecklich ausgesehen haben. Ihre Beine waren zertrümmert. Zudem hatte sie schwere Kopf- und Gesichtsverletzungen.»
Selma schwieg lange. Dann sagte sie: «Ich verstehe es nicht. Isegrim hatte doch nur den Eingang gesprengt. Und er stieg schliesslich auch hinunter und wieder hinauf. Warum kam dabei nicht er ums Leben?»
«Das wird untersucht, Liebste. Aber in so einem Erdloch rumort es immer mal wieder. Vielleicht gab es nur eine kleine Verschiebung der Erdmassen. In den vergangenen Nächten wurden mehrere kleine Erdbeben registriert. Nichts Ungewöhnliches. Vielleicht hatten diese Beben einen Einfluss. Fest steht, dass die Betonröhre zusammengebrochen ist, als Philippa wieder hinaufsteigen wollte.»
«Warum weiss man das?»
«Weil sie viel Verbandszeug und Medikamente auf sich hatte, mit dem sie ihr Pferd versorgen wollte. Sie versuchte dann, sich damit selbst zu behandeln. Aber ... sie schaffte es nicht.»

Selma schluckte. Sie weinte.

Marcel hielt ihre Hand.

«Wie geht es den Pferden?», fragte Selma kurz darauf.

«Herakles dem Vierten geht es gut», sagte nun Arvid Bengt. «Und Valentina de Polline die Siebte wird überleben. Sie ist im Tierspital in Bern.»

«Und die Labortiere?»

«Denen geht es gut.»

«Und Tom ebenso», sagte Marcel.

«Mama?»

«Sie ist bei deiner Schwester und macht sich grosse Sorgen um dich.»

«Ich sollte sie anrufen, was?»

«Ja, das solltest du.»

«Was soll ich ihr sagen?»

«Die Wahrheit.»

«Dass ihre Prophezeiung wahr geworden ist und die verdammten Gemälde tatsächlich jemanden ins Grab gebracht haben?»

«Ja, ich fürchte ja», sagte Marcel.

Fünf Wochen später sassen Lea und Olivier Kaltbrunner an Selmas Küchentisch und tranken Kaffee.

«Gibt es etwas zu berichten, Olivier?», fragte Selma.

«Hast du endlich etwas gehört von unserem Jesusmariasanktjosef-Freund Haberer?», fragte Olivier zurück.

«Nein. Er meldet sich nicht. Nicht mehr. Die letzte Nachricht kam noch aus dem Spital. Es gehe ihm gut. Ich solle mir keine Sorgen um ihn machen. Niemand soll sich wegen ihm Gedanken machen. Er müsse sich erst neu orientieren. Und sortieren. Nur eines würde beim Alten bleiben: seine Boots. Klack – klack – klack.»

«Hm, hm, so, so.»

«Jetzt bist du dran.»

«Goppeloni, Selma, ich kann dir nicht...»

«Goppeloni, Oli, bitte!»

«Wie geht es dem Baby?»

«Ich spüre es. Es ist da. Und es ist gesund. Marcel und ich freuen uns so. Aber du lenkst ab.»

«Na ja, laufende Ermittlungen, schwierige Ermittlungen.»

«Oli, bitte! Wir sind unter uns.»

«Unter Freunden sollte man solche Dinge auch nicht...»

«Oli, ich erzähle niemandem etwas. Zudem bin ich raus aus dem Journalismus. Und auch raus aus dem Reporterinnenleben.»

«Echt jetzt?», fragte Lea. «Das ist doch deine Leidenschaft.»

«Eine Leidenschaft, die immer wieder in einer Tragödie endet. Nein, danke. Ich werde für mein Baby da sein. Für Marcel. Für Mama. Für Papa. Für meine gesamte Familie. Und ich werde den Tiergnadenhof von Philippa leiten. Aber nur den Tiergnadenhof. Nicht das Gestüt. Und nicht diese anonym operierende Tierschutzorganisation. Ich denke, die ist mit Philippas Tod sowieso Geschichte. Sie hat schliesslich alles organisiert und finanziert.»

«Und deine Malerei?»

«Da freue ich mich darauf. Ich werde alles malen. Wenn ich meine Handgelenke wieder richtig bewegen kann. Alles, ausser Pferde.»

Alle lachten.

«Aber zuerst werde ich das grosse Gemälde für Marcel fertig machen. Diese Szene im Bavonatal, als wir ihn entdeckt haben. Diese weissgraue, karge Landschaft mit einem Licht, einem Schutzengel darüber.»

«Das ist schön», sagte Lea. «Das ist ein wundervolles Geschenk für Marcel. Zu Weihnachten. Zur Hochzeit. Oder zur Geburt. Dein Bäuchlein wächst, Süsse. Und ich bin aufgeregter als du. Ich glaube, ich bin schwangerer als du. Schwangerer? So ein Blödsinn.»

«Du bist süss, Lea», sagte Selma.

Sie nahm einen grossen Schluck Kaffee und wandte sich dann wieder an Olivier: «Was ist eigentlich aus den verschollenen und gestohlenen Bildern geworden? Ist der Millionenschatz aufgetaucht?»

«Ja», antwortete Olivier.

«Ja? Mehr gibt es dazu nicht zu sagen?»

«Hm ...»

«Oli!», riefen Selma und Lea gleichzeitig.

«Philipp ...»

«Philipp?», unterbrach Selma.

«Oh, vergesst den Namen, ich habe nichts gesagt. Aber dieser Isegrim heisst tatsächlich Philipp irgendwas.»

«Haberer hat ihn niedergeschossen.»

«Unser Haudegen hat ihn am Bein getroffen. Glück für Jonas. Ich denke, er wird bei der Gerichtsverhandlung freigesprochen. Das sagt auch meine Stieftochter Nazima, die angehende Juristin. Ich bin im Protokoll nicht auf Details eingegangen. Ich meine, ich habe die ganze Sache ja auch nicht wirklich gesehen. Ja, es gab mehrere Schüsse. Aber ob Jonas gezielt geschossen oder einfach in Panik in die Luft geballert hat – ich weiss es nicht. Und ein gezielter Schuss in Notwehr, tja, das könnte doch so gewesen sein.»

«Das ist unkorrekt, aber nett.» Lea drückte ihm einen Kuss auf die Wange.

«Und was ist jetzt mit den Bildern?», hakte Selma nach.

«Philipp, also Isegrim, hatte die Bilder in einem Schuppen im Elsass gelagert. Sie konnten von den französischen Behörden sichergestellt werden. Phi..., also Isegrim, ist deutscher Staatsangehöriger und hat auch eine offizielle Wohnadresse in Deutschland. Seine Taten hat er jedoch in der Schweiz begangen. Was alles sehr kompliziert macht.»

«Das heisst, er ist auf freiem Fuss?»

«Nein, ganz und gar nicht. Es wird einfach dauern. Und ich darf nichts sagen. Aber ...» Olivier Kaltbrunner überlegte.

«Aber?», fragte Selma.

«Doktor Werner muss übrigens mit einer Anklage wegen versuchten Mordes an deiner Mutter rechnen», lenkte Olivier ab. «Ich dürfte euch das alles wirklich nicht erzählen ... Aber gut, es wird ja eh alles irgendwann veröffentlicht ... Also, Doktor Werner hatte im Spital die medizinischen Geräte manipuliert und die behandelnden Ärztinnen und Ärzte absichtlich falsch informiert.»

«Was für ein erbärmlicher Zwerg.»

«Ja, das würde Haberer auch sagen.»

«Also, Oli, was ist mit Philipp Isegrim?»

«Er hat gestanden, den Überfall auf Charlotte begangen und die Bilder gestohlen zu haben. Im Auftrag von Philip Junior Miller-de-Polline.»

«Dann wurde Philippas Sohn ebenfalls festgenommen?»

«Ach, Selma.»

«Oli, bitte!»

«Ja. Aber er ist wieder auf freiem Fuss. Wir haben ausser der Aussage von diesem Philipp Isegrim nichts gegen ihn in der Hand. Er habe auch nicht gewusst, dass es sich bei den Bildern um Raubkunst handle. Doktor Werner streitet dies ebenfalls ab.»

«Aber meine Mutter hat das doch klar und deutlich gesagt.»

«Ja, schon. Aber ...»

«Sie gilt bei euch als krank, oder?»

«Nein. Es gibt einfach kein Gutachten dazu.»

«Das kann sie jederzeit nachliefern.»

«Zu spät. Sie hätte es vorher schreiben sollen. Bevor die ganze Sache eskaliert ist. Andere Kunsthistoriker werden sich nun um die Gemälde kümmern. Sie werden übrigens auf über hundert Millionen Franken geschätzt.»

«Okay. Und der Anschlag auf Philippa, der Anschlag auf Haberer? Was ist damit? Dieser Isegrim wird doch zur Rechenschaft gezogen?»

«Das hoffe ich sehr. Leider ist er nicht kooperativ und schweigt bei den Einvernahmen meistens. Er sagt nur, das seien Missverständnisse und Unfälle gewesen. Und ich muss sagen: Es wird schwierig, das Gegenteil zu beweisen.»

«Uff», machte Lea und wandte sich Selma zu. «Was für eine Geschichte. Die kannst du sicher den Medien für viel Geld verkaufen. Haberer wird dich dafür lieben.»

«Ich habe es doch schon gesagt, Süsse: Ich bin raus. Ich will schöne Geschichten schreiben. Keine Krimis. Keine Thriller. Ich bin endgültig raus.»

Epilog

Am 24. Dezember klingelte es um 11 Uhr an Selmas Wohnungstür. Sie zog gerade ihr Baby für einen Spaziergang an.

Sie drückte den Türöffner. Da aber niemand reagierte und sie aus dem Treppenhaus keine Schritte hörte, schlüpfte Selma in den Wintermantel, nahm ihr Kind auf den Arm und ging hinunter.

Sie öffnete die Tür und sah ein Pferd. Daneben stand ein Mann in roten Cowboystiefeln, Chaps und Cowboyhut. Der Hut war mit Schnee bedeckt. Es schneite.

«Jonas!», sagte Selma erstaunt.

«Selmeli! Und das ist dein Kind?» Er schaute es lange an. «Jesusmariasanktjosef, ist das vielleicht fett!»

«Blödmann. Das ist der natürliche Babyspeck.»

«Oh. Und jetzt muss ich wohl sagen, dass es das schönste Baby der ganzen Welt ist, oder?»

«Nochmals Blödmann. Obwohl es nicht falsch wäre. Komm doch...»

«Selma», unterbrach Haberer, «ich bin auf der Durchreise und wollte dir nur frohe Weihnachten wünschen.»

«Das ist nett, Jonas. Du bist mit Herakles dem Vierten unterwegs?»

«Ja, wie ein richtiger Cowboy.»

Selma ging zu Herakles und sagte zu ihrem Kind: «Guck mal, dieses grosse Pferd. Es heisst Herakles. Und der Mann daneben, das ist unser alter Freund Jonas.» Das Baby quietschte. Herakles schnaubte. Jonas räusperte sich. «Und das ist unser Sohn Arvid Marcel», fügte Selma an.

«Schöner Name. Ungewöhnlich. Ungewöhnlich ist gut.»

«Komm jetzt endlich rein, Jonas», sagte Selma resolut. «Das Pferd kannst du da drüben im Totentanzpark an einem der Bäume anbinden. Heu habe ich leider keines.»

«Lass gut sein, Selma. Geht es dir gut?»

«Ja. Wir haben die Mansarde umgebaut und haben jetzt genügend Platz für die Familie. Also nicht ich habe gebaut, sondern Marcel, mein Papa und vor allem einige professionelle Handwerker. Ich war ja lädiert...» Selma zeigte ihre Handgelenke. «Hat gedauert, bis alles verheilt war, aber jetzt ist alles wieder gut.»

«Das freut mich. Und ich gratuliere dir zum Baby.»

«Danke. Warum hast du dich nie gemeldet?»

«Ging nicht.»

Haberer griff in eine der Satteltaschen, nahm ein Plüschpferd hervor und überreichte es Selma. «Dein Sohn soll sich an Pferde halten. Pferde sind gute Wesen, treue Gefährten.»

Selma nahm das Pferd und zeigte es ihrem Baby. Dessen grosse Augen strahlten.

«Möchtest du Arvid Marcel mal halten, Jonas?»

«Ach Selmeli, wir wollen doch nicht schon wieder das Schicksal herausfordern. Du weisst ja, was ich für ein Trampel bin. Schliesslich bin ich schon über Arvid Marcels Wiege gestolpert.»

Selma musste lachen.

«Wie geht es Charlotte? Ist sie überhaupt noch da oder nach Schweden abgehauen?»

«Nein. Sie ist dageblieben, dank unserem Kleinen. Ihr Grossmutterherz hätte eine Auswanderung nicht überlebt. Es geht ihr gut. Noch einige Nachwehen des Überfalls, einige Gedächtnislücken. Ach, Haberer, komm endlich rein, wir trinken Kaffee, Bier, Schnaps. Die ganze Familie wird sich freuen!»

«Nein, Selma, das geht nicht. Ich habe keine Zeit.»

«Warum hast du keine Zeit?»

«Herakles der Vierte muss weiter.»

«Warum muss er weiter?»

«Weil ich es ihm sage.»

«Und warum sagst du es ihm?»

«Weil ein Mann tun muss, was ein Mann tun muss.»

«Was muss denn ein Mann tun?»

Haberer stieg äusserst schwungvoll auf sein Pferd. «Du siehst, ich habe geübt.» Er tätschelte Herakles' Hals. «Los geht's, alter Knabe.» Dann ritt er gemächlich davon.

Nach wenigen Metern stoppte er. Drehte sich um. «Ich habe keine Ahnung, was ein Mann tun muss, Selmeli. Ich und Herakles der Vierte bringen die Sache einfach zu Ende. Irgendwie. Irgendwo. Irgendwann.»

Kein Klack – klack – klack.

Dafür klapperten die Hufe leise.

Klappklapp – klappklapp.

ENDE

Nicht nur Wölfe sind schuld daran, dass Selmas Leben bei einer Reportage in Engelberg aus den Fugen gerät. Dabei wollte sie nur tolle Fotos von einer Gruppe Freeridern machen. Bald schon muss sie aus einer Gletscherspalte gerettet werden und schaut in den Lauf eines Gewehrs. Auch privat ist sie gefordert: Selma hat auf einmal eine zweite Familie und hegt Gefühle zu mehr als nur einem Mann.

Philipp Probst · **Wölfe**
242 Seiten, ISBN 978-3-85830-276-2

Selma lässt die Kamera fallen. Schreie. Die Reporterin ist entsetzt. Von einer Sekunde auf die andere hat der Biancograt nichts Himmlisches mehr. Selma denkt an den Traum des pensionierten Bergführers Carlo: «Ihr werdet sterben.» Dabei sollte doch dieser Tag für Selmas Auftraggeber, ein Paar aus besserem Haus, der schönste ihres Lebens werden.

Philipp Probst · **Gipfelkuss**
272 Seiten, ISBN 978-3-85830-291-5

Ist sie eine seriöse Wissenschaftlerin oder eine Kräuterhexe? Oder beides? Selma trifft im Appenzellerland Fabienne, die in einer abgelegenen Alphütte das Elixier des ewigen Lebens entwickelt. Doch wirklich geheim scheint ihr Labor nicht zu sein: Selma bemerkt, dass Fabienne beobachtet wird. Ist die Polizei hinter ihr her? Big Pharma? Oder gar die chinesische Mafia?

Philipp Probst · **Lebenslust**
286 Seiten, ISBN 978-3-85830-304-2

Nunzia ist ein Star am Schlagerhimmel. Doch nach einem Ausraster an einem Konzert wird sie in den sozialen Medien regelrecht zerrissen. Reporterin Selma soll sie wieder aufbauen und ihr Comeback ermöglichen. Dafür reist sie zu Nunzia ins Tessiner Bavonatal. Dort erlebt sie nicht nur, was die sozialen Medien mit Menschen anrichten können, sondern macht auch selbst eine Grenzerfahrung: Marcel, Selmas Partner, ist plötzlich spurlos verschwunden...

Philipp Probst · **Eismusik**
272 Seiten, ISBN 978-3-85830-320-2